娘子別落跑 3 完

風文創 1099

折蘭 著

風文創 1099

目錄

風 文創 1099

第七十二章

去香滿樓，月楹破天荒換了一身淡粉裙裝，是蕭沂強硬要求的。
「出去見客，不能如此隨意。」
月楹瞧了瞧自己身上的衣服。「從前都是這樣的呀？」連見皇帝都是穿這身衣服，哪裡不得體了。
「這次不一樣。」
「哪裡不一樣？」
蕭沂在心底回答，身分不一樣。但他知道，說出來又會惹得她不高興。
月楹還以為是因為要去見的人身分特殊，有些好奇起來。「你這位友人是男是女啊？該不會是什麼紅粉知己吧？」
蕭沂輕輕地敲了她腦袋一下。「妳小腦袋裡在想什麼？我哪裡來的紅粉知己？」
「是男的？」
「男的。他戍守北境許久，此次回京述職，在京城待不了多久。」
「是薛家人嗎？」
蕭沂點點頭。「薛家的小侯爺，薛觀。」

月楹聽說過薛家人。薛家自開國時就與當時的皇帝一起打天下，薛家先祖是第一任飛羽衛指揮使，也是唯一一任公開身分的，因此受到很多人的迫害。高祖皇帝覺得身處這個位置實在太容易招禍患，於是便不再讓飛羽衛指揮使的身分公開。

眾人只知道接手這個位置的人必定是王孫貴族中的一個，可僅僅京城的王公貴族就有不下百人，目標分散了，真正的飛羽衛指揮使也就安全了。

後來，北疆與西戎聯合進攻大雍西北境，薛家先祖請纓受封鎮北將軍領兵出征，立下赫赫戰功，回朝後又受封鎮北侯，高祖皇帝降旨，薛家永不降爵，傳到如今這一代，已經經過三代鎮北侯。

薛家在京城的高門大戶中不顯眼，但百年內一直屹立不倒，在如今的世家大族中，薛家也有著舉足輕重的地位。尤其是這十年間，薛家父子在和北疆的對戰中屢屢獲勝，因此薛家的支持，在儲位爭奪中也是十分重要的。

兩淮鹽引案，讓蕭澈與蕭浴都吃了很大的虧，然而瘦死的駱駝比馬大，雖蕭澄初露鋒芒，但兩人還是沒把蕭澄當對手，畢竟他們已經忽略了蕭澄太多年，怎麼也不會想到自己是在給他鋪路。

薛觀小時候調皮，被丟到白馬寺幾年，和蕭沂兩人幼時在白馬寺相識。此次薛觀回京，蕭澈與蕭浴必然會有動作。

原來又是帶著目的的交往，月楹只覺得疲累。這些人交朋友都要帶一百八十個心眼，稍有不慎，被坑了都不知道。
兩人才到包廂門口，裡面已經有人在等了。
蕭沂輕扣房門，出來一個小廝，十歲左右的年紀，身量未足，說話也還是童音。「是蕭世子嗎？」
月楹看見這小孩的面龐。「軍營裡還有娃娃兵嗎？」小孩身上的衣服是軍營裡的便服，很容易看出來。
蕭沂解釋道：「徵兵最小的年歲是十三歲，這孩子的情況，楹楹還是問梓昀吧。」
「哈哈。」薛觀人未見，聲先至。「不言身邊何時多了個美嬌娘？」
蕭沂淺笑著走進去。薛觀坐在棋盤前，手中把玩著一個方形玩具。薛觀天生一雙笑眼，兩眼彎彎，配上一張圓臉，瞧著才十幾歲的年紀。可照蕭沂說的，他十年前就開始領兵作戰，現在怎麼也不可能才十幾歲。
「你確定他是薛小侯爺？」
「不用懷疑，他今年二十六了。」被薛觀這張臉迷惑的不只月楹一個。
薛觀在十六歲的時候已經是這張臉了，有次睿王夫婦上山看望蕭沂，見到薛觀，還以為薛觀比蕭沂小，還讓蕭沂多照顧些薛觀，一口一個看好弟弟，後來被薛母點破，才知道薛觀比蕭沂整整大了六歲。
「小嫂子，初次見面，也沒什麼好禮，這個便送與妳了。」薛觀將手中的方形玩具遞上。

月楹視線忽然頓住，好長時間一動不動。

蕭沂以為她是不好意思。「拿著吧。」又道：「還是這麼厚臉皮，誰是你嫂子，該叫弟妹才對。」

「多謝小侯爺。」月楹顫顫巍巍接過那東西，卻不是不好意思，而是太驚訝了。

這個方形物體，分明就是一個三階魔術方塊！六個面上了深淺不一的油漆，以區別顏色。

但她只激動了一瞬間，忽然想起這個世界有穿越的先賢，玻璃都能做，出現個魔術方塊也不稀奇。

「好好好，弟妹！」薛觀妥協。年齡這事，蕭沂從十幾年前說到現在，還是不肯相讓一步。

蕭沂看了眼魔術方塊。「你給她這個還得搭個圖紙，不然沒辦法玩。」

「圖紙沒帶在身上，稍後我給你送府上去。」薛觀與蕭沂很是熟稔，說話間也沒什麼架子。

月楹多少年沒碰魔術方塊了，她不感興趣，但從前有個過世的姊妹，業餘愛好就是玩這個，走到哪裡都帶著，高階的也會。她耳濡目染跟著學了點，會的不多，三階恰好是會的，只是有些生疏。不過玩魔術方塊大多靠的都是肌肉記憶，她轉了幾下，很快便找到了手感，沒過多久就拼好了第一層。

薛觀訝然。「弟妹不錯啊，這麼快就拼出第一層啦！想當年不言可是足足花了一炷香時間才成功。」

蕭沂面露自豪。「我家榣榣什麼都會，這自然也不在話下。」

只見月榣指尖轉動，也不知她怎麼操作的，第二層也迅速完成。

這下薛觀不是驚訝了，而是震驚。一個新手，是不可能在沒有圖紙的情況下拼完第二層。「弟妹從前玩過魔術方塊？」

月榣玩得太忘我，一時間忘記藏拙，說沒有也太假了些，但說有，她又該怎麼解釋？這東西她沒怎麼在市面上見到過，就說明不是她這個身分能隨意玩到的。

「沒有啊，這東西叫魔術方塊嗎？它很難嗎？」裝傻大法再次上線，月榣決定否認到底。

蕭沂的吃驚程度比薛觀要淺，他已經見慣了月榣的異於常人之處。「這是薛家的獨門機關術做出的童玩，榣榣應該是沒見過的。」

薛家的獨門機關術？月榣猜測，難道那位穿越先賢是薛家先祖？

「拼出二層也不算什麼，興許是榣榣天賦異稟。」

薛觀卻覺得沒那麼簡單。「弟妹再試試，能不能拼出第三層。」

月榣能怎麼辦，接著演唄。「那我就再試試。」現在再裝不會好像有點太遲，拼完了頂層十字之後，月楹還真有些忘了換角公式。

不行，不能被他看出她是用公式拼的，想了想又把頂層弄亂，按照角塊拼，造成她是一塊一塊按照次序拼的假象。

薛觀一動不動地盯著她手上動作，開始有些真的相信這個姑娘只是天賦異稟。

剩下最後幾塊時，月楹開始名正言順擺爛。「這幾個好難啊，拼不回去。」

薛觀不動聲色瞄了她一眼。「沒看過圖紙，能拼成這樣已經很好了。」

說好的友人敘舊卻變成了看她玩魔術方塊，月楹準備撤。「要不你們先聊，我出去轉轉？」

蕭沂與薛觀的談話，的確不適合月楹聽。蕭沂倒是無所謂，就怕日後蕭澄知道了，對月楹沒有好處。

「妳就……」

月楹貼近他，語氣又嬌又軟。「不言，就讓我下去轉轉嘛，保證不亂跑，你要還是不放心，讓那個娃娃兵陪我去吧。」

這次夏風與燕風沒跟來，月楹已經好幾日沒見到他們了，說是被蕭沂派出去執行任務。

蕭沂沈默不語，在斟酌月楹話語的可信度。

薛觀自是不知他的想法，單純只以為蕭沂擔心她的安全。「別看阿謙小，他是個練武奇才，才一年，拳腳就已經很不錯了，保護你心尖上的人，沒問題的。」

薛觀何時見過蕭沂如此溫柔，推心置腹地對待一個姑娘，能帶過來見他的，必是認定了人家。他與蕭沂是自小的交情，調侃起來也不避諱。

蕭沂面對他的調侃沒什麼表情。「好吧，妳可以下去玩，只是不許跑遠。」

「絕對不跑遠。」月楹舉著手發誓。

「去吧。」蕭沂捏了捏她的小手。

薛觀吩咐道：「阿謙，跟緊這位姑娘。」

「是。」阿謙拱手，身體繃直，年紀雖小，軍人的架子卻擺得十足。

月楹腳步輕快地下樓，奔向早就觀察好的目的地──藥鋪。

蕭沂看著她的背影，直到人走了才收回視線。

「別看了，離開那麼一會兒也捨不得？」薛觀端起茶杯飲了一口。

蕭沂勾唇一笑。「你不知道她有多不讓人放心。」

「嘖嘖嘖──」這話透著寵溺，薛觀可以理解，還新鮮著，就喜歡時刻黏糊在一起，想當年他與夫人剛成親那會兒也是這樣。

「行了，說正事。陛下真打算讓十一皇子做儲君？」薛觀知道蕭沂飛羽衛指揮使的身分，他自己也是飛羽衛的人，只是這身分與蕭沂一樣是絕密。

「是的，陛下已經擬好了冊封聖旨。」

「這麼快，陛下也太心急了！」

「今年的秋闈，陛下打算讓十一殿下當副考官，待此事一了，便立即冊封東宮。」

薛觀想不通，蕭澄怎麼就入了皇帝的眼。不過這不是他應該考慮的，皇帝選定了人選，他們只要扶持就好。

「蕭澈與蕭浴那邊，應付不過來儘管說一聲。」

「應付他們還不簡單？你多慮了。」

蕭沂笑起來，像是突然想起了什麼有趣的事情。「也是，有嫂夫人在，能幫你攔住大半的人。」

蕭沂是在嘲笑他懼內。薛觀是個妻管嚴，這是全京城都知道的事情，薛觀也不惱。「我看某人也不遠嘍。」

藥鋪裡，月楹點了幾種藥。「每一樣只要半錢。」

「半錢？」那夥計不解了，以為月楹是來找碴的。「姑娘，買藥可沒有買半錢的。」一錢、兩錢都是最低的量，這姑娘要的種類又多又雜，很難懷疑她不是故意的。

月楹也知道有點為難，只是要多了，她身上不好藏，又不想浪費。「我真不是故意為難你，小哥，就給我秤半錢吧，我多給你點辛苦費。」

夥計見她態度不錯。「姑娘，不是我不想，是這秤最低也就在一錢這裡，半錢秤不準。」

「不準沒事，你抓兩種混在一起，差不多一半一半就行，價錢按高的那種算。」夥計從來沒有見過這麼奇怪的要求，但她提出的要求也沒讓他吃虧，麻煩就麻煩點。

隨後月楹又把這些藥材該搗碎的搗碎，該泡水的泡水，忙不過來還塞給阿謙一個搗藥杵。「小孩，幫個忙。」

阿謙作為一個下人自然聽從她的命令，只是倔強道：「我不是小孩，我十一歲了。」

月楹摸摸他的頭。「才十一歲。我有個妹妹也像你這麼大，怎麼不是孩子？」她說的是喜寶。

阿謙不高興了。「將軍說，我再過兩年就能上場打仗了。」軍營裡都稱呼薛觀為將軍，而不是小侯爺。

月楹眼神暗下來。打仗，戰爭，從前她感覺這些離自己很遠。戰爭，從來就沒有勝利者。

「快點搗藥，搗完我送你個東西，阿謙。」月楹溫言道，要人家幹活總得給人家一點好處。

阿謙沒想著要什麼東西，月楹吩咐，他照做就是了。阿謙人小，手腳卻很麻利，力氣也大，很快就幫她幹完了活。

月楹將幾種藥材分裝到小瓶子裡。

「姑娘，妳這是在做什麼？」阿謙好奇，湊上去瞧。

月楹卻猛地一下和他拉開距離，狡黠一笑。「小孩子不能知道的。」

「我不是小孩！」

「好好好，你不是。」月楹眉眼帶笑，溫溫柔柔。「今天的事情，別告訴其他人，答應姊姊好不好？」

阿謙鬼使神差地點點頭。

「真乖，這些給你。」月楹給他幾瓶藥。「這是上好的金瘡藥，比你們將軍用的還要好。這是補血丹，受傷流血就吃一粒。這最後一瓶，是假死藥。」裡面只有一顆，這是她最新研製出來的藥丸。

她本想留給自己，假死脫身。假死藥一服下之後，氣息全無，宛若死亡，三天後才會症狀全消，恢復呼吸。

但按照蕭沂的性格，即便是她死了可能也不會給她下葬，古代又有停靈的習俗，她跑不脫的。

她留著沒什麼用，不如送給這小孩，做個順水人情。

「戰場上刀劍無眼，留住性命最重要。」

「這藥真有這麼厲害？」阿謙明顯不太相信。月楹這麼年輕，怎麼會做這麼厲害的藥。

月楹淡笑。「信不信隨你，總之不是毒藥。」

阿謙也不認為月楹會害人，高興地把東西全都收下。

月楹看他可愛，多問了一句。「你年紀這麼小，是怎麼到軍營的呢？」

阿謙眼中的亮光消失，神色懨懨。「家中獲罪，我輾轉被賣去邊疆。有家人為了逃避徵兵，特地買了我去冒名頂替。我年紀實在太小，剛到軍營就被將軍發現了，本欲將我遣返，將軍發現我根骨奇佳，便將我留了下來。」

也是個身世坎坷的孩子啊。古人的連坐之罪，讓這幫無辜的孩子跟著受苦。

月楹撫上他的髮，嘴角的微笑溫暖人心。「阿謙，一切都會好的。」

阿謙怔了怔。有那麼一瞬間，他覺得面前的人好像姊姊。

買完藥後，她回到香滿樓，樓上的兩個人還沒談完。月楹索性在樓下大堂坐下。「有沒有想吃的東西？」

阿謙擺擺手。「沒有，沒有。」

「不用客氣。」月楹看他盯著別桌的豌豆黃好久，就讓小二也上了一盤。

阿謙推卻幾次，沒拗過月楹，還是吃了。香甜軟糯的豌豆黃放到嘴裡時，阿謙心中感慨，與從前吃過的味道一模一樣。

月楹觀他神色，猜到他也許是觸景傷情，不禁好奇起阿謙的身世來。

第七十三章

談話完了，蕭沂下樓來，第一時間就是尋找月楹的身影。看到那淡紅身影閒適地在角落吃豌豆黃時，唇角微微翹起。

作為過來人的薛觀笑而不語。「不言預備何時請我喝喜酒？」

蕭沂聞言心頭一緊。任誰也不會相信，現在是他剃頭擔子一頭熱。

「你最多也就在京城待一個月，我這杯喜酒喝不成的。」

薛觀淺笑。「說的也是。」他此次回京述職不會待太久，京城不是他的歸處，北境才是。

「我瞧著弟妹在機關上頗有天賦，不如我再送一些機關小物，權當你們的新婚賀禮了。」

「幾個機關小物就想打發了？哪有那麼容易。」

「你不要，那算了。」

蕭沂回頭看他一眼。「送到我府上。」然後朝著月楹走去，放低身段道：「怎麼不多逛一會兒？」

「無甚有趣。」月楹舔了下唇角。

蕭沂親暱地抹去她嘴角的糕點碎屑。「吃個豌豆黃都能吃成這樣。」

薛觀看得牙酸，不願再待在這兒吃狗糧。「不言、弟妹，我便告辭了。」

「小侯爺慢走。」月楹微微屈身行禮。

薛觀眼神閃了閃。她行的分明是丫鬟禮。

他長久不在京城，只以為蕭沂訂了親，月楹是個小門戶的官家女，雖覺得奇怪，仍舊沒有多問。蕭沂的舉動顯然是動了真情，丫鬟還是小姐，又有何區別。

蕭沂也察覺到月楹行錯了禮，薛觀是不會說什麼，可往後月楹需要去的場面還很多，這樣的錯誤可不能再犯了。回府後，蕭沂便找了個嬤嬤教她學大家閨秀的禮儀。

月楹本想著不要惹蕭沂生氣，這樣不利於逃跑計劃，但學了兩天之後實在是受不了了。

剛穿來那一會兒在牙行裡學了許多規矩，她還覺得當個丫鬟都這麼複雜，與這些小姐的禮儀一比，簡直就是小巫見大巫。

步搖不准晃動，禁步不准擺動，月楹的耐心漸漸告罄，連帶著看這些漂亮的首飾也不順眼起來。當然最不順眼的還是那個教規矩的嬤嬤，嚴厲得像她高中時期的教導主任。

「嬤嬤，能休息一下嗎？」她頂著這個花瓶已經快半個時辰了，脖子都快斷了。「咱們不是說好了練半個時辰嗎？那一炷香都燒完多久了……」

嬤嬤對月楹可不客氣。「姑娘，您的坐姿還是不標準，得多練才是。」

意思就是需要加練。若是往常，月楹也就忍了，但今日不行，她還要去瓊樓給那些姑娘們看病。

「不行，嬤嬤，我還有事，下次再補上行嗎？」月楹好聲好氣地和她商量。

嬤嬤輕蔑地看她一眼。「姑娘要做的就是伺候好世子，旁的都是小事，您還是練吧！」

月楹的怒氣持續在積攢，一刻鐘後，她的怒氣到了臨界點，手也有些痠，脖子一歪，花瓶掉在了地上。

教習嬤嬤面不改色，拿了旁邊的替補花瓶。「請姑娘繼續。」

「繼續什麼繼續，妳自己繼續吧。」老娘不伺候了！都什麼破規矩！不學了！

月楹揹起藥箱，抬腳就往外走，被教習嬤嬤一把扯了回來。

教習嬤嬤分外不悅。「姑娘，您最好還是聽老奴的。」教習嬤嬤是宮裡出來的人，月楹這樣還沒過了明路的人，在她眼裡就是比通房還不如的。

蕭沂雖然吩咐按世子妃禮儀來教導，教習嬤嬤心裡卻沒把她當個世子妃來尊重。

月楹也知道她看不起自己，她冷笑一聲。「我不聽，妳又待如何？」

教習嬤嬤眼神冰冷。「那就別怪老奴不客氣了！來人！」

屋子裡頓時進來幾個人高馬大的婆子，就想制住月楹。

「姑娘別敬酒不吃吃罰酒，她們下手可不會心軟。」教習嬤嬤見多了月楹這種不懂規矩的。

月楹掃視她們一眼，淡淡笑起來。「本姑娘就愛喝罰酒。」

教習嬤嬤見她如此不識抬舉，一擺手，四個婆子一擁而上，只見一陣白色粉末突然飄散在空中，月楹及時掩住口鼻，又多撒了些。

「咳……咳……」

「這什麼東西……嗆死人了……」

「好癢、好癢，怎麼回事……」

她們臉上被粉末沾到的地方無一例外地癢起來，奇癢難耐。

教習嬤嬤也中了招，抓撓起來，指著月楹道：「妳……是妳幹的，快給我們解藥……」

月楹大搖大擺地走出去。「是我幹的？我幹了什麼啊？」

她一臉單純無辜，走到房門口，還回頭笑道：「忍住別抓撓，破了相可就……嘖嘖。」

總算是把這些天的惡氣全都出了！爽！

夏風現身出來。「姑娘幹得漂亮。」她早看這群人不爽了，剛這群人若敢碰姑娘，讓她動手，就不是一點癢癢粉可以解決的事情了。

「去瓊樓。」做生意最重要的是誠信，她答應媽媽今日會去，就不能遲到。

被教習嬤嬤這麼一耽擱，她們到瓊樓時已經有些晚了。

鄭媽媽對月楹的到來熱烈歡迎。「妹妹啊，可算把妳盼來了。姑娘們都想妳想得緊……尤其是咱們慧語和晚玉，那是見天地想。」

月楹尷尬笑，這話聽著怎麼像她成了這裡的恩客？

她知道鄭媽媽的心思。「鄭媽媽，您是雪顏霜用完了吧，嗯？」

鄭媽媽面不改色。「哪兒啊，盼著妹妹來這句話可不是假的，至於這雪顏霜嘛……也是要的。」自從用了月楹的雪顏霜，她樓裡這幾個頭牌姑娘的生意越來越好，買雪顏霜可比培養一個花魁娘子省心。

月楹沒答應具體的數目，只說盡力。她可是隨時就打算跑路的，哪裡有空去做雪顏霜？

鄭媽媽雖然失望，也不好強求，只說她有多少、要多少。

姑娘們都下樓來，這次個個都不施粉黛，素面朝天，月楹瞧著多了幾個生面孔，都是水嫩嫩的姑娘，卻獨獨不見晚玉。

慧語見著她很開心。「岳大夫怎麼許久不來？」

「我去了趟兩淮。」月楹回答著。「妳身子恢復得不錯，飲食可規律？」

「有妳的囑託，能不規律嗎？」慧語訴苦道：「病著的那幾日，媽媽是什麼油膩都不讓我碰啊，嘴裡都淡出鳥來了。」

月楹打聽著。「怎麼沒看見晚玉？」

慧語覷了鄭媽媽一眼，見鄭媽媽進了裡屋，悄悄道：「晚玉惹了媽媽不快，被關禁閉了。」

「關禁閉？」怎麼有這種懲罰。「晚玉不是紅姑娘嗎？」

慧語嘆了口氣。「是啊，大好的前程，媽媽對她也好，有雪顏霜都緊著她用，偏她自己不識好歹。」

「怎麼說？」

「放著那些達官貴人不去伺候，非得伺候些上不得檯面的人，販夫走卒來者不拒。」

青樓與妓館不同，多數不接這些下九流的客人，青樓花銷也比妓館高，這類客人也不多。尤其是青樓裡的紅姑娘，是被明令禁止接這種客人的，因為青樓比妓館多了些雅氣，姑娘們接客也要挑客人。

總是接達官貴人、清俊公子的，一旦接了個沒身分的，就會失了格調，再想接身分高的人，人家還不樂意了呢，嫌棄她們伺候過了低賤的人。

晚玉屢教不改，媽媽勸了之後還是偷偷接那些身分低微的人，前幾日甚至見了個捕快。捕快為不良人，雖是官職，也是賤職。

月楹知道，晚玉這番舉動，必定與她的小弟脫不開關係。

「我能見見她嗎？」她輕聲問。

「別人或許不行，但是岳大夫妳嘛……與鄭媽媽說幾句，哄得她高興了，她興許會讓妳見。」

月楹微微頷首，給姑娘們把完了脈便去找鄭媽媽。

鄭媽媽正在閉眼小憩。鄭媽媽也是愛惜容貌之人，只是雪顏霜太少，用在她臉上有點浪費，她便沒用，全省下來給姑娘們用了。

月楹是第一次進到鄭媽媽的屋裡，屋裡陳設極盡奢華，像是生怕別人不知道她有錢一樣，白玉花樽、金佛像、半人高的珊瑚擺件，只有一幅畫平平無奇。

那是一幅美人圖，圖中女子容貌姣好，正凝視著枝頭的海棠花。

月楹看看畫，又看看鄭媽媽，淺笑起來。「這畫上之人，是媽媽年輕時候吧，當真絕色。」

鄭媽媽本是假寐，睜開眼，似是在憶往昔。「縱有傾城色又如何，色衰終愛弛。」

「女子妝點不能只為悅己容嗎？」

鄭媽媽來了興趣。「妹妹這話新鮮。」

月楹坐下來。「瓊樓裡的姑娘穿衣打扮，確實是為了吸引客人沒錯，但沒客人，她們便不打扮了嗎？不是吧。誰不想看見自己每天美美的呢，媽媽您也是一樣。」

鄭媽媽被她逗笑。「說得有理。」

「您也不必省雪顏霜，我這裡還有個簡單法子，雖效用不及雪顏霜，只要每日堅持，也能使肌膚水嫩。」

「什麼辦法？妹妹想要多少銀子，儘管說。」鄭媽媽對一切能讓她賺錢的法子都感興趣。

「什麼銀子不銀子，我不要銀子。」月楹說了雞蛋蜂蜜面膜的做法，又簡易給鄭媽媽示範了一遍如何使用。

鄭媽媽還是第一次見到這樣新奇的法子，一下子就被吸引了眼球。

月楹趁她高興。「媽媽，您也知道，我與晚玉是舊相識，能讓我去看看她嗎？」

鄭媽媽笑意一僵。「妹妹打的是這個主意。」她拿人手短，總不好直接拒絕。

月楹見有希望，接著道：「興許我能幫您勸勸她。」

鄭媽媽對晚玉已經是各種法子都用過了，都沒用才把人關起來的，若月楹能讓她回心轉意，自然是最好不過。

月楹如願見到了晚玉。她蓬頭垢面，妝容花亂，一副幾日沒有梳洗的模樣。她呆呆地看著窗沿，只有那裡透進來一絲光亮。

「晚玉……」月楹有些心疼。

晚玉抬眸，猛烈光線的刺激下，讓她睜不開眼。「月楹，怎麼是妳？」

月楹蹲下來。「我來看妳。妳怎麼成了這副模樣？」

晚玉垂眼，抱住膝蓋。「我不想接那些達官貴人，媽媽就把我關在這裡了。」

月楹不著痕跡地去握她手腕。「妳見那些下九流的人，是為了找弟弟？」

「對啊，他們消息靈通。有個捕快更是厲害，我只說了弟弟的容貌特徵，他居然記得在哪裡見過。只是匆匆一眼，在街上相遇，到底在哪裡，還是無從查起。」

這怎麼聽，晚玉都像被誆騙了。

月楹蹙眉。晚玉的脈象很亂，她擔心的事情終於發生了。長久找不到弟弟，再加上鄭媽媽把人關在這個黑屋子裡，本就精神壓力大的晚玉，已經有些崩潰。

「月楹，妳替我求求鄭媽媽，只要她讓我接待那個捕快，我以後什麼都聽她的……」

「好，我會與鄭媽媽說項。」晚玉的精神狀態很不好，月楹順著她說下去。「但妳有沒有想過，那個捕快，興許不知道妳弟弟的下落。」

「不可能！」晚玉高聲反駁。「他不會騙我的，他連我弟弟腳上有個疤都知道。」

「是他知道的，還是妳告訴他的？」月楹追問。晚玉弟弟的特徵，她基本是見著人就上去說一遍。

「我……我……不清楚……」晚玉抱著腦袋回憶，她的記憶好像出了差錯。

「那捕快既然是在路上遇見妳弟弟的，又怎會有機會看見他的腳？」

月楹的聲聲質問，擊碎了晚玉最後的希望。

「不……妳別說了，妳閉嘴！」晚玉又怎會分辨不出什麼是假話，只是她太累，找了太久卻杳無音信，即便有人說的是假話，她也忍不住相信。

月楹在指尖擦了點迷香，讓她安靜下來。晚玉神色痛苦，漸漸失去意識，在她懷裡睡著。

「夏風，幫忙把她帶出去。」

屋外的打手一攔。「鄭媽媽沒有吩咐，妳們不能帶人走。」

月楹瞪他一眼。「你去告訴鄭媽媽，就說我要帶晚玉回她自己的房間。」

「夏風！」

夏風抽出柳葉刀橫在那打手身前，那打手哪時見過這架勢，頓時慫了，卑躬屈膝道：「小人這就去問。」

晚玉被扶回房間。月楹給她檢查了一下，她身上沒有外傷，鄭媽媽怕打壞了她賺不了錢，也沒下狠手。

月楹替她施針穩定情緒，又開了藥方，婢女買了藥煎完，晚玉也恰好醒來。

晚玉扶著腦袋坐起來。「我這是……怎麼了？」

月楹柔聲道：「妳生病了，現在沒事了。」

晚玉的記憶一點一點回來。她也不知道那段時間是怎麼了，非常執拗地按照自己的想法做事，像是失去了思緒，得罪鄭媽媽這一做法，真是很蠢。

晚玉細想一下就知那捕快漏洞百出，掩面痛哭起來，撲進月楹的懷裡。「嗚嗚……月楹，我找不到他，找不到……」

月楹輕輕地順著她的頭髮，一下又一下，如同一個慈愛的母親。「會找到的。」

「謙弟，你到底在哪裡……」晚玉大哭一場，將整整一年的委屈全都哭了出來。

「哭出來就好，妳心裡壓了太多事了。」

夏風旁觀了全程，心道，姑娘又何嘗不是呢？

第七十四章

晚玉低低地哭著，嗚咽聲斷斷續續，終是哭累了。

「楹楹——」蕭沂的聲音由遠及近。

對著這個突如其來闖進來的陌生人，晚玉有些害怕，往月楹身後藏了藏。

月楹一陣無語。「你這麼著急做什麼？」

蕭沂乾笑。「走得急了些。」他剛回府，教習嬤嬤就上來告狀。月楹不會無緣無故動手，仔細一問，他才知道這些天名為教規矩，實則這幫老嬤嬤都幹了些什麼。

小小的嬤嬤竟敢瞧不起他的楹楹，教習嬤嬤不僅沒得到癢癢粉的解藥，反被送去了浣衣房。

月楹只瞟了他一眼就把他晾在一邊，專心哄著晚玉喝完了藥。

藥有安神的效果，晚玉喝下不久就開始昏昏欲睡。

月楹將她安頓好，起身到了外面。她雙手環抱。「世子是來找我興師問罪的嗎？」她不想學規矩，來逮人了？

「楹楹，那幾個老嬤嬤我已經打發她們去浣衣房了，妳以後不必學規矩了。」

「要學，怎麼不學呢！」月楹提高了聲調。「不然我一個丫鬟，若是給您惹出了什麼笑話，不是丟睿王府世子的臉嗎？」

「王府世子」這樣敏感的字眼惹得眾姑娘都探頭出來看熱鬧。

隔壁房間的琴韻走了出來，微笑道：「岳大夫有事可去我屋中聊，奴家這就要去赴宴，房內無人，您二位可暢所欲言。」

在走廊上吵架的確影響不太好，而且瓊樓快開門了。月楹不怕丟臉，但怕傳出什麼風言風語，率先進了琴韻的屋子。

蕭沂跟進去。「楹楹，是我錯了，不該讓妳去學規矩。」他道歉得越發順溜了，已經沒有當初的拉不下臉。

他態度一軟，月楹再態度不好，就顯得得理不饒人了。

月楹有氣沒處發。「世子，你要明白，我們之間的差距，不是學不學規矩就能抹除的。如果你喜歡的是一個大家閨秀，今天的問題就不會發生。」

「楹楹，妳又說這樣的話。」蕭沂不喜歡她總這樣說。「爹娘當初也不被人看好。」

月楹坐下來，桌子上擺著一壺酒，她給自己倒了一杯，撲面而來的桃花香味，她舉杯在鼻尖聞了聞，舒緩身心，淡淡道：「睿王妃當年雖然身分低微，可也是錦衣玉食養出來的大家小姐。」就如大家都在羨慕灰姑娘，卻忘了灰姑娘原本也是公爵的女兒。「我只是個丫鬟，連良籍都不是。」

蕭沂攬住她。「妳若願意，我隨時可以讓妳脫了奴籍。」

「不言，我不願意，不願意終身困於王府的籠中。你有豢養金絲雀的權利，我也有嚮往自由的權利。我們都沒有錯，只是不合適。」

月楹放下酒杯，酒水灑出了一些在桌子上。

又回到了他們總是不歡而散的癥結上。蕭沂總是避而不談，似乎把問題擱置了，它就會消失，事實證明並不會。

門被敲了幾下。「岳大夫，我們姑娘一直在說胡話，您快去看看吧。」是晚玉的小婢女。

月楹頭也不回地出去，留下蕭沂獨自煩悶。

晚玉並沒有什麼事情，只是夢囈而已。月楹輕柔地撫摸著她的胸口，睡夢中的晚玉慢慢安靜下來。

月楹捏著帕子，棉布帕子被她攥得有些縐。「姑娘，麻煩去樓下讓慧語姑娘上來一趟好嗎？」

小婢女聽話地幫她去喊人，慧語很快就到。

月楹與她耳語幾句。

慧語一臉驚訝。「妳確定要這麼做？」

「別問為什麼，這個忙，妳幫不幫？」月楹也是沒辦法，今天天時地利人和，時機實在太好，可晚玉病倒得突然，她不得不轉而向慧語求助。

慧語淺笑道：「岳大夫是慧語的救命恩人，妳有所求，我怎能不幫？」

「妳可能會有危險。」

「如若事情真如岳大夫所計劃，不會有人知道是我幫了妳的忙。」慧語也不是傻子，喜歡把自己置於危險的境地。

月楹笑起來。「多謝慧語姑娘。」

隔壁的蕭沂還在生悶氣。她對著別人總是和顏悅色，對著自己卻疾言厲色。他自問對她已經夠好了，月楹卻固執己見，難道他們之間的矛盾真的不可調和嗎？

蕭沂越想越心煩，端起月楹沒有喝的那杯桃花酒一飲而盡。他心情苦悶時就喜歡小酌幾杯，尤其喜歡烈酒，書房的書架裡擺著不少。

一杯接一杯，三杯酒下肚，蕭沂的惱意不僅沒有下去，反而越發覺得躁。

蕭沂的臉開始發燙，一旁的夏風都瞧出了不對勁。

夏風慌慌張張跑過去找月楹。「姑娘，世子出事了！」

「他能出什麼事？」月楹不信，被夏風拉著往隔壁走。

蕭沂面色脹紅，額頭有點點汗珠冒出，似在忍受極大痛苦。

月楹張了張嘴。「你不會是喝了那桃花酒吧？」

「有什麼問題嗎？」蕭沂也感覺到了不對勁。

月楹面色突然變得古怪起來。「你應該知道，青樓有時候會有些助人歡好的東西。」

「妳的意思是，酒裡有藥？」蕭沂只覺一股火熱直衝腹部，大有燎原之勢，看她的眼神也越來越不對。

「我剛才就聞出來了，哪知道你會喝。」

夏風有些著急。「那姑娘有解藥嗎？」

「這……我得找找。」畢竟誰也沒有預料過會發生這樣的事情。月楹打開藥箱，翻找了一遍。「沒有。」

夏風後退幾步。「那……怎麼辦？」

月楹望向蕭沂，語氣裡藏了一絲揶揄。「你還……忍得住嗎？」

蕭沂撐著還沒被慾望吞噬的理智，目光灼灼地盯著她。「妳說呢？」

「不用著急，這兒是青樓，姑娘多得是，你要不挑一個？」月楹認真提著建議。

蕭沂簡直要被她氣死。他忍著巨大痛苦，這姑娘竟然還沒心沒肺地讓他去找別的女人，他真想剖開她的腦子看看她到底在想些什麼。

蕭沂拽了她一把，月楹一個重心不穩跌坐在他大腿上。「出去！」

這話是對夏風說的。夏風異常識趣，一個大跨步就飛出去了，並且貼心地關上門。

蕭沂長臂攬住她纖不盈握的細腰，貪婪地吸著她身上的藥草香，雪白細嫩的脖頸讓他更加口乾舌燥，腹部的火熱已經快燃燒完他的理智。

月楹試圖推開他溫熱的胸膛。「我再找找……解藥應該是有的。」

蕭沂聲音低啞，帶著誘惑，貼上她的耳垂。「不必了，楹楹就是我的解藥。」

他清冷的眉眼染上慾色，一雙丹鳳眼勾魂攝魄，眼尾微紅，一滴汗順著他的眉滴落在臉上又滑落至下巴處。他克制強忍的模樣，猶如謫仙降世卻不得不沈淪慾海。

月楹嚥了嚥口水，不得不說，蕭沂現在的模樣太勾人了。

火熱的唇瓣貼著月楹的唇，不似從前的溫和細雨，只有想將人吞吃入腹的急切。

月楹的掙扎都被他視作無聲的邀請，他將人打橫抱起，朝床榻走去。

月楹沒想到中了藥的蕭沂力氣會這麼大，自己根本沒有辦法掙脫。「我找到解藥了，你放我……嗯……」

最後的幾個字被蕭沂吞下。他的唇舌彰顯了他現在的急不可耐，被慾望吞噬的男人哪裡能聽進去她的話，月楹現在說的每一個字都是在挑逗他的神經。

月楹差點迷失在這疾風驟雨般的狂吻之中，極力保持著神志清明。「蕭沂，你冷靜些……」

唇再次被吻封緘。蕭沂灼熱的指尖挑開她的衣帶，月楹的衣裙解起來並不複雜，他輕輕一勾，衣衫便順著肩頭滑落。

當雪白的肌膚暴露在空氣中，月楹感受到了一絲微涼，心中暗叫不妙。

她好像，玩大了。

夕陽無限好，赤橙餘輝落在水面上，亮晶晶的。月楹收拾著凌亂的衣衫，臉上的潮紅還未褪去。

床榻上的蕭沂還在熟睡。她繫好腰帶，不想再看那光風霽月的人一眼。

慧語道：「岳大夫快走吧。」

月楹頷首，叮囑她。「妳小心些。」

慧語微笑。「放心吧，這可是奴家最拿手的。」隨即斷斷續續發出一些羞人的叫聲。

月楹揹著藥箱從密道離開。

瓊樓這樣的地方，免不了有些高門大戶的夫人找上門來，若丈夫是個硬骨頭還好，假使是個畏懼妻子的，這密道就成了他們的退路。每一個紅姑娘的屋裡都有這麼一條密道，直通外面。

今日蕭沂會中藥，是她一手策劃的。琴韻房中的桃花酒是沒有加料的，料是在她後來拿酒壺時加進去的。

她一直在做的東西是合歡散，也只有在這種時候，才會只剩下他們兩人。

她只要搞定一個蕭沂就可以了。

月楹在最後一刻，還是把解藥和迷藥一齊送入了他的口中。要是真來上那麼一次，她不確定自己還有沒有逃跑的力氣。

以後這法子還是不能亂用。
不對，沒有以後了。

第七十五章

月楹在城門口排隊。她手上是上次造假的官籍路引，還有幾個人就檢查到她了，她抑制不住心底的興奮。

「好呀，敢拿個假官籍來騙我！抓起來！」

「官爺，冤枉啊，我這官籍是真的呀！」

「真個狗屁，飛羽衛幾月前查抄了家造假官籍的工坊，你官籍用的紙張與工坊裡的一模一樣，還要狡辯，給我打！」看守城門的官兵對那人拳打腳踢。

偽造官籍者，監三年。月楹沒有猶豫，轉身就走，她將手裡的官籍隱藏在衣袖中。

走不了就必須快點回去，裝作若無其事。月楹低頭快步走著，忽聞一聲馬嘶。她抬頭望去，一輛馬車遙遙駛來，趕車人有些眼熟。

不知哪裡來的勇氣，她上前攔住了馬車。「薛小侯爺！」

趕車人是阿謙，裡面坐的人無疑是薛觀。

薛觀挑開車簾，見是月楹，驚訝道：「姑娘怎麼孤身一人，不言呢？」

「小侯爺，請您帶我出城。」月楹拱手道。

薛觀瞇起眼。「什麼意思？」月楹只揹了個藥箱，周身並無一人隨護，看上去不像是出來玩，而是要逃。

「阿謙，請岳姑娘上來說話。」

月楹爬上馬車。「相信您看出來了，我只是世子的一個丫鬟。」

「看出來如何，沒看出來又如何？」

月楹抿唇，笑道：「您願意聽個故事嗎？」

「願聞其詳。」

「聽聞您與夫人極恩愛……」月楹將蕭沂如何強逼，自己又是如何不願意，一次一次逃離通通告訴了薛觀。

薛觀聽完始末，搖頭笑了笑。「不言這般冷靜自持的人，也會如此，真是想不到。」他看向月楹。「岳姑娘從哪裡看出我會幫妳，畢竟不言是我的好友。」

月楹微搖頭。她也不知為什麼，對薛觀有種莫名其妙的信任，她總覺得，薛觀會願意幫她。

車廂內沈默許久，月楹心中的希望一點一點消失。「您不願幫忙就算了，小侯爺就當今日沒有見過我。」

說完，她就要跳下馬車，薛觀扯住她的胳膊。「岳姑娘這麼著急做什麼。」

他這麼一扯，月楹的衣袖翻上去一些，露出手腕上的小葉紫檀佛珠來。

薛觀一頓。「這串佛珠怎麼會在妳這裡？」

「小侯爺知道這串佛珠？」

「了懷大師之物，我怎會不識得？」薛觀曾在白馬寺住過，了懷大師不離手的東西，他不會認錯。

月楹低垂著眼，轉著珠串上的珠子。「是了懷大師贈與我的。」

「大師贈妳佛珠？」這倒新鮮了。薛觀端詳她，容貌算不得絕色，唯有一雙大眼清麗出塵，有種遺世獨立的翩然氣質。了懷大師不會輕易送人東西，他此舉必有深意。

薛觀轉了念想，吩咐道：「阿謙，駕馬。」

月楹不可置信。「您答應了？為什麼要幫我？」

薛觀又搖頭。「不知道。」或許是因為她與他記憶中早已經離世的太祖母有幾分相似吧。

薛觀淡笑。這理由說出去，自己都不信，還是不說，免遭嘲笑。

有薛觀的掩護，月楹趕在關城門前出了城。

到了城外，她跳下馬車。「多謝小侯爺。」

薛觀擺擺手。「今日幫了妳，不言恐怕會與我拚命。」飛羽衛眼線遍布京城，蕭沂知道也只是時間問題。

「對不起。」

「妳不必向我道歉，是他強求在先，我不過路見不平。」薛觀道：「快走吧。」

城外的風很大，月楹的衣裙被風吹得獵獵作響，鬢邊的銀鈴簪也不安靜。「小侯爺，保重。」她鄭重地向薛觀行了個大禮。

月楹的身影漸行漸遠。薛觀遠眺許久，她走得沒有一絲猶豫，實在太瀟灑，莫說一個睿王府，便是整個大雍，似乎也困不住她。

薛觀總覺得自己還會再見到月楹，喃喃說了句。「後會有期。」

月楹打算去青城，之前在兩淮就是準備去青城的，只不過蕭沂打亂了她的計劃。

去青城要走水路，月楹熟門熟路地來到渡船處。她手中的官籍是假的，不能坐商船與客船，只能坐黑船。臨陵江上，這樣的黑船不少，多數人辦不起擺渡的證明，偷摸送些不方便的客人混口飯吃。這樣的地方也是魚龍混雜之處，最是骯髒事滋生的地方。

有個人高馬大的漢子打著赤膊，喊著。「還有沒有要上船的？下一趟可得等半個月啦……還有兩個位置，有沒有人上船……」

月楹躊躇許久，高呼了聲。「船家，等等——」她小跑著過去。「船家——」

船頭甲板上站了五、六個男人，統一裝束，喊話的漢子看見月楹的那一刻，眼睛亮起來。「姑娘，是來坐船的？」

月楹躲了躲他的視線。這漢子的眼神讓她很不舒服。「是。這趟是去哪兒的？」

「姑娘想去哪兒？」漢子笑起來，不斷打量著她。

月楹探頭瞧了眼裡面的船艙，又小又潮濕，還有股難聞的腥臭味。她皺起眉。「不了，我不渡江了。」

那人卻不依不饒起來。「姑娘，別走啊，妳去哪兒，哥哥給妳打對折——」他撐著船桿一躍到了岸上。

船上其他漢子都笑。「哈哈，人家小娘子不想搭理你，快回來吧！」

男人的身量很高，月楹後退幾步，手中的金針蓄勢待發。「這與船家似乎無關吧？」

「不坐船可以，姑娘留個姓名可好？」

月楹睨他一眼。「萍水相逢，何必留名。」

男人靠得越發近，月楹金針就要射出，忽被人一把攥住了手腕。

月楹帶著怒意回頭，卻看見拉著自己的是個婦人，婦人一臉急切。「妹子，妳在這兒做什麼，還不快回家裡的船上。」

月楹一時不知做何反應，機械性地點點頭。「哦，好。」

男人有些不信。「簡大嫂，這是妳家妹子？」

被稱為簡大嫂的婦人賠笑。「是，是，這是我娘家小妹，來看我與我家那口子的，找錯船了，實在不好意思。」

男人看了眼月楹，摩挲著下巴，似在考慮什麼。

婦人又道：「我家二弟、三弟剛捕魚回來，大哥要是不嫌棄，儘管拿兩條去吃。」

男人聞言，臉上閃過一絲不甘。「我們船上有得是魚。」然後撐著桿子又跳回船上。眾漢子都笑。「怎麼，沒問到人家小娘子姓名？」

男人視線還是追隨著月楹。

岸上，婦人在男人離開後，悄聲道：「隨我來，他還在看。」

月楹神情嚴肅。這婦人很聰明，在知曉自身力量不夠時，搬出了她兩個弟弟。雖不知她的身分，但直覺告訴她，面前的婦人不會害她。

婦人帶著月楹拐了幾個彎來到一艘小船上。小船的規模要比方才見的小上許多，船艙裡出來兩個年輕人，看見婦人。「大嫂，這位姑娘是？」

簡大嫂道：「這是你大哥的救命恩人。二郎，三郎，還不快過來拜謝。」

「真是恩人到了？」簡二郎、三郎一喜，跳上岸。「多謝姑娘救我大哥！」

月楹丈二金剛摸不著頭腦。「小嫂子，小郎君，你們……這……我不曾救過你們大哥啊？」她救過的人是很多，但都沒對得上的。

簡大嫂微微一笑。「姑娘興許是救人太多，忘了。」簡大嫂引著她上船。「您進來看看就知道了。」

月楹將信將疑，跟隨著進了船艙。船艙裡擺了一張簡易的床，床上有一大一小兩個人，小孩不過兩歲的年紀，大的是個男的，小腿以下的褲管空空的。

月楹遙遠的記憶翻湧上來。「是你啊！」

那個她資助了幾兩銀子被石柱砸到的男人，後來見過他幾回，男人的妻兒也在秋嗶堂遇見過，只是匆匆相見，她沒什麼印象。

「你們怎麼會在這裡擺渡？」

簡大郎雖沒了一雙腿，卻不自暴自棄，他單手抱著孩子。「我們家本就是漁家，去工地上不過是我為了多賺點銀子而已，誰料……」

他斷了一雙腿，工頭賠了些銀子給他們，只是難免杯水車薪。幸好簡家還有兩個弟弟，在得知大哥出事後不僅沒有嫌棄，反過來供養大哥一家。

簡大郎的腿後續還要治療，光靠他們打魚那點銀子是不夠的，便想了個法子來這裡做黑船。

「岳姑娘要去哪裡？我們送您過去，不收錢。」簡大郎道。

月楹哪好意思。「我要去青城，越快越好。至於銀子，你們比我更需要。」

「不行不行，您當初給的我們還沒還呢，哪好再要您的銀子？」

他們不收，月楹也不再強求。她不想在推脫間讓蕭沂追了上來，大不了下船時趁他們不注意留下一些。

水波澹澹，月楹想快些走。簡家兩兄弟對恩人的話言聽計從，連夜划船去往青城。

去青城的水路要走上三天三夜。月楹端坐在船頭，兩岸的樹木不斷倒退著，她眼睜睜看著巍峨的城門越來越小，直至消失在水面。

京城，是真的要離開了啊……

她給蕭沂下了足量的迷藥，等他醒來，至少要到次日清晨。

他醒來會怎樣？會不會依舊憤怒自己的逃跑？

待他想明白這一切都是她自導自演之後，會不會懊悔曾經對她的心軟？

月楹撫摸著手腕上的小葉紫檀佛珠，唇邊漾開一絲笑意。他怎麼想，都與她無關了。

「咿啞……」耳畔突然傳來一聲童稚的聲音。

月楹轉頭，看見一個小蘿蔔頭顫顫巍巍地走出來，每一步走得都像是要摔下去，卻平平穩穩地來到了她身邊。

「姨姨……」小傢伙口齒不清。

月楹把他抱起來。「易哥兒怎麼過來了？」

易哥兒大眼睛好奇地盯著她的脖子。「這裡……紅紅的，癢。」

月楹後知後覺，臉上一燙，腦海中不免回憶起了蕭沂的意亂情迷。這是他留下的痕跡。

易哥兒以為是蚊子包，他只知道出現了這樣紅通通的痕跡，自己身上就會很癢，伸著小手要幫她抓撓。

「易哥兒別鬧了，去找你二叔和三叔。」簡大嫂端著一碗地瓜粥出來。「鄉下人家粗食，別嫌棄。」

月楹接過，巧笑嫣然。「怎會？還沒多謝今日簡大嫂出手相助。」

簡大嫂告訴她，黑船也有好有壞，她剛才遇見的那一艘就是認錢不認人的。來這裡坐黑船的，多數是沒有路引的，他們想出去，只能靠這些黑船，黑船要價也十分高昂。

月楹這樣的獨身女子，更是他們喜歡的客人。

溫熱地瓜粥下肚，早已空了的胃部得到慰藉，月楹觀察著兩岸，岸邊人家燃起點點燈火。

入夜了。

在房門口聽了許久活春宮的夏風努力維持著面無表情，盡職做好一個侍衛應該做的。好不容易聽著裡頭動靜消失，燕風來尋了。

「怎麼妳一人在屋外，世子與月楹姑娘呢？」他見人許久不歸，有些擔心。

夏風臉紅了一瞬。「在屋裡。」

燕風這個沒眼色的就要去敲門，夏風及時拉住他。「世子與姑娘都不方便。」

「不方便？不方便是什麼……」

「咳……咳！」夏風輕咳了兩聲。「世子不小心喝了樓裡助興的藥。」

燕風驀地瞪大眼。「所以世子與月楹姑娘……」

「對。」夏風點點頭，一切都在不言中。

燕風不著急了，瞥了眼門框。「多久了？」

「我又不是漏刻，我怎麼知道時辰！」夏風羞憤，踩了他一腳，又補了一句。「大約一個時辰。」

「世子厲害啊！」

門外兩個八卦得正來勁，全然不知屋裡已經換了人。

慧語估算著時辰差不多，也從密道離開，沒有人會知道她曾出現在這個房間。

蕭沂一覺到天明。醒來時，床鋪的另一半是空的，他一點也不意外。他雖情動，仍記得月楹最後用舌尖頂了兩顆藥進他口中。

他記憶的最後一刻，是她得逞的笑。

月楹，很好！為了逃離他，不惜將自己也賭上！

蕭沂已經想通了前因後果，那杯中的藥，不是她下的也是她的手筆，身子因為要壓抑怒氣在微微顫抖。「來人！」

燕風、夏風進門，只看見蕭沂一人在房裡。

「姑娘呢？」夏風忽然有種不祥的預感。

蕭沂抬起臉，眸色似化不開的濃墨，陰沈又危險。「召集大雍境內飛羽衛十二大飛鸕，把月楹找到！」

燕風、夏風瞬間明白。月楹姑娘這是又跑了！

第七十六章

浮槎院裡少了個人並沒有影響到府裡的下人，該做什麼活還是照樣做，彷彿月楹從來沒有出現一般。

唯有明露每日祈禱，她要跑就再跑遠些，永遠也不要被世子找到。

蕭沂起初還會回府，後來幾乎都不著家。

睿王與睿王妃是知道內情的，心疼兒子之餘，又覺得定是他做錯了什麼，人家姑娘才會跑的。

睿王覺得這樣下去不行，動了給兒子找正妻的心思，想著能轉移一下他的注意力。

這想法一出，就被睿王妃拎著耳朵警告。「你腦袋都是漿糊嗎？當初那麼多人阻止你娶我，放到兒子身上，他想要個心愛之人有什麼錯？」

「那不是人家姑娘不願意嘛，我們總不能強求。」兒子的情況與他們怎能相提並論，他們是兩情相悅。

睿王妃嘆了聲。這個兒子自生下來便體弱多病，好不容易平安長大又情路坎坷，她這個當娘的卻不能幫上什麼忙。

蕭沂照例會來請安，除了請安，每日都會做的事情就是看看小蕭泊。

小蕭泊養了幾天就變得白白嫩嫩了，睿王妃奶水足，小傢伙以後的圓滾初見端倪。沒滿月的孩子多數時候都在睡，蕭沂坐在嬰兒床旁凝望著，有時能待坐上許久。

小傢伙動了動胳膊，露出裡面的兜肚來，是紅底月亮紋飾。蕭沂目光一怔，與她那日手中的一模一樣。她繡工不好，繡其他的紋樣都不行，只有這月亮紋樣拿得出手。

睿王妃走過來。「不言，去用午膳吧。」

小蕭泊剛好睜開眼，睿王妃笑著逗了他一會兒，替他掖了掖被角。

「娘，這個兜肚針腳不好，換了吧。」

嬰兒肌膚最是嬌嫩，稍微有點線頭都會蹭得皮膚紅癢。

睿王妃又不是傻的，不會給兒子穿這麼不舒服的衣服。「繡工雖然差了些，但針腳細密，該藏的線都藏得很好。」

月楹做事認真，就算知道能被蕭泊穿上身的機率很小，還是一針一線地鎖邊。

蕭沂自嘲一笑，她對所有人都能溫柔以待，為什麼對他不行？

當空傳來一聲鳥哨，是燕風回來了。

蕭沂猛然站起來。有她的消息了！

薛府。

秋煙整理著薛觀的行裝，唸道：「唉，這京城的家住不了多久又要回去北境，祖父年紀大了，我們卻不能盡孝。」

薛父與薛觀常年駐守北境，不是回京述職基本不會回來。

薛觀從背後攬著嬌妻。「這樣的日子不會太久了。」北疆內亂不止，西戎也自顧不暇，這對大雍來說是最好的時機。

「會這麼簡單嗎？百足之蟲死而不僵，這一仗不知要打多少年。」

皇帝有吞併北疆與西戎的野心，但事情哪有那麼容易。北疆與西戎表面對大雍俯首稱臣，皇帝就不能先撕破臉，然而錯過了這個機會，下一次就不會有這樣的天賜良機。

現在的問題就是尋一個開戰的藉口。飛羽衛已經有所動作，開戰的日子不會遠了。

「妳還不放心我嗎？阿煙，我會平安的。」薛觀下巴抵著妻子的肩頭。

秋煙摸了摸他的臉。「慣會說好聽的哄我。」

「阿煙……」夫妻倆正欲親暱，下人適才通傳，睿王世子來拜見。

薛觀表情微變。「知道了。」看來蕭沂是發現了。他拍拍妻子的肩。「我去去就回。」

秋煙點點頭。「不著急，你們有事就去商量。」

薛觀苦笑，沒有說什麼。

院子裡，蕭沂面冷如霜，臉上帶著薄怒，不由分說對著薛觀就是一拳。

薛觀沒有躲，硬生生扛下了這一拳。

「蕭不言！你做什麼！」秋煙本是來看看他們需要什麼東西，不想看見了蕭沂打人。她是將門虎女，腰間軟劍抽出，橫在薛觀身前。「你要打架我奉陪！」

蕭沂冷眼看著她。

薛觀抹去唇角血跡，攔了下秋煙。「阿煙，妳回去，不言不會對我怎樣。」他心裡有氣，出了氣就好了。

秋煙收好軟劍，瞪了蕭沂一眼，用眼神警告他。

薛觀理了理衣衫。「她要走，你攔不住的。」

蕭沂垂下眼瞼。「所以你就幫她。」

月楹要出城就必須有路引，而城門官兵並未見過一個帶著假路引的女子，反而在那時間，薛觀乘坐馬車出了城，馬車上還有個丫鬟。

蕭沂立刻知曉了不對。薛觀自成親以來，連母蚊子都靠近不了他幾分，遑論一個丫鬟。

薛觀正色道：「我幫她，也是在幫你。不言，你為了她啟用十二飛鸕，這事情要是陛下知道了，你這個飛羽衛指揮使還當不當了？」

「陛下不會知道的。」蕭澈與蕭浴的事情已經讓皇帝無暇分身。

「即便陛下不知道，堂堂飛羽衛十二飛鸕滿城尋找一個女子，這像話嗎？」

蕭沂何曾不懂這些道理。他是王府世子，也有自己的驕傲，心甘情願一次一次為她妥協，她仍舊不肯留下。

「若今日你我角色互換，她會如阿煙一般護著你嗎？」薛觀不愧為他的好兄弟，懂得往他的痛點扎刀。

「會。」

薛觀嗤笑。「不過是因為她醫者仁慈。不言，她心中沒有你。」

蕭沂一直以來努力維持的假象被薛觀一針見血地點破。

她走得如此瀟灑，就是因為她心裡沒有他。即便在他們意亂情迷之時，她的心也是冷的。

蕭沂目光森然，留下一句。「會有的。」

薛觀輕搖頭。「癡兒……」

他回房，秋煙替他上藥。「蕭不言下手也太重了。」

薛觀淡笑。「我放了他心尖上的人，該受這一拳。」

草長鶯飛的春天已然過去，夏季帶著高溫，強勢來襲。船上更是悶熱不已，簡大嫂穿著單薄的衣衫，汗流浹背。

月楹給簡大嫂傳授了一套按摩手法。「每日給簡大哥按上一遍，他的大腿萎縮會減緩。」

簡大郎拿了汗巾給簡大嫂擦汗。「夫人，歇歇吧。」

月楹打趣道：「喲，我和易哥兒還在這兒呢！」

「妹子說什麼呢！」簡大嫂語氣嬌嗔。

簡大郎沒什麼不好意思，爽朗笑起來。「妹子別見怪。」

易哥兒撅著小屁股，拚命往他爹懷裡拱。

月楹看著這其樂融融的一家三口，心頭一暖。即便身遭苦難，仍心懷希望，不怨天尤人。

「好了，暑熱而已，你若不舒服，我給你開點藥。」月楹給簡二郎施完針，有些輕微的中暑。

簡二郎紅著臉。「不必了，有勞岳姑娘。」

月楹低頭收拾著針包，簡二郎拿了捧綠油油的東西過來。

她驚喜道：「怎麼有蓮蓬？」

簡二郎撓撓後腦勺，憨笑道：「今晨遇上採蓮藕的船，我拿幾條鱸魚換的，給妳與嫂嫂嚐個鮮。」

月楹笑逐顏開。「多謝。」

簡二郎被這笑晃了眼，臉頰更紅，不好意思地低下了頭。

月楹挑了個大的，剝出蓮子來。這幾株蓮蓬長得都十分飽滿，蓮子粒粒喜人，白胖蓮子躺在她的手心，月楹餵了個給一旁的易哥兒，嘴角含笑。「甜嗎？」

易哥兒點點頭，笑得很甜。

小傢伙得了好吃的，也不忘了娘親，拉著月楹的手出船艙找簡大嫂去了。

簡大郎將簡二郎眼裡的情意看得分明，他勸弟弟。「你喜歡岳姑娘，說出來她才知道。」

簡二郎搖搖頭。「岳姑娘那麼好，我一個漁家漢子，哪裡配得上。」

簡大郎輕皺起眉。「都是我連累了你們。」他這一雙殘腿拖垮了一家人，讓兩個弟弟連個媳婦也娶不到。

「大哥，千萬別這麼說。爹死得早，若不是你勞心勞力，我與三弟能不能成人都是問題。」簡二郎站起來。「大哥，這事休要再提，即便沒有你腿的事情，我也配不上人家姑娘。」

月楹渾然不知裡頭發生的事情，與小傢伙吃蓮子吃得正歡。

簡大嫂睇了眼岸邊。「妹子，未時就能到青城了。」

他們也到了該分離的時候，月楹沒有路引，進不了城，只能在城郊的小碼頭將她放下船。

月楹打扮成了個五、六十歲模樣的老婦。「諸位，後會有期。」

「妹子，一路小心。離此地十里有間啞爺爺客棧，妳可去那裡投宿。」

月楹沒有告訴他們自己的落腳地，對他們來說，知道得越少越好。

她揹著包袱，裡面是簡大嫂給她帶的烙餅與饃饃。她撿了根竹杖充當枴杖，力求將這個老婦人演得更逼真一些。

十里說長不長，說短不短，走起來還是要個把時辰的。今天是進不了城了，只能明日一早碰碰運氣，看有沒有商隊能讓她混進城。

扮作老婦人是月楹能想到最安全的法子了。蕭沂定然到處找她，她若以一個妙齡女子身分上路，免不了又遇上類似那黑心船家的事情。

裝老人也是體力活，時刻佝僂著身子有些累，路上無人時，月楹也懶得裝，挺直脊背走了一段。

午後的太陽最烈，她走了一會兒便熱得冒汗，臉上的妝容都要掉完，月楹只好停在一個樹蔭下補個妝，又歇息了一會兒才重新上路。

站起來時，不遠處傳來一陣陣馬蹄聲。有個馬隊路過，月楹突然從樹蔭裡走出來，馬隊裡有個騎手險些撞上去。

「吁——」馬上人緊勒韁繩，怒罵了句。「死老太婆，走路不看路的！」

月楹驚魂未定。明明是她好好地在路上走，這人險些撞上來，還倒打一耙。「你這年輕人怎麼如此蠻橫！」

遇上不講理的，她也不介意碰個瓷，正好走累了！

「呵，妳個死老太婆竟然還敢頂嘴，妳知道我是誰家的人嗎？」

月楹剛想反唇，那青年人突然被臨空打了一馬鞭。

「給老人家道歉！」

月楹仰頭看，打人的是個少年，十五、六歲的模樣，生得唇紅齒白，是個漂亮的小郎君。看他衣著，應該是這馬隊的少爺。

囂張的青年人被打了後，立馬對月楹賠笑道：「老人家，是我錯了，實在不好意思。」

漂亮小公子掏了掏衣袖，拿出一個十兩重的元寶來。「老婆婆，您收著，壓壓驚。」

出手這麼闊綽，讓月楹想訛人都不太好意思。

「不必了，老身也沒有受傷，怎好拿小郎君的銀子。」說著就拄著枴繼續往前走。

小郎君瞪了他一眼。「還用你說！本少爺自有分寸。」

一開始開口的那人催促。「少爺，快走吧，再晚恐誤了時辰。」

小郎君抬頭看，老婆婆一步一步走得如此艱辛，他於心不忍，上前幾步。「老婆婆，婆婆……」

月楹回頭。「小郎君有事？」

「您是要進城嗎？我們帶您一程吧。」

「哪好叨擾小郎君。」月楹婉拒。

「不叨擾，您上馬就是。」小郎君讓手下人讓了一匹馬出來。「婆婆，您請吧。」

「老身不會騎馬，恐誤了小郎君的行程。」

小郎君笑道：「無妨。」正好他也不想那麼早回家，家裡那堆糟心事，越晚回去越好。

月楹推辭不過，被這熱情的小郎君邀上了馬。

「多謝小郎君了。」

小郎君名叫東方及，是城中富商東方老爺的長子，此次外出採買回鄉。剛走了一段路，月楹就發現這小郎君不僅是個自來熟，還是個話癆。

「我爹老是催我回去，家裡又沒什麼大事，哪裡有外頭自在。」東方及不見外地與月楹吐槽著，月楹保持著微笑。

有了她，他們的行程徹底被拖慢，成功錯過進城的時辰，一同投宿了啞爺爺客棧。

東方及非常豪氣地要幫月楹付房錢，月楹推辭了一番。

可東方及態度強硬。「婆婆，本少爺最不缺的就是銀子，您收回去！」

要不是自己現在是個老婦，月楹都懷疑這小郎君對她有什麼企圖。

啞老闆咿咿呀呀地點頭，收了一大筆銀子，召來女兒讓她帶著人去房間。

他們一行八人，除了月楹與東方及，剩下六人兩兩一間。

「諸位隨我來吧。」一個十七、八歲的小姑娘引著他們上去。

東方及非常豪氣地包下了一整層二樓，還吩咐一定要用最軟的床褥，不然他睡起來不舒服。

可這城郊條件終歸簡陋一些，吃飯時，東方及的大少爺脾氣又起來了。「這都什麼菜啊！不吃不吃！連隻雞都沒有。」

一盤小炒肉，一個燉排骨加上幾樣時鮮菜蔬，在城郊其實已經算不錯了。眾僕從都勸大少爺吃一點，東方及就是不吃。「後院不是有隻雞嗎？殺了來，本少爺要喝雞湯！」

僕從沒辦法，只好去找店老闆商議。

店家女兒倒是好說話，加上給了足量的銀子，即便是報曉的雞也殺了來。她一把細嗓。「客官稍等。」

「婆婆，您也覺得這裡的食物難以下嚥吧？」東方及見月楹也沒動筷子，尋找著附和。

月楹揉了揉胃。她是中午硬饃饃吃多了，難受得緊，現在吃不下。

她忍了一會兒。「老身失陪……」胃裡翻江倒海，估計是在王府好吃好喝久了，一下子冷水配饃，這矜貴的胃受不住。

月楹下去解手，店家女兒端著酒出來。「雞湯還要一會兒，客官稍待，先喝口酒吧！咱們這酒，可是上好的女兒紅。」

東方及打開蓋子聞了聞。「酒倒是還行，斟上吧。」

夏日衣衫薄，巧兒露著一截雪白的脖頸，給東方及遞了個眼神，甜甜笑著給東方及斟酒。「小郎君……請……」

東方及閃身一躲，酒水灑在了地上。「姑娘，可看準酒杯在哪裡。」這姑娘想幹什麼，他一看便知。

巧兒沒得逞，面不改色，眼神閃過一絲陰毒，重新替他倒酒。「小郎君，慢用。」

巧兒扭著腰肢回了房，心底暗罵那男人不解風情。

東方及目不斜視。這樣的勾引，他見得多了。

月楹解決完了，出來時越想越不對，總覺得有些事情被她忽略了。

路過廚房，雞湯的香味傳了出來，與此一併傳出來的，還有血腥味。

她起初並沒有在意，還以為是殺雞的血。但越靠近廚房，血腥味就越濃，其濃重程度完全不只是殺了一隻雞，不僅有血腥味，還有腐臭味。

那樣的腐臭味，月楹只在一種東西上聞到過——屍體。她心頭一跳，耳畔傳來窸窣的說話聲。

「下藥了嗎？」

「大哥放心，足量的。」

「還有個老婆子沒喝酒。」

「不要緊，一個老婆子而已，勒死了事。」

「要不要多叫些兄弟來？」

「不必興師動眾，我們二人足夠，免得驚動官府。」

對話聲是一男一女，月楹透過剪影認出了是招待他們的店老闆與店家女兒。

這是黑店？不會，若是黑店，簡大嫂不會讓她來這裡投宿。

她倏然瞪大眼。想起來了，簡大嫂曾跟她提過，啞爺爺店啞的不是店老闆，而是店家女兒。所以，原本的店家與女兒都已經被殺，他們見到的是假的！

月楹心驚肉跳，努力不讓自己失態，小跑著回到大堂。

大堂裡酒席正酣，她想阻止也來不及，東方及一杯接一杯地喝。「婆婆，這酒不錯，要不要也喝些？」

小祖宗，這可是奪命酒！

月楹知道此時那假父女倆一定在隔壁偷聽，可不能暴露。

「好啊，老身還沒喝過好酒。」月楹伸手去接，用衣袖做掩飾，拿銀針驗了驗毒。是最普通的砒霜，純度不高，還算有救！從他們的對話可以得知，店中只有他們兩人，那事情就好辦多了。

月楹舌尖含一顆解藥，手心裡攥滿了迷藥，去到廚房門前敲門。「小姑娘，店家，可有熱水，老婆子想漱洗。」

廚房裡的二人不疑有他，根本沒將這個老婆子放在眼裡。兩人對視一眼，冷笑道：「正好解決了她。」

兩人毫無防備地出來開門，月楹看準時機，拋出一把迷藥。兩人猛然被這迷藥晃了眼，下意識呼吸，迷藥吸入口中，頓時昏昏沈沈。

兩人怎麼也想不到，從不失手的山匪竟然在一個老婆子手上栽了跟頭。

月楹迷暈了人後沒空管他們，趕緊回到大堂。大堂裡，已經有人有中毒反應，捂著肚子疼起來。

月楹迅速給他們分了生雞蛋。「酒裡有毒，你們快把雞蛋清生吃下去，能解毒。」

眾人腹痛不已，哪還去計較這是真是假，都先吃了再說。

東方及貪杯，喝得最多，已經口吐白沫，吞不了雞蛋清。

月楹扶起他。「怎麼就那麼貪杯！」

幸好只是砒霜，要是什麼見血封喉的劇毒，神仙也救不了。

月楹正欲脫了他的衣衫給他施針，脫到一半，忽然發現了些不應該在他身上出現的東西。

她淺笑，怪道覺得有些不對，原來竟然是這樣……

第七十七章

東方及渾渾噩噩醒來，頭疼欲裂，似乎只是宿醉，全然不知自己在鬼門關前徘徊一遭。他敲了敲腦袋，坐起來，驀地發現月楹在房裡，大驚失色，話都說不清楚。「婆婆，您……您怎麼在這裡？」

「我要是不在這兒，你就死了。」

東方及撐著腦袋回憶，有些零星的記憶回來，自己好像吐白沫來著。「是您救了我？」

「你運氣不錯，老身恰好學過幾年醫術。」

東方及跪在床上拜謝。「婆婆，大恩大德，沒齒難忘。」

「不必謝我，若你不帶上我，也不會誤了時辰進城，更不會有此一難。」

「不，救命之恩，要報恩的。」東方及堅持，就算沒有這位婆婆，他也會磨蹭不回家。

月楹笑起來。「怎麼報恩，以身相許嗎？」

東方及眼睛瞪得如銅鈴般大，攥緊被子。「婆婆，這……不妥吧……」

「哈哈哈！」月楹笑得眼淚都快流出來。「姑娘，妳當真了？」

東方及駭然。「您……您……知道我是……」是女兒身。

「噓！」月楹用手指抵唇。「我沒告訴別人。醫治時需要脫掉妳的衣服，妳身上纏了束胸帶。東方姑娘，妳是從小便女扮男裝嗎？」

東方及低下頭，頷首。「是。在我之前，我父親一連生了九個女兒，算命的說他命中無子，我娘也是沒辦法。」

她爹一連娶了十幾個侍妾，也沒見哪個小娘肚子裡蹦出個兒子來。東方夫人沒有辦法，只能委屈最後出生的小女兒女扮男裝。

本想著用這法子到東方老爺百年之後，就讓她恢復女兒身，不料東方夫人先走一步，東方老爺又娶了個續弦進門。這續弦進門後一舉得男，東方及也沒想那麼多，既然爹爹有了真正的兒子，她即便是讓出家主之位也無妨。無奈她二娘野心太大，她不過是想等弟弟再大幾歲便讓權，二娘便已經迫不及待讓她去死了。

月楹聽罷原委。「我會替妳保守秘密。」

「婆婆，不是我不信，只是……」若這件事讓她二娘知道了，她會有大麻煩。

「不如我也告訴妳一件秘密？」月楹眨了眨眼，笑得狡黠。

東方及好奇起來，然後眼睜睜看著面前的老婦人來了一場變裝秀，脫胎成了個妙齡女子。

東方及眼睛亮起來——她正缺個夫人！

三月後，青城人依舊津津樂道一個月前的盛大婚宴。東方家不愧是青城最大的富商，光是流水席就擺了七天。

「老頭我也有榮幸吃上一次香滿樓的東西……那鵝掌，酥軟無骨，鮮掉人的舌頭！」

「東方家新娶的那位少夫人，更是少見的絕色。」

有人質疑。「蓋著蓋頭呢！你哪能瞧得見？」

「這位少夫人時常在城門口贈醫施藥，她戴著斗篷，那日風大，我偶然見過一回……聽聞她還開了家醫館呢！」

安遠堂內，月楹端坐堂前給一位孕婦看診。「八個月的肚子，養得有些大了，妳生產的時候恐要受苦。記得多走走，別再躺著不動。」

懷孕的小婦人點點頭，陪著來的中年老婦不樂意了。「妳這大夫，我兒媳婦上次都見紅了，多休息也是別的大夫說的，怎麼到妳這兒躺著反而不好了？」

月楹不急不緩。「剛見紅的那一段時間確實需要靜養，但那都多久了，已有半年不止，胎象早就穩固。」

這對婆媳穿著還算不錯，看樣子是個不差錢的人家，也正是因為富裕，拚命給兒媳婦進補，補得胎兒越來越大。

中年婦女不信。「女大夫就是經驗淺，我說要去芝林堂，妳非要來這裡，走！」

月楹習慣了別人的質疑，只對那個小婦人道：「妳若有覺得不舒服的，儘管來找我。」

中年婦女拉著兒媳婦就走，覺得月楹是在危言聳聽。

小婦人被拉得一個踉蹌，望著月楹。從她的眼神中，月楹知道她是相信她說的，只是礙於婆婆威嚴，不好反抗。

小婦人是得了手帕交的推薦來這兒的，這裡的女大夫治好了小姊妹的暗疾，她的小姊妹不僅病好了，人也變得越來越美。

「妳怎麼不走？」中年婦人有些不悅。

「娘，我想在這裡看，而且女大夫也更方便不是嗎？」

「女大夫是方便，可她醫術不精，哪裡好了？」

東方及就是這個時候來的。她斜倚在醫館門框上，慵懶模樣盡顯。她不屑地看了眼爭執的婆媳。「愛治不治，岳大夫忙著呢！」

月楹抬眸，東方及朝她遞了個眼神，示意她安心。

月楹卻在抬眸時愣神，因為東方及不是一個人來的，身邊還有個身著寬袍大袖的男子。

「岳姑娘……」邵然驚訝，心頭微顫。東方兄說的新婚妻子，竟然是她嗎？

月楹淡淡頷首，淡然看著東方及表演。

小婦人也被她這輕佻的眼神惹得臉熱。

「哪來的小白臉管閒事！」中年婦人臉色陰沈。「那女大夫是你相好的？難怪要出來招搖撞騙，原來是有個小白臉要養！」

東方及輕蔑地掀起眼皮。「喲，敢問您兒子在哪兒高就啊？」

中年婦人自鳴得意，神氣起來。「我兒可是東方府胭脂鋪的管事。」

「東方府管事……」東方及重複了一遍。「吳叔，咱家胭脂鋪是誰管的？」東方及問著後方人。

吳管家恭敬道：「城南有兩家，城北有三家，城西有四家，城北少了些只有一家，少爺問的是誰？」

中年婦人一聽這稱呼就心裡打鼓。吳管家穿得不俗，比她身上的衣料都要好，一個管家尚且如此，更遑論少爺。

東方及像是閒聊。「這位老夫人，您兒子叫什麼？」

小婦人機靈，攔了攔婆母。「這位少爺，是我婆婆出口欠考慮，小婦人在此替她道歉，還望少爺原諒她的無禮之舉。」

中年婦人還有些不忿。「誰讓妳自作主張道歉！別以為肚子裡揣著我屈家的肉，就能做我的主了！」

東方及恨不得捶這臭老婆子一頓，有這麼個好媳婦不知足，非要找死。

吳管家道：「姓屈的只有城北的屈宿，年二十又二。」看年紀與這中年婦人的兒子對得上。

「那便換了吧。」

中年婦人聽見自己兒子的名字，這才慌了神。「你、你……是……」

東方及雙手抱拳，哂笑道：「在下複姓東方。」

屈母雙腿一軟，沒撐著倒在了地上，旁邊兒媳婦都沒來得及扶。

她……她都做了什麼！兒子辛苦五年才得來的管事之位，她竟然就這麼弄丟了！

屈母後知後覺，那位女大夫，莫不是新進門的東方少夫人？

屈母想通時，已是來不及了。她往前爬了幾步，想扯住東方及的衣衫下襬。「東方少爺，是老婦人有眼不識泰山，口出狂言。宿兒他是無辜的呀，他不該受我拖累。」

月楹用眼神示意差不多了。

東方及很聽話。「家風不正，也是錯。屈管事忙於公事，家中事管得太少，還是少讓他做些活，多陪陪家裡人吧，當個副管事正好。」

這已經是東方及最大的溫柔。罵了她，還想有好果子吃，不可能！這還是看在屈宿的媳婦懷孕的分上，他們東方家最不缺的就是管事。

小婦人不禁怨恨起屈母來，但終究是婆母，還是要忍著脾氣。「還不快將老夫人扶起來。」

身後侍女趕緊動手，帶著屈母與小婦人離開了安遠堂。

月楹笑看著她。「妳呀，吃不得一點虧！」

東方及瞇眼笑。「就這個脾氣，改不了！阿月，家裡太無聊了，成日看帳本，過幾日咱們去遊湖吧！夢淚湖的晚蓮盛開，是我們青城一景，外城的人都有趕來看的，咱們去瞧瞧吧……」語氣不自覺帶了些撒嬌。

「這時節還有蓮花？」都快九月末了。

「晚蓮晚蓮，就是開得晚呀。阿月，去嗎？」

月楹鐵面無私。「不行，我還有些病人。」

「阿月……妳日日都有病人，就不能歇一歇陪我幾日嗎？阿月阿月阿月——」東方及叫個沒完，大有不喊到月楹答應誓不罷休的架勢。

「好好好，我答應，妳安分些，還有客人在呢。」月楹習慣她的黏人。她知道面前人是個姑娘，不覺有什麼，其他人不知道呀。

東方及達成目的，笑得燦爛，挽住月楹的手臂靠在她肩上。「我就知道，阿月妳最好了……」

邵然心尖酸澀。她嫁人了……月楹臉上的笑意不是假的，邵然即便心有不甘，從小的風度也不容許他失態。

東方及像是才想起來。「我都忘了，這位是邵然邵公子，芝林堂的少主人。妳前些日子不是說缺一批藥材嗎？他有藥材，我就把人帶來了。」

邵然道：「我與岳姑娘是舊識。」

邵然貼心地沒有提起月楹以前的身分。雖不知蕭沂為什麼會放手，但她現在很幸福，就不必打擾她。

有些事，終歸是緣分不夠。

「邵兄認識我們家阿月啊，那一定知道她高超的醫術嘍！我家阿月很厲害對不對？」自從月楹救了她，東方及走到哪兒、誇到哪兒，見著誰都要吹噓一遍，在外人看來，就是個「炫妻狂魔」。

月楹拉了拉她，對邵然道：「阿及言過，邵公子不必放在心上。」

「岳姑娘的醫術我曾見過的，東方兄所言不算虛。」

東方及得了人附和，高興起來。「是吧是吧？阿月別謙虛。」

東方及說話還喜歡往她身上靠。月楹無奈搖頭，推了推她腦袋，根本推不動。「妳放開些，我還要與邵公子談藥材的事。」

「哦，妳談唄。」東方及搬來椅子，鋪好軟墊。「阿月，坐。我來時還去七香齋買了妳愛吃的點心。」

看在邵然眼裡，東方及實在寵妻，難怪岳姑娘會選他。

隨後的談話邵然一直心不在焉，因為對面的東方及著實有點引人注目，不停地給月楹投餵。他不願滿目都是他們恩愛，快速結束了對話。「都按岳姑娘……不，東方夫人說的價吧！」

他換了稱呼，同時也在心裡與她劃清界限。

月楹自然高興。「多謝邵公子了。」

瑟。

夫妻兩個送邵然出門，邵然隱去眼中落寞。「不必送了。」他抱拳告辭，背影有些蕭

東方及看上去大剌剌，其實粗中有細。她笑起來。「阿月，這邵公子是不是對妳有意啊？」

月楹怔住。在兩淮時，他險些被蕭沂砍手都不說出她的下落，雖然邵然的確不知她的藏身之處，卻也足以體現他對她並不單純。

「妳胡說什麼，吃醋了？」月楹打著哈哈。

「對呀，醋了醋了，阿月我吃醋了……」

她又開始了！月楹懶得理她。「我還要去切藥。」

「我幫妳，正好與妳講講府裡的事情。阿月的藥實在太好用了，我二娘……」

東方及絮絮叨叨講述，聲情並茂，月楹覺得她要是哪天破產了，靠說書也能吃上飯。

當初同意嫁進東方家不過是為了幫阿及的忙。

她二娘聯合她爹給她娶親，可不論娶誰，都對人家姑娘不公平。而月楹對嫁娶之事無意見，又知曉她身分，是最合適的人選。

作為交換，東方及送了她一家醫館。

月楹起初還有些不好意思，東方及道：「妳人都嫁過來了，送點聘禮怎麼啦？人參、鹿茸要不要買個幾百斤屯著？別客氣！」一家醫館，她是真不放在眼裡。

東方及成親後，東方老爺迫不及待放權。他老了，想頤養天年。

這一舉動差點沒把她二娘的鼻子氣歪！

「我二娘以為我不成親是有隱疾。」東方及確實裝過不舉來逃避成親，這次把月楹帶回去，她又會醫術，順理成章地編了個月楹治好了他的病的理由，於是非卿不娶。

東方及答應娶親讓二娘之前的努力全都白費，她只能換個思路，讓他們小夫妻鬧矛盾。焦二娘便接來自己的姪女到東方府，她認為，只要是男人就愛色，她姪女焦嬌人比花嬌，一定能讓東方及動心。

月楹正好不想應對這些破事，假裝與東方及吵架，搬到了醫館住。

「阿月，我好苦啊！她竟然給我下合歡散，那東西是能亂吃的嗎？我只好給她下了點瀉藥還回去，我真是太善良了。

「還有那個焦嬌，穿得跟個青樓女子似的，成天往我身上撲。」東方及故作愁眉苦臉。

「妳是不知道，我為了保住清白，做了多大的努力！」

「妳是指給焦嬌下藥，讓她滿臉起紅疹這種努力嗎？」

東方及格格笑起來。「阿月都知道了啊？」

「都是吳叔告訴我的。」

吳管家是真以為兩人吵架，拚命在中間當和事佬，府裡有什麼消息，事無鉅細地往這裡傳，連東方及的挑食他都能說成少爺是想您想得吃不下飯。

不知不覺，她已經在青城待了三個月。
京城的事情，恍如一場前世的夢，在記憶中漸漸被淡忘。
「冤枉啊！」一個女子淒聲叫著。「官兵強搶民女啦！」
周遭眾人有想上前幫忙的，卻畏首畏尾。若是一般的官兵，幫了也就幫了，可這是飛羽衛，老百姓沒有一個敢出頭的。
蕭沂居高臨下。「帶走。」
皇帝給了他一個明面上的身分，讓他便於輔佐蕭澄。
被拖走的女子哭得梨花帶雨。「大人，為什麼？」
蕭沂皺眉。「聒噪。」
底下人立馬會意，堵住那女子的嘴，強勢帶走。
「等等！睿王府世子便可如此強搶民女嗎？」
眾人凝神看去，只見一白衣公子挺身而出，來人正是邵然。
「公子，救命！小女子不知犯了何罪？」那女子好不容易掙脫箝制她嘴巴的手大聲喊著，像抓住救命稻草。
他才回京城，就看見蕭沂如此做派，真是替岳姑娘不值。
「邵……然？」蕭沂回憶了半晌，才從犄角旮旯裡把關於他的記憶翻出來。「別多管閒事，有時你看到的，並非全部的真相。」

正哭泣的女子一抖，拉了拉衣領遮住紋在後頸的三葉花，繼續向邵然求助。「公子，救我！」

邵然身後的僕從也拽著人。「少主人，那可是飛羽衛，不可！您自己不怕，也要考慮邵家！」

邵然被困住，蕭沂一揮手。「走。」

邵然忿忿，恨自己沒有能力阻止，暗罵了句。「幸好岳姑娘已經離開了王府，蕭沂真是令人不齒！」

還沒走遠的蕭沂耳朵動了動，眸間浮現笑意。

第七十八章

夢淚湖與名字一樣美，湖水澄澈，波光粼粼，滿湖都是各色的晚蓮，赤的、粉的、黃的、橙的，應有盡有。

大半數人都在岸上看，湖中心零星有幾艘畫舫。畫舫基本都是二層，從規模可知，能用得起畫舫的都不是什麼簡單人物。

東方及睜著一隻眼、閉著一隻眼，搗鼓著剛從西洋淘換回來的小玩意兒。「怎麼什麼都看不見？」

她手裡的東西，月楹很眼熟，是與商胥之那個一模一樣的簡易望遠鏡。

月楹瞥了眼，無語道：「妳倒是把睜著的那隻眼睛對準啊！」

「哦。」東方及把望遠鏡從左眼拿到右眼。「看見了、看見了，怎麼有些沒開啊？」

「蓮花花期本就有早有晚，晚蓮的意思是晚上開而不是開得晚。」月楹來時詢問了吳叔。

東方及哪裡懂這些。「別管是開得晚，還是晚上開，好看就行。」這些天可把她悶壞了，見天地看帳本，看得她作夢都在打算盤。

月楹遙望湖面，赤橙黃綠連成一片，面前的蓮花清麗綻放，陽光照射在澄澈的湖面上，映在蓮葉的露珠上。露珠顆顆圓潤飽滿，晶瑩剔透似水晶一般。

美景能讓人心曠神怡。月楹嘴角噙了一抹笑。

東方及還嫌遠看不夠過癮。「快，駛近一些，我要摘一朵簪在阿月髮間。」

「阿及，別亂摘花。」

東方及道：「放心，我問過了，只要付了銀子，滿湖的花都可以摘。」

夢淚湖的蓮花是養殖的，說破天是為了賺銀子，況且蓮花不摘，放在湖中最終也是腐爛。

月楹見她興致勃勃，沒好意思掃她的興。

與此同時，另一艘畫舫上——

「不言，出來遊樂，板著臉做什麼？」明明還沒入冬，待在這人身邊，不用等到入冬也能感受到寒意。

蕭沂掀起眼皮。「是你叫我出來的。」意思是他本來懶得出來，要不是商胥之一直在耳邊煩人，他才不會來這裡。

月楹還杳無音信，他哪有閒心賞什麼蓮花。

那日聽見邵然的低語，月楹逃跑一事，沒幾個外人知道，邵然既然那麼說，必定是在府外見到了她。

蕭沂立即命人調查邵然的行蹤，得知邵然前段時間在青城，他馬不停蹄地到了青城，可一連十數天，猶如大海撈針。

蕭沂越發沈默，把自己關在房中不見任何人，左手與右手下棋。商胥之因為生意上的問題也來到青城，不由分說拉著他出來遊湖。

蕭沂待在船艙裡動也不動，只關注著眼前棋盤。「快，該你落子了。」似乎只是換了個地方下棋。

商胥之苦笑。真是風水輪流轉，從前是他求著他下棋，現在反而是蕭沂上趕著想下。可他今天並不想下棋，下棋什麼時候不能下，大好風光為何用來枯坐？

商胥之站起來去到船頭，舒展筋骨。「稍後，稍後，下一步，我得想想。」

微風拂面，帶著湖底席捲的水氣，撲在臉上，有些微暖的濕意，很舒爽。

商胥之沈迷美景，想著要是帶著蕭汐來，她定然會高興地跳起來，明年一定要帶她來上一回。

「船家，這蓮花能養幾日啊？」商胥之看見遠處有人在摘蓮花，問了聲。

船家道：「養護得當，開上十幾日也是有的。」

十幾日足夠送到京城。商胥之微笑起來。「那你將船划過去，我要摘上一朵。」

船家是過來人。「郎君，是想著摘回去送心上的小娘子吧！」

蕭沂終於在船艙裡坐不住，出來透透氣，看著笑成一朵花的商胥之，面無表情道：「汐兒不喜歡蓮花。」

商胥之自動過濾他酸溜溜的話語。「旁人送的她興許不喜歡，我——」驀地住口，眼睛瞬間瞪大。

蕭沂面對著他。「怎麼了？」商胥之呆愣愣地看著自己身後，蕭沂轉頭，眼神漸漸冷如寒冰。

不遠處的畫舫上，一個男子親暱地拿著朵蓮花往女子頭上插，蓮花上還有露水不小心淋了女子滿頭，女子沒有惱，只是嬌笑著推了男子兩下。

「阿及！」露水順著她脖頸滑進衣服裡，冷得她一激靈。

東方及抓住她的手腕。「好阿月，我錯了！」她眨巴著大眼睛，目光灼灼地盯著她。

月楹最吃不消撒嬌，輕刮了下她的鼻子。「妳呀！」

她拿著剛摘下的蓮花，笑意還掛在嘴角，倏然覺得有一道目光射過來，有些危險。

月楹仰頭，隔著滿湖的奼紫嫣紅，對上蕭沂漆黑如墨的雙眼。

她渾身瞬間冰涼，手一鬆，蓮花掉落在水裡，順著水流漂遠了。

「阿月，怎麼沒拿穩？」

月楹躲進船艙，聲音都在發抖。「阿及，快走！」

「阿月，妳怎麼了？」她現在看起來很不好。

「阿及，求妳別問，快走。」月楹想過這個結果，卻沒想到來得這麼快。

她過了三個月逍遙的日子，老天這麼快就要將它收回嗎？

東方及沒有再追問，下令船伕快些划船。

但顯然已經來不及。船艙忽然震了震，船頭發出輕微一聲響。

東方及才想出去察看，卻聽船伕高聲道：「你是誰？怎麼上來的？這是東方公子的船，快下去！」

幽微的檀香味飄進來，是他過來了。

月楹已經收拾好了心情。反正不是第一次了，她該習慣的。

蕭沂掀簾進來，入目所見是東方及抱著月楹，眼底的火星燃起。

「他是誰？」

東方及撇撇嘴，扠腰道：「你是誰？跑到我的船上來放肆，嚇著我夫人，我和你沒完！」

「夫人？」蕭沂眼底怒火更盛，聲音暗啞，渾身散發著生人勿近的氣勢。「楹楹，妳嫁人了？」

月楹抿唇，沒有說話。

東方及微愣。叫得這麼親熱，莫非是她家阿月的情郎？可不論來者是誰，月楹明顯是不願意見他的。

東方及自然要護短。「是啊，阿月已經嫁了我，是我明媒正娶的妻子。無論你們從前是什麼關係，她往後都與你再無半分干係！」

蕭沂死盯著月楹。「楹楹，我要妳親口回答。」他不信，這才短短三月，她就嫁給了別人。

原來那些什麼遊遍天下、行醫四方，都是為了拒絕他的藉口嗎？因為她心裡沒有他，所以他對她的要求都是強求，而換個人，她便願意囿於後宅，替他相夫教子？

這一切都是因為她不喜歡他，一點都不喜歡。

這個結果讓蕭沂眼底燃起熊熊烈火，幾乎吞噬了理智。

東方及還在咄咄逼人。「這位公子，這是我的畫舫，還請你下船！」

蕭沂只覺得他聒噪，手腕一翻，摺扇扇鋒就要劃到東方及喉間。

「蕭沂，不要！」月楹擋在了東方及身前。

蕭沂心臟一疼，疼痛蔓延到四肢。「妳護著他。」

「他是我丈夫，我不該護著他嗎？」

丈夫，多麼令人羨慕的稱呼。

蕭沂此時只有殺意。「很快妳就沒有丈夫了。」

月楹敏銳感受到他動了殺心，飛身抱住蕭沂的腰。「阿及，跑，快跑！」

「不行，阿月，我不能丟下妳。」

月楹大喊：「他不會傷害我，妳快走，跳下水！快！東方家不能沒有妳。」

她沒有把握能控制發怒的蕭沂，東方及不會是他的對手。

最後一句話讓東方及咬牙，忿忿跳下水。這裡已經離岸邊不遠，她沒游多遠就上了岸。

船上的蕭沂摟著月楹輕點水面上岸，沒入人群，立即消失得無影無蹤。

東方及暗罵自己沒用。「該死！他到底是什麼人？」

商胥之不知船上發生了什麼事，蕭沂竟然把人逼得跳水，他是真不管不顧了嗎？

東方及在岸上跳腳。「給我查那條畫舫上是什麼人！召集人馬，有人擄走了我夫人！」

她一個人打不過，一堆人總能對付得了他吧！

屬下道：「少爺，咱們報官吧。」

東方及一拍腦袋。「對啊，報官！」

「不能報官！」商胥之匆匆趕上岸。報官這事情就鬧大了，對誰都不好。

看在商胥之風度翩翩的分上，東方及耐著性子聽他說幾句。「你是？」

「在下商胥之。」

城東別苑，商胥之與蕭沂在青城的落腳處。

月楹被扔上床，胯部重重撞上床板，疼得她齜牙咧嘴。

蕭沂半點不憐香惜玉，欺身上前扯開她的衣帶。

月楹拚命護著胸口，腳也亂蹬。「蕭沂，你做什麼！」

「做什麼？」蕭沂捏住她的下巴。「我就是太縱容妳了。」才讓她逃出了京城，才讓她嫁給了別人。

一想到月楹曾經被別的男人擁有，他的心就難受得發緊。

下巴傳來疼痛，月楹掙扎無果。「蕭沂，你冷靜些，阿及她……」

「別再提他的名字！」蕭沂幾近凶狠地吻上她的唇，說是嘶咬更加準確，儼然恨不能將月楹食肉寢皮。

月楹舌尖嚐到血腥味，唇瓣被咬破，蕭沂卻沒有停下來的架勢，他的唇舌一路向下，整個人壓得她喘不過氣。

嘶啦一聲，她的外衫被扯破，袖中的藥骨碌碌滾到地上。

月楹暗道不好。

蕭沂捧著她的臉。「還想用同樣的方法對付我？」

她知道他說的是瓊樓的那一次。「我……沒有……」

「謊話連篇的女人。」蕭沂再次將她的唇封住，懲罰似的重重咬了她一口，大掌再撕去她的裡衣，雪白的胸脯暴露在空氣中。

月楹使勁阻止他，但對蕭沂來說，她的反抗都是蚍蜉撼樹。

「蕭沂，你不能這樣……」月楹有些絕望，眼中蓄滿了淚。

蕭沂卻將她的拚死抵抗理解成另一種意思。「妳在為他守節？楹楹，妳別忘了，妳是我的丫鬟，我想要妳，隨時都可以。」

他面如寒霜，說出的話也一樣冰冷。

裂帛之聲不斷傳來，月楹心頭發堵，眼睛痠澀，反抗的力道越來越小。

在蕭沂的心中，她不過一個丫鬟而已。她竟然還天真地以為，自己是有所不同的。

一切全憑他的心情，他高興了就哄哄她，不高興了就同現在這樣，為所欲為。

她不知哪裡來的力氣，用力甩了他一巴掌。蕭沂不閃不避。

他的左半邊臉留下一個清晰的掌印，可見月楹力道之大。

打完一巴掌後，她像是失去了全部的力氣，不再反抗。

她的平靜沒讓蕭沂息怒。他滿目憤懣，一拳砸在她身邊的枕頭上。「怎麼不反抗了？」

月楹突然覺得，讓蕭沂這樣一向冷靜的人變成這樣，她也算好本事。

「世子不是想要我嗎？」她敞開衣衫。

她胸口的小紅痣有些刺目，蕭沂冷靜了些，開口還是不饒人。「妳與妳丈夫在一起時，楹楹也這麼主動嗎？」

月楹偏頭不看他。「阿及比你溫柔。」

蕭沂心中剛熄滅的小火苗又瞬間燃起，剛找回來的理智瞬間化為烏有。他解了自己的長袍，露出精壯的腰身來，抓了一旁的腰帶把月楹的手腕綁在床頭。

月楹嗤笑。「原來世子喜歡這樣。」

她美目微睜，烏髮鋪滿床，掙扎許久讓她額間發了汗，幾縷髮絲不聽話地貼在上面，倔強的模樣令他喉頭發緊。

「閉嘴。」

蕭沂喉頭滾了滾，吻上她雪白的脖頸。

第七十九章

肌膚相貼之際，月楹緊閉雙眼。就當嫖了個男人！

蕭沂蓄勢待發，外頭卻傳來拍門的聲音。

「不言！你開門！」

商胥之在外面叫門。雖然他知道蕭沂肯定不想有人打擾，但他不來，蕭沂恐怕會犯錯。

「滾！」

商胥之堅持不懈地拍門，把門拍得砰砰響。

「你最好是有大事！」蕭沂披了件外袍，臉色陰沈地走出來。

隱隱可以窺見他外袍下赤裸的胸膛，上面還有月楹指甲劃過的紅痕，以及他臉上忽略不了的清晰巴掌印。

商胥之目不斜視。「與月楹姑娘同行的那位公子，是個女扮男裝的姑娘。」

東方及衣衫沾了水，即使很快就有人拿來衣服遮住她的身形，商胥之憑著多年眼力還是看了出來。後來與東方及的交談中，又發現她喉結有些可疑，仔細觀察了一番才敢確認，便馬不停蹄地來通知蕭沂。

「不言，你怎麼了？」

怎麼了？闖大禍了！

蕭沂先是狂喜，隨後便惱怒起方才自己的所為，楹楹該恨死他了。

商胥之打攪了人後溜得飛快，蕭沂想發火都沒地方發。

千軍萬馬在前都不曾變臉色的飛羽衛指揮使，竟有些害怕踏入身後這小小房間。

蕭沂邁著沈重的步子回房，月楹仍舊躺在床上一動不動。

她髮絲凌亂，滿身傷痕。心疼與後悔漫上來，自己都幹了什麼？

蕭沂默默鬆開繫住她的腰帶。她皮膚嫩，才綁了一會兒就有了紅痕。

他揉著她的手腕。「楹楹，我……」

月楹失去焦距的眼恢復亮光，抽回自己的手，還是沒有說話。

蕭沂掌心一空。「與妳在一起的那人是個姑娘，妳為何不說？」引得他誤會。

月楹白了他一眼。「世子也沒給我機會說。」

蕭沂微愣，好像確實是這樣，她一提東方及的名字，他就堵住她的嘴。

蕭沂垂下眼，柔柔道：「楹楹，我錯了。」這歉道得十分爽快，沒有絲毫不好意思。

他的自尊、自傲在她面前從來都會被瓦解得一點不剩。

月楹沒有理他，自顧自地穿起衣服。「世子不想要了嗎？不要，奴婢走了，我夫君還在尋我。」

月楹坐在床沿擠開他，試圖撿起地上的衣服，但已被蕭沂撕裂，全然沒辦法穿。

蕭沂拽住她的手腕。「楹楹，非要這樣嗎？」他寧可看見她再甩他幾巴掌，也不想見到她這樣。蕭沂知道，自己真的傷了她的心。

他從背後擁住她。「楹楹，別走。」語氣竟然帶了一絲哭腔。

月楹眉頭微動。「蕭沂，你何必呢，有些事，強求不來的。」他們不是一個世界的人，歸屬從來都不一樣。

「倘若我非要強求呢？」蕭沂眼尾猩紅。

月楹苦笑。「強求來的，真的好嗎？」她轉過臉，淒然地望著他。「從你意識到喜歡我的那一刻起，便是在強求我了。如今這樣，是你想見到的局面嗎？」

這怎麼可能是他想見到的局面，可他的身分，注定了與她相悖。

月楹的淚水一剎那滑落，如斷了線的珍珠一般，一顆一顆砸在他的手背上。

蕭沂張了張嘴，喉頭哽咽，說不出一個字，倏然想起方才在畫舫上，她與東方及在一處，笑得那麼燦爛，那笑容灼傷了他的眼，他才失控。

她與自己在一處，從來都是不快樂的。即使是笑，也不是對著他。

那般堅強的人，也被他惹哭了兩次。

「楹楹，別哭。」她一哭，他就心慌。

蕭沂慌得一時手腳都不知道該放哪裡，笨拙地給她擦著眼淚，宛若在呵護一件珍寶。

「楹楹，別哭，妳要什麼我都答應妳。」

又是這樣的溫柔寵溺，他每每這樣，她都會心軟。月楹暗自告誡自己，不能再心軟。

她吸了吸鼻子，別開臉。「給我一件衣服。」她要離開。

蕭沂聽到她的要求，忙道：「好，妳等著。」

「我要見阿及。」

「可以。」蕭沂看似有求必應，然而只要她一提離開，他立刻會變臉。

衣服很快送到，月楹換上。「阿及呢？」

「還在路上，她馬上就到。」蕭沂有些小心翼翼，生怕再惹她不快。

月楹苦惱要怎麼和東方及解釋，照東方及那不管不顧的性子，要是知道她受了這樣的委屈，才不會管蕭沂是什麼身分，定會想辦法給她出氣。

「妳與那姑娘是怎麼認識的？」蕭沂問道。

月楹靠在床頭。「她遇上山匪下毒，我救了她。」

「那為何要嫁給她？」

月楹淡淡道：「阿及被家中人逼婚，我幫她一個忙而已。」

「阿月——」東方及人未到，聲先至。

聽那腳步聲就知道她是跑著過來，月楹勾起唇角。

東方及一進來就看見有個男人摟著她家阿月，阿月的嘴唇上有傷，還換了身衣服，一猜便知發生了什麼。她知道對方武功高強，雙手握緊拳，擺開架勢。「你這賊人，快放開我夫人！實話告訴你，這別苑外都是我的人，你逃不掉的！」

月楹不想笑，反而一陣鼻酸。「阿及，別鬧了。」

東方及見她眼圈紅紅，一副哭過的模樣。「阿月，妳別怕，這人欺負了妳，他也別想有好果子吃。普天之下還沒王法了不成，就是告御狀，我也要為妳出氣！哪裡都沒有強占人妻的道理！」

月楹心道，告御狀還真不能拿他怎麼樣。

「人妻？東方姑娘說什麼？」蕭沂雲淡風輕一句，便讓東方及驚訝。

被人戳穿女子身分，東方及依舊硬氣。「阿月是我明媒正娶的，自然是我妻。」

蕭沂還想說什麼，被月楹一把制止。「你先出去，我有話與阿及聊。」

蕭沂走得慢慢吞吞，月楹推他。「你走不走？說好聽我的呢？」

「走。」蕭沂乖巧來到屋外。反正他耳力好，在屋外也能聽見。

屋內飄來月楹的一句話。「走遠些，別偷聽。」

蕭沂摸摸鼻子，悻悻離開。

東方及迫不及待追問道：「阿月，那人就是妳提過的主子嗎？」

「是。」月楹只告訴她，自己是不想被主子納為妾，才逃了出來，並沒有提過蕭沂的身分。

「這人什麼身分？」看起來來頭不小的樣子。商胥之已經透露了身分，這人與商胥之是好友，想來身分也不低。

「睿王府世子。」

「睿王……王府世子？」東方及倒抽了一口氣。她……她剛才在和王府世子叫板，真是嫌命長。

「嚇到妳了吧？」

「沒有、沒有。」東方及看著她。「那妳現在打算怎麼做？」

為了讓月楹順利嫁進來，她給她捏造了一個假身分，官籍什麼的完全禁不起細查。蕭沂真要計較，月楹的身分還是他們睿王府的逃奴，她留不住她的。

「我恐怕要離開。」她不想牽連東方及。

「阿月，妳是心甘情願跟他走嗎？」她看得出來，月楹與蕭沂的關係不單純。

「不走又能怎麼樣？」月楹道：「我不會有事，妳不必擔心。阿及，回去後記得好好護著自己，妳手上的權力已經完全把妳爹架空了，不必再怕暴露女兒身。」

東方及聽著她的話，撲進她懷裡。「阿月，我不要妳走……」因為女扮男裝的緣故，她從小沒有知心朋友，阿月是她第一個傾心相交的好友。

「阿及，妳也得改改這小孩脾氣了，往後……」

東方及在她懷裡蹭了蹭，還是有些不高興，不過她也知道，阿月陪不了她一輩子。

「其實，妳心裡有他吧，阿月。」東方及往外努努嘴。

同為女子，她感受得出來，月楹遇上他，整個人都不太對勁。喜歡他嗎？也許是有一點吧。在最初的時候，他的溫柔以及幾次捨命相救，她的心不受控制地跳動過。

月楹道：「有些事，不是單純喜歡就能解決的。」

東方及不懂也不想懂，這些事情太複雜，不適合她只會打算盤的腦子。

房門打開，蕭沂等候許久，兩個姑娘互相告了別。

東方及還是沒忍住哭，抱住月楹。「阿月……」

「好了，妳快走吧。」再說下去，她又要哭了。

蕭沂走過來宣誓主權。「多謝東方少主，這幾月來替我照顧楹楹。」

東方及狠狠瞪他一眼。不就長得好看了些，身分高了些，有什麼好，有她錢多嗎？

「來人，送東方少主出門。」

蕭沂不耐煩，月楹掐了把他腰間的軟肉。「你客氣點。」

「我哪裡不客氣了？」他都沒抄掃把趕人。

東方及一步三回頭地離開，走到門口還喊道：「阿月，妳永遠是我東方府的少夫人！」

蕭沂殺人的眼神一掃過來，東方及趕忙溜之大吉。

後來，東方及回家之後，到處宣揚自己的夫人失蹤消息，她因為深愛夫人，從此不再娶妻。

月楹雙手環抱。「你現在滿意了嗎？」

「楹楹，我們回京。」

闊別三月的京城彷彿沒有一點改變，依舊人聲鼎沸，熙熙攘攘。

馬車悠悠地在一座別苑前停下，蕭沂率先下車，伸出手轉身扶月楹。「楹楹小心。」

月楹看著眼前陌生的別苑。「不回王府？」

「先不回去。」蕭沂扶她下車。

月楹面冷如霜。將她安置在這裡，什麼意思？「世子是把我當外室養嗎？」

「楹楹，我沒有這個意思。」她若回去，爹娘肯定會追問，他不想讓爹娘知道月楹逃離的真正原因，只能先讓她住在外面。

「算了，什麼身分都無所謂。」月楹暗罵自己一聲矯情。通房丫鬟和外室都差不多，外面興許更好逃一些。

蕭沂似是看透了她的心思。「屋裡屋外都是飛羽衛，這裡很安全。」

安全個屁啊！月楹就不該對蕭沂的謹慎有什麼誤解。

「楹楹，妳先休息，我晚間再過來。」蕭沂在她眉心印下一吻。

他現在有了明面上的官職，不能再像從前那樣有大把的空閒時間陪她。

月楹求之不得。「好。」

「覺得悶，就讓夏風陪妳出去。」

似乎又回到了三個月前，沒有一絲改變。

夏風看見月楹，嘆了聲氣。「姑娘，妳是真厲害。」她還惦記著上次月楹給蕭沂下藥的事情。

「再厲害有什麼用。」還不是被抓回來了。

「姑娘，妳還跑嗎？」

月楹瞥她一眼，一臉「妳在說廢話」的表情。

夏風乾笑。「妳下次跑，記得給我個提示行嗎？」

從來沒聽過這樣的要求。「給妳提示，那我還跑得了嗎？」

月楹開始在院子裡閒逛，從東角門走到西角門，她努力地記著路線。但在走第二遍的時候，便成功忘記了路。

夏風俯下身與她咬耳朵。「姑娘是在探路嗎？」

月楹睜大眼。「這麼明顯嗎？」

夏風悄悄地從袖口掏出一張紙來。「我給妳準備好了地圖。」

月楹都沒看清，袖口就變得鼓鼓囊囊。這麼貼心，也是沒誰了。

她回房偷偷看地圖，發現夏風不僅標明了最佳路線，而且還將各個地方隱藏了多少影衛都標了出來。

實在是太貼心了！

同時也在明晃晃地告訴她，她想從這天羅地網裡逃出去，根本不可能。

皇宮。

皇帝指尖捏了一張信箋，笑起來。「很好，北疆和西戎都動起來了。」

北疆與西戎內患實在太嚴重，為了轉嫁矛盾，兩國偷偷聯合，妄圖攻打大雍來證明主戰派是對的。

「不枉我們使的離間計！」皇帝開懷大笑。他早有攻打兩國的想法，只是不願揹上一個侵略的罪名。如今讓西戎和北疆先動起來，大雍再出兵，名頭便成了戍衛家園。

「不言，此次任務，你完成得不錯，想要什麼獎賞？」

蕭沂跪在地上。「陛下，臣有一事相求。」

皇帝不過隨口說要賞賜，以往蕭沂都會拒絕，不想這次真的有求於他。

皇帝對立了功的人態度還是很寬容的。「說說看。」

「陛下，請允許臣，領兵出征。」

皇帝倏地瞪大眼。「不言，你知道自己在說什麼嗎？」

「我知道。」

第八十章

蕭沂是被抬回來的，後背被打得血肉模糊，幾乎沒有一塊好皮肉。是皇帝打的。

月楹不敢相信面前這個奄奄一息的人是蕭沂。若非感受到他微弱的鼻息，她幾乎都要以為眼前的人已經死了。

她顧不得詢問受傷原因，取來藥箱，有些手抖地給他上藥。蕭沂額上都是細密的汗，已經半昏迷了。

燕風焦急道：「月楹姑娘，怎麼辦？」

「取針線來。」蕭沂上半身的衣服已經和血肉黏在了一起，月楹費了好大的力氣才把它們剝離。

他背心的幾道鞭痕又長又深，皮肉猙獰地往外翻，布巾難以止住血，周邊還有數不清的小傷，金瘡藥都快不夠用了。

月楹不是第一次給他治傷，卻是第一次心慌。

他不會死吧？不，不會的，只不過皮肉傷而已，比起那次的黑心蠱，算不上什麼凶險。

燕風取來針，月楹將針燒得通紅，然後彎成了半圓。她定了定神，隨後要往蕭沂的傷口上動針。

燕風見狀。「姑娘這是……」拿著針往世子身上戳，這真的是在救人嗎？

夏風對月楹比較信任。「燕風，相信姑娘。」

「不是我不信，只是……」

兩人僵持之際，床榻上，昏迷的人費力地掀開眼皮，喊了聲。「楹楹……」

月楹握住他的手，心底浮現一絲酸澀。「你說。」

她附耳過去，蕭沂只說了三個字，便又再度昏迷。

他說的是：「我信妳。」

月楹睜著眼，再也忍不住淚意。

她努力將床上的人當作普通病人，依次消毒，上麻沸散，縫針，上藥。

最後的收尾工作是燕風做的。月楹縫完針實在太累，手抖得不成樣，再沒有力氣綁好布巾。

她一共縫了八條傷口，每一條傷痕都觸目驚心。

夏風捏著她的手幫她舒緩筋骨。「姑娘，世子什麼時候能醒？」

她搖了搖頭。「我不知道。」

她是真的不知道，這麼嚴重的外傷，極容易引起感染和多重併發症，但凡出現一種，必死無疑。

月楹腦中一片空白。她一次一次被抓回來時，也曾惡毒地想過要是蕭沂消失就好了。如今他真的要消失了，她的心，為何這麼難受呢？

他不能就這麼死，也太便宜他了！她還沒使喚他幾日，他怎麼可以死！

「姑娘去歇歇吧。」

「是……陛下……」

月楹坐回蕭沂榻前，才想起來問：「他怎麼受傷的？」

她不意外這個結果。蕭沂身上並沒有反抗的痕跡，說明他是心甘情願地受罰，能罰他的除了皇家的那幾個，也沒有別人了。

「為什麼？」

「卑職不清楚。」他們沒有資格進內殿。夏風只知道蕭沂是去送好消息的，然而為什麼送好消息成了現在這樣？

皇帝暴怒，命人將蕭沂拖回飛羽司，笞三十。

普通人十鞭子都受不了，何況是三十鞭。皇帝身前的大太監連連阻攔，也沒能讓皇帝改變主意。

夏風還記得皇帝出來問了蕭沂一句。「不言，你現在改變主意，還來得及。」

當時蕭沂是怎麼說的？

他挺直脊背，語氣鏗鏘。「臣不悔。」

「拖下去！重重地打！」

執行鞭刑的人並不知受罰的人身分，下手絲毫不手軟。等打完這三十鞭，燕風進去救人時，蕭沂昏迷的最後一句話是：「找楹楹。」

到月楹這裡一是她能治自己的傷，二是蕭沂並不想讓父母知道自己受傷。

但消息最終還是沒瞞過睿王與睿王妃。

皇帝總歸是心疼蕭沂的，派了個太醫去治他的傷。太醫到了睿王府沒看見傷患，細問之下才知道蕭沂根本沒有回府。

睿王妃與睿王此時才知道兒子在宮裡被陛下打了，問究竟是為何，太醫也不清楚。睿王夫婦倆只能讓太醫先回去，開始調查兒子的下落。

不費什麼力氣就知道他在城中置了一座宅院，宅院中還有個女子。

「好啊，還養起外室來啦！」睿王妃怒氣沖沖。不言不是喜歡月楹嗎？怎麼才三個月就變了心嗎？

月楹走了果然是正確的選擇，她怎麼生了這麼個花心的！

「程兒，妳別衝動。」

睿王妃並不知道兒子傷勢如何。皇帝一直以來對蕭沂都很不錯，她還以為蕭沂只是受了點輕傷。

睿王夫婦一齊到了兒子置辦的宅院，看見月楹時一愣，看見傷得半死不活的蕭沂更是怔住。

「這……陛下怎麼會……」睿王妃淚如泉湧。她十月懷胎生下來的孩子，現在卻如剛出生般脆弱。

睿王妃摸了摸兒子的臉。「不言什麼時候能醒？」

月楹道：「再……再過兩日吧。」她不忍心對蕭沂的父母說出「不知道」這樣殘忍的話語。

不過，蕭沂的狀況確實在好轉，並沒有出現那些併發症，只是因為失血過多，一直沒有醒而已。

睿王妃謝過她。「好孩子，妳又救了他一次。」

月楹搖頭。「是世子吉人天相。」她不敢受這聲謝。不知為什麼，她總隱隱有種感覺，蕭沂這次受傷與自己有關。

睿王妃看著氣息奄奄的兒子，面色慘白，又落下淚來。

「不行，我要進宮！不言是犯了什麼滔天大罪，陛下要這麼懲罰他！」睿王妃怒上心頭，有些不管不顧。即便對面是皇帝，她也想拽著他的領子問一問為何把她兒子傷成這樣。

睿王雖心痛，仍保持了理智。「程兒，妳冷靜些，陛下不會無故打人。」

睿王妃推開他。「你們皇室子弟都是這麼冷血心腸。」她自知沒有權力去質問皇帝，便去求助老王妃。

老王妃有先帝御賜龍頭枴，又是當今太后的親妹妹，皇帝無論如何都得給她幾分面子。

老王妃也被此事嚇了一跳，當即進了宮。

出宮時，老王妃眉頭緊鎖。睿王妃上去追問原因，老王妃只搖頭。「這是不言自己的選擇。」

「什麼選擇？」睿王妃追問。

老王妃沒有明說，只說了句她以後會知道的。

睿王妃不知所以然，得虧蕭沂沒出什麼事，若真出事，她決計不會嚥下這口氣。

蕭沂也是命硬，昏迷整整三日後終於醒了過來。

整整三日的水米未進，嘴唇乾裂得起了皮，渾身上下沒有一點力氣，睜眼第一眼看見的是趴在他床邊的小姑娘。

他才睡了幾日，她巴掌大的小臉已平添幾分憔悴，下巴尖細了不少。

蕭沂想坐起來，猛地牽扯到傷口，疼得齜牙咧嘴，不想吵醒她，可嘴角仍舊溢出了一聲悶哼。

「嗯……」

月楹這幾日都是淺眠，幾乎是他一有動靜，她整個人就彈起來，睜著一雙大眼，大眼裡滿是紅血絲。

「你醒啦！」語氣是難以言喻的驚喜。

蕭沂嘴角含笑。「死不了。」

他臉色還沒恢復，白得嚇人，還拚命扯出一個笑，讓她別擔心。

月楹的眼淚突然就控制不住，嗚嗚咽咽哭起來。「蕭沂，你以後……要死能不能死遠點，別……」別老是一副半死不活的樣子，她還得花心力救他。

蕭沂聽了這樣絕情的話也不生氣，反而心疼得要命，牽了她的小手包裹在掌心，放在唇邊親了兩下。「好。」

他的唇乾燥得起皮，刮過她的手背，癢癢的。

「是我欠考慮了。」蕭沂很高興。從前總覺得她異常冷靜，即使是見著他的屍體，她也能平靜地將他掩埋。

她會傷心，證明心裡並非沒有他。

月楹餵了些水給他。「王爺、王妃剛走，晚間會再來看你。」

家中還有個小的離不得人，蕭沂脫離危險後，他們就只在晚間來看人醒了沒。

蕭沂背部受傷，不能靠著，月楹給他拿了個軟枕墊在下巴處，勉強讓他仰起頭。

「汐兒不知道？」

「王爺、王妃沒告訴她，說小郡主要是知道了，滿京城的人就都知道了。」

這倒沒錯。

蕭沂長久趴著覺得不舒服，想坐起來，卻被月楹按住了肩。「別動，要靜養。」

他挑剔著。「這軟枕不舒服。」

月楹捏了幾下，裡頭棉花塞得很多，回彈力十足。「挺好的呀。」

「就是不舒服。」他像小孩子一樣無理取鬧。

「那你想怎樣？」

蕭沂瞄上她的肩頭。月楹垂眼看著，退開幾步。「你想得美。」

「楹楹，我是傷患。」

「還知道自己是傷患。」傷患也不能提這種無理的要求。

她走到門口，沒止步，真的走出了門。蕭沂連聲在後面喊：「楹楹，我說笑的。」

月楹還是沒有回來，腳步聲越來越遠。

吱呀一聲，門被推開。蕭沂欣然仰頭，看見來人是燕風，失望之情溢於言表。

「楹楹呢？」

「月楹姑娘在廚房煮藥。」

蕭沂聞言，嘴角又翹起來。

第八十一章

月楹再回來時，手裡端了一碗粥和熱氣騰騰的藥。「先吃些東西，再喝藥，不會傷胃。」

蕭沂十分厚臉皮地張著嘴。「楹楹，手疼。」就是要人餵。

月楹毫不留情。「你傷的是背不是手。」

「好吧，那我自己來。」蕭沂動作很大地坐起來，蓋在身上的單薄衣衫滑落，他疼得五官都皺在一起。

月楹忙扶穩他，低吼了聲。「你找死嗎？」

蕭沂委委屈屈。「不是楹楹讓我自己來嗎？」說得十分冠冕堂皇。

月楹視線飄向一旁的燕風。燕風是何等有眼力見的人，揉了揉耳朵。「夏風好像在叫我，我出去看看。」

月楹看著他逃也似的出門，心中暗道，有機會一定要扎他幾針。

她無奈地接過粥碗，餵他喝粥。蕭沂露了個得逞的笑。「楹楹，妳真好。」

餵完粥就是餵藥，餵藥時她就沒那麼溫柔，差點嗆得蕭沂當場去世。

「咳咳……」

月楹將狡黠隱藏在眼中。「怎麼喝個藥還嗆著，世子，小心啊。」

蕭沂看著她喋喋不休的小嘴就想把它堵住。他的確這麼做了，扣著她的後脖頸壓下來。

四唇相貼，他嘴裡還有剛喝過藥的苦味，惹得月楹直皺眉。

她喜歡開藥，卻不喜歡吃藥。

蕭沂不肯輕易放過她，舌頭長驅而入，勢要讓她與他同甘共苦。

月楹顧忌著他身上的傷不敢用力掙扎，只推了推他的胸膛以示抗拒。

蕭沂直至將她肺裡的空氣全部掠奪完才肯放開，睇著懷裡氣喘吁吁的小姑娘，他笑得饜足。「這麼久了，還不知道換氣？」

對上他含笑的眼，月楹憤然。「一醒來就占我便宜，你個恩將仇報的登徒子！」

「楹楹，我這叫以身相許。」

還不是恩將仇報嗎？月楹不想再與他打嘴仗，收拾起了碗筷。「等會兒給你換藥，你準備一下。」

「換藥要準備什麼，妳直接來就是。」蕭沂也不再逗她，再逗下去，小姑娘就要惱了。

「你確定？」月楹彎起眉眼。

蕭沂點點頭，渾然不知接下來要面對什麼。

之前幾次換藥都在他昏迷期間，這次是清醒的，月楹把藥粉一撒上來，蕭沂就感覺到刺骨的疼痛。

他咬緊牙關，所有上過藥的傷口都火辣辣地疼起來。他有些懷疑月楹撒的不是藥粉，而是鹽。

不得不說，蕭沂的忍痛能力確實不錯，即便疼得冷汗直流，依舊沒喊過一聲疼。

月楹用的是最烈的傷藥，雖然疼，但好得很快。要是沒有這藥，蕭沂能不能挺過來都是問題。

後背的火辣感讓他出了汗。汗水是鹹的，滲入傷口不僅疼還有感染風險，月楹拿著汗巾替他擦拭。他的脊背寬厚，許是長年隱藏在衣衫下的緣故顯得有些白皙，本應該是漂亮的脊背，如今卻盤旋著幾條如蜈蚣般的疤痕。

月楹不自覺撫上那幾道她親手縫合的疤。「疼嗎？」

蕭沂仰起頭，笑得沒心沒肺。「不疼。」

如果說疼，她又會哭的，蕭沂捨不得她哭。

月楹重新替他包紮好，冷不丁問起。「陛下為什麼要打你？」

「我惹他生氣了。」

「他為什麼生氣？」

「朝堂上的事，妳不懂。」蕭沂避而不答。

月楹瞇起眼。「朝堂上的事？與我無關？」

蕭沂道：「自然與妳無關，妳一個小女子，陛下難不成還會因為幫妳出氣打我不成？」

「也是。」皇帝都不知道有她這個人，可想起皇帝無故殺劉太醫的事情，月楹覺得這個喜怒無常的皇帝突然打蕭沂一頓，也不是那麼難以理解。「原來你也知道自己該打。」

蕭沂休養了十幾日，基本上好得差不多了，恢復能力屬實驚人。

睿王夫婦來看過他幾回，看見兒子恢復得不錯，還哼哼唧唧地朝月楹撒嬌，表示丟不起這個臉，果斷減少了來看他的次數。

月楹每次給他換藥都少不得要被他吃幾次豆腐，漸漸地蕭沂越發放肆。

這日，她要給他拆線。她小心翼翼地將線頭挑斷，因為數量多，拆完全部的線後，猛地站起來，有些頭暈眼花。

蕭沂穩穩將人接到懷裡，蹭了蹭她的臉。「楹楹，辛苦了。」

月楹掙開他的懷抱。「鬆手。」

她動作大了些，蕭沂忽然捂著背，淚意盈睫。「疼……」

「真傷著了？」她將信將疑。

蕭沂這兩天轉變了思路，不強撐著了，一有機會就賣慘，篤定了月楹心軟吃這一套。

「真疼。」要親一下才能好。

還沒等蕭沂提出無理要求，懷中已然一空。月楹翻找著自己的藥箱，摸出一瓶藥來。

「吃顆止疼藥，很有效。」

蕭沂嘴裡被塞進一顆藥，徹底斷了腦中念頭。他不高興地嘟著嘴。「這藥真苦。」不僅苦，味道還有些熟悉。

「苦嗎？不應該啊。」她製藥的時候加了點甘草進去，應該不是很苦才對。

月楹仔細看了眼藥瓶，忽然瞪大眼。這個不是她裝止痛藥的藥瓶，她手裡的這個比手指長一點，原來那個瓶子是不到手指長的。

月楹扒拉了下藥箱，發現止痛藥還在裡面，另外一個白色的瓷瓶卻不見了。她高喊。「誰動了我的藥箱？」

「早上我看見夏風動過。怎麼了？」蕭沂感覺體內有股躁意，還以為是剛換藥的藥效，沒有在意。

「夏風！」

夏風被這一嗓子引來，提著柳葉刀衝進來，還以為月楹遇到危險。「姑娘，我來救妳！」

月楹手裡拿著兩個模樣差不多的藥瓶。「怎麼回事？」

夏風不好意思道：「早上我想挪個藥箱，不小心把裡面一個白瓷瓶打碎了。我想去買個差不多的，沒找到，只找到與另一只瓶子差不多的，應該……沒什麼吧？」

「妳知不知道，吃錯藥是會死人的？」

夏風大驚。「什麼？世子吃錯藥了嗎？」

「我吃錯藥了？」蕭沂體溫節節攀升。這熟悉的感覺，好像知道自己吃錯什麼藥了。蕭沂體內熱浪一陣翻湧一陣，面色有著不自然的潮紅。「楹楹，解藥……」

「沒有……」這次是真沒有。

合歡散她做了好幾顆，解藥只做了一顆，已經在那日讓蕭沂吃了。

「夏風，出去！」

奪門而出的卻是月楹。然而她腳剛邁出門檻，就被一股大力拉回，渾身被檀香味包裹。

夏風早已逃得無影無蹤。

蕭沂衣袖一甩，木門便關上，隨即是細密的吻落在月楹的臉上，從眉眼到唇角。

「楹楹，妳不能丟下我不管。」

他上身中衣本就因治傷，繫得鬆鬆垮垮，這一番大動作下來，已是順著肩頭滑落掛在了臂彎，健碩的胸膛被她一覽無遺。

月楹吞了吞口水，手抵上他不斷起伏的胸膛。

「蕭沂，你忍一忍。」這藥並非無藥可解，泡幾趟冷水澡也能消下去。

可面前的男人顯然不想那麼做。

蕭沂雙臂來到她膝彎，一個用力將人打橫抱起。溫香軟玉在懷，他是腦袋壞了才會去泡冷水。

月楹被壓在床榻上。蕭沂學聰明了，不再像方才那般急切，目光熾熱，卻克制著自己的慾望，用面頰一下一下去蹭她的臉，宛若一隻求摸的大狗。

「楹楹……」

他溫熱的鼻息噴灑在她的脖頸間，燙得她想躲藏，卻被大掌固定住了腦袋，讓她避無可避。

男人很有耐心，不輕不重地啄著她的肌膚，帶著點技巧地挑逗，讓月楹只覺一陣細密的電流自頭頂一路蔓延至全身，電得她渾身酥麻，氣息不穩。

她無意識發出一聲輕哼。「嗯……」

月楹覺得不舒服，輕踹了他一腳，蕭沂順勢握住她的腳踝。小姑娘的腳踝纖不盈握，他用大掌一把裹住。從未被人觸碰過的腳踝上傳來壓力，讓月楹神色恢復了一絲清明，往上縮了縮。

「蕭沂，你別……」

蕭沂輕柔拉拽著她，俯下身用額頭抵住她的前額，幽微的藥草香讓他克制了幾分。他鳳眸微斂，挑了下眉梢，低聲叫她。「楹楹。」微啞的嗓音帶著祈求。「楹楹，妳幫幫我……」

窗外樹影斑駁，一顆星子從明月旁劃過，很快落入夜幕中，不見蹤影。

第八十二章

吃錯藥是會死人的，這句話誠不欺人，但死的是誰就有待商榷。

她自己做的藥有多少藥效，她會不知道嗎？男人的厚臉皮她算是見識了。

月楹的身子陷在軟褥中，一動也不想動，確切地說是沒有動的力氣。

身上的不適已被夏風燒的熱水洗淨，然睡了一夜，依舊身心俱疲。她撐著身子坐起來，腰痠腿軟，試圖尋找罪魁禍首卻遍尋不見人影。

看不見人最好，不然一定再咬他幾口。

想著昨夜情動時在他身上留下的齒痕，那可是一點都沒省力，蕭沂的喘息聲似乎又出現在她的耳畔。她驀地紅了臉。

就當她是被男色迷了眼。

月楹穿好衣服，喊了好幾聲夏風卻不見人影，只好喊燕風。

燕風很快現身。「姑娘有什麼吩咐？」

「夏風呢？」

「她犯了錯，不好意思來見姑娘。」

還算有點自知之明。月楹揉了揉痠疼的腰。「你轉告她，我不怪她。」這事本就是個烏龍，也是她自己心性不堅。

燕風笑起來。「好。」

他轉身之際又被月楹叫住。「替我去買些藥。」

月楹說了藥材名，燕風是不懂的，但有上次的逃脫事故，燕風不敢去給她買。「這……需要問過世子。」

「別緊張，不過一服避子藥而已，不是什麼其他的。」月楹說得雲淡風輕。

燕風冷汗直流。「這……更要問世子了……」他可沒膽子做這樣的主。

「算了，我自己去。」月楹也不為難他。

她抬腳走出房門，正跨過門檻時，腿心一陣痠軟，差點沒跪下，腰間倏地多了隻有力的大手。

「怎麼不多休息會兒？」蕭沂嘴角噙著笑，不費力地將人抱回榻上。

月楹看見這始作俑者牙就癢癢。「睡飽了。」

他俯身親了親她的唇。「睡飽了正好，我訂了些香滿樓的菜，這會兒應該送到了。燕風，去取來。」

燕風順勢退出去，月楹怎麼看、怎麼覺得他是故意把人支開。

蕭沂修長的指尖觸碰到她的腰肢，柔柔問：「還難受嗎？」

月楹的臉倏地漫上粉色。堂而皇之問這種問題，真真不知羞恥！

他爽朗一笑。「楹楹羞了不成？」

月楹離他遠了點。「你個騙子！」

騙子？蕭沂回味過來，唇邊笑意更加蕩漾。「楹楹，我錯了，給妳賠罪好不好。」

昨夜她的青澀，讓蕭沂食髓知味，然而月楹接下來的一句話，讓他唇邊的笑意徹底僵住。

「我要一服避子藥。」

蕭沂眼神瞬間凍成冰。「妳再說一遍。」

月楹再說了一遍。「我要一服避子藥。」

蕭沂手握成拳，手背上的青筋彰顯著他現在的憤怒。「妄想！」

他想不通。面前的女人沒有心的嗎？昨夜他雖是誘哄，卻是終歸要她自己願意。身子給了他，但不想要他的孩子。她明明可以偷偷配一服避子藥，這對她來說並不難，然而她就是要直白地對他說。

他擁有了她，卻只是擁有她的身子，她那顆渴望自由的心，永遠不屬於他。

月楹得到否定的答案，還是很平靜。早就預料到的結果，於是自顧自去整理自己的藥箱，想著要怎麼樣才能配出避子藥來。

蕭沂沈默良久，宛若雕塑般一動不動。

香滿樓的飯菜送了來，燕風帶著侍從魚貫而入，很快擺滿了一桌豐盛的宴席。

屋內的低氣壓讓他心頭忐忑。這兩主子又吵架了？

「燕風，照她說的做。」

燕風一時沒反應過來蕭沂的話，仔細琢磨了一下瞪大眼，有些不可置信。

月楹美目圓睜，也是大吃一驚。「你怎麼……」

蕭沂長呼出一口氣，苦笑道：「不是妳想要的嗎？我答應了而已。」他坐到飯桌前。「過來，吃些東西再喝藥，不會傷胃。」

他語氣平常地叮嚀，都快讓月楹懷疑自己等會兒要喝的不是避子藥，而是一碗普通的藥劑。

轉性的蕭沂讓她分外不適應，連帶著吃飯時也有些心不在焉。她挾了一塊冬瓜排骨湯裡的排骨，筷子一滑，排骨撲通又掉回湯裡，濺起的熱湯灑到了她的手背上。

「嘶——」

蕭沂握住她的手腕，手背上已紅了一片。「怎麼這麼不小心？」不由分說地拉著她來到井水旁，往她手背上澆冷水，嘴裡喋喋不休。「還說自己是大夫呢，吃個飯都能燙著……」絮叨的程度都快讓月楹懷疑他是不是被魂穿了。「你是蕭沂嗎？」

蕭沂抬眸望向她。「如假包換。楹楹若不信，可以考一考我，昨夜妳暈過去時說的最後一句話是什麼。」

「蕭沂，你混蛋！」月楹羞赧起來，撩起一捧冷水潑了他一身水。

蕭沂卻笑。「沒錯，就是這句。」

她的手腕還被握著，掙脫不開。

月楹被牽著回了屋裡，蕭沂看著她的藥箱問：「燙傷膏在哪兒？」

「紅色的那個瓷盒。」

蕭沂放緩動作給她抹藥，細緻得不放過一絲角落。藥膏清涼滲透皮膚，他的指尖卻很熱。

月楹抽回手。「好了。」

蕭沂還想拿布給她纏起來，月楹拒絕。「別小題大做，吃飯去。」

「妳手傷了，我餵妳。」

「我傷的是左手。」而且只是燙傷，搞得她像斷了手一樣。

她堅持要自己吃，蕭沂妥協，貼心地替她布菜。「山藥養顏，排骨軟糯，豆芽脆爽，都吃些。」

燕風買了藥回來，再次與蕭沂確認。「姑娘要的避子藥買回來了。」

蕭沂頷首。「下去煎了吧。」

燕風下去煎藥。這不對啊？世子現在的心思，是越來越難捉摸了。

月楹吃飽了，還是憋不住問：「為何答應了我？」

蕭沂淡淡道：「馬上要出征，不想惹妳生氣。」

「出征？去哪裡，西北嗎？」

北疆、西戎與大雍的戰爭蓄勢待發，這是舉國上下都知道的事情，只是月楹沒想到蕭沂竟然要出征。

「是，西北邊境。」蕭沂注視著她。「不知何時才能回來。」這仗打起來，何年何月才能消停猶是未知。

「為什麼？」

這太突然了，蕭沂身為飛羽衛指揮使，他去打仗了，那飛羽衛怎麼辦？

蕭沂目光閃了閃，一臉無辜。「我也不清楚，這是陛下的旨意。」

這皇帝喜怒無常，都能無緣無故把蕭沂打一頓，再把他派去邊境似乎也不是不可能。

月楹試探道：「你是哪裡惹陛下不高興了嗎？」才想著要把人打發得遠遠的。

蕭沂笑道：「天心難測，去西北也未必是壞事。」

「戰場上刀劍無眼，萬一你……」

「楹楹擔心我？」蕭沂鳳眸含笑。

「我……我哪裡擔心你，萬一你出了事，我怕王爺、王妃傷心。」她嘴硬地不承認。

蕭沂看破不說破。「好好好，妳不擔心。上了戰場，生死便置之度外。我命硬，又有楹楹救我，沒那麼容易死。」

「你要帶我去軍營？」

蕭沂搖搖頭。「軍中有規矩，妳不能去。」說實話，他還挺想帶她去的。月楹安心。其實她還滿想去軍營的，不過蕭沂離開，就代表她更容易逃。

蕭沂拉起她的手抵在唇邊。「再說了，我還要回來娶楹楹，自會惜命。」

他眼中的情意綿綿，讓月楹的心又不受控制地重重跳了兩下。

她垂眸。「什麼時候出征？」

「三日後。」

「這麼快？你的傷……」

「無妨，此去西北路途遙遠，時間夠我在路上養傷。」蕭沂繼續道：「妳收拾下東西，午後回王府。」

「回府？」

「是。我不在，妳一人獨自在這裡，我不放心，還是王府安全一些。」蕭沂有了官職，不再是以前那個閒散世子，盯著他的人也變多了，他不能讓月楹出絲毫意外。「我與祖母說好了，妳回靜安堂。」府裡有祖母護著她，他也安心些。

「為何不是蒺藜院？」照理來說，她還是與王妃更親近一些。

蕭沂挑了挑眉。「妳不會想給我爹娘守夜的。」

「咳……」月楹懂了，牙牙學語的蕭泊證明了睿王的老當益壯，還是靜安堂安靜一點。

月楹沒什麼要收拾的東西，只有一個藥箱。她又回到了王府，大家對她悄悄消失和偷偷出現已經習慣。

明露還以為蕭沂是帶月楹出去遊山玩水，這才這麼久不回來。

大家都在準備蕭沂出征的事情，她的事情就更加顯得微不足道。

出征的聖旨下來的那一刻，睿王妃總算懂了老王妃說的那句「蕭沂自己的選擇」是什麼意思。

蕭沂遠征西北，就意味著他要重掌兵權，也意味著……

睿王妃長嘆一聲，還是尊重了兒子的決定。

懷裡的蕭泊咿咿啞啞叫個不停，她逗著孩子，心中的憤懣漸漸消失。

夜涼如水，有風過，帶著料峭的寒意，快入冬了。

院中冷冽，屋內卻熱火朝天。

蕭沂快離開了，臨行前一天把人拽上了床榻，逼著她答應每月都給他寫十封信。

「那不是三天就要寫一封，不要……」

一個時辰後。

「我答應……」

雲雨過後，蕭沂望著月楹沈睡的臉，喃喃道：「真想帶著妳一起去。」

蕭沂折騰她到半夜，故意不想讓她去送他。

他怕離別，怕見到她的淚眼就捨不得走。

月楹醒來時，得知大軍已經出城，蕭沂只留下一封信和一只飛羽信，信中讓她照顧好自己，等著他回來娶她。飛羽信是讓她在危難的時候用的。

月楹怎麼看怎麼覺得這封信有點立旗的意思，一般說這種話的人都回不來。

她坐下提筆就寫了一封信，信裡只有幾個字：平安歸來。

蕭沂出征兩月，邊境捷報不斷傳來，大雍為這場戰役準備充足，北疆與西戎節節敗退。這場戰役，給人一種很快就要結束的錯覺。

月楹捏著剛送來的信紙，是熟悉的「展信悅」。不論蕭沂前面說多少廢話，信紙的最後總會添上一句：一切安好，勿念。

月楹托腮看著燭火出神。這兩月來，她沒找到逃脫的機會，蕭沂把她放在靜安堂，名為保護，實為監視。

夏風被他調走，她周身都是不熟悉的暗衛，沒有人能幫她。而且王府之中還有許多看不見的影衛，逃脫有點難度。

月楹曾出府去看過夏穎一次，小石頭已經長高了不少，還鬧著要拜她做師父。鄒吏行走江湖身上難免受傷，小石頭說學了醫術就能幫他爹治傷了。

月楹笑著摸了摸他的頭。「學醫可不簡單，不是一朝一夕的事情。」

「我不怕苦。」

月楹被他的誠心打動，可最終還是沒有收下他。她一個遲早要離開的人教不了他多少，只給小石頭留下幾本醫書，將人託給了秋暉堂的杜大夫。

喜寶也總打著找蕭汐的名頭來看她。

「月楹姊姊，娘給我做了新衣裳，好看吧！」圓滾滾的小丫頭在她面前轉著圈。

月楹笑道：「好看。」有父母疼愛的女孩兒更愛撒嬌些，她很滿意喜寶現在的模樣。

「月楹姊姊，妳怎麼都不來看我？」喜寶有些委屈。

月楹轉移話題。「前些日子事忙，又去了一趟青城。那兒的蓮花可好看了，改日有機會咱們一起去看看。」

「好呀、好呀！」

蕭汐也附和。「青城的蓮花確實好看，胥之哥哥還給我送了一朵來呢！」送到她手上的蓮花還是盛開的模樣，嬌豔欲滴。

月楹低頭笑，調侃她。「小郡主好事將近了？」

蕭汐從前只以為是自己單相思，便瞞著不肯告訴父母，還是托了邵然認錯人的福，讓憋了許久的商胥之說了真心話。

挑破了後，兩人也不再遮遮掩掩，商胥之有上門提親的打算。蕭汐去試探了父母的口風，被睿王夫婦以「妳大哥都沒成親妳著什麼急」為藉口擋了回來。

「該問大哥的好事什麼時候才對。」

月楹聞言，手指不斷空轉著手腕上的佛珠，沈默不語。

蕭汐見狀也沒再追問，反而談論起了這場戰事。

邊境在打仗，京城也不安寧，飛羽衛抓了好幾批想混進皇宮的刺客。許是真刀真槍打不過，便想用些陰溝裡的主意來。

百姓對此人心惶惶，連出門都戰戰兢兢。

皇帝不僅不在皇宮裡好好待著，反而要祭天酬神，大臣幾次三番阻攔，皇帝依舊一意孤行。

「也不知陛下是著了什麼魔。」睿王妃抱怨著。祭天這種大事，他們也必須隨隊出行。

睿王道：「陛下自有自己的考量。」

然後毫無意外地被刺殺。

但皇帝雖然自傲，卻也惜命。出門祭天就是為了吸引刺客上鉤，祭天路上安排了無數護衛，只待請君入甕。最終這些刺客被睿王帶隊全殲，消息傳到邊境，極大鼓舞了士兵的氣勢，氣歪了北疆王和西戎可汗的鼻子。

京城也一掃以前的陰霾，城中恢復了往日熱鬧，彷彿一切都沒有發生過。

北風呼嘯，乾冷的風又開始肆虐。月楹揉了把臉，將自己往雪白大氅裡縮了縮。

她呼出口白氣。這天，是越來越冷了。

「月楹，老王妃叫妳過去。」孔嬤嬤的呼喚傳來。

「就來。」月楹搓了搓手，將手藏在衣袖中。她近來，好似有些怕冷。

老王妃手拄龍頭枴，莊嚴地坐著，有一眼望過去便不能讓人忽視的本事，開口卻很溫柔。「明日要去慈恩寺，妳一道去吧。」

月楹應聲。京中流傳著這麼一句話，算卦上白馬，求安去慈恩。意思就是想要算卦就去白馬寺祭拜，想要祈求家人平安就去慈恩寺。

蕭沂已經快一個月沒有信來了，這是最久的一次。

皇城中斬殺的北疆人與西戎人讓這有些嫌隙的兩國暫時放下恩怨，共同禦敵，兩面夾擊讓大雍軍隊吃了好大的苦頭。

老王妃收到的消息要比月楹快，心中焦急萬分卻不能顯露，遠在千里之外也幫不上什麼忙，只能祈求孫子平安。

月楹是他心愛的姑娘，帶著她去求一求，也算給不言一個安慰。

第八十三章

出行的那天，老王妃想的是好好替孫兒求個平安符，月楹想的是慈恩寺是個逃脫的好地方。

慈恩寺在城外，如果她能從這裡逃走，意味著不需要路引。

與巍峨的白馬寺不同，慈恩寺更顯小巧別致，一樣的是安靜肅穆。老王妃跪在蒲團上誠心祈求，照著僧人指引求到了一個平安符。

她對身後的月楹道：「妳也求一個吧。」

「奴婢……求給誰？」

老王妃笑道：「求給妳心裡想的那個人。」

不言為這姑娘付出那麼多，她心裡多少也該有些他的位置。

即使月楹不願意承認，內心深處確實是擔心著蕭沂的。馬革裹屍的大將不少，她不想見到他的棺槨。

求個平安符而已，算不得什麼。月楹跪下，心中默唸幾聲：蕭不言，要平安回來啊……

西北的夜很冷，京城的更是。

一場大雪，打亂了月楹想要逃跑的計劃。老王妃被這場大雪阻礙了回程，決定在慈恩寺中住上一晚。

慈恩寺到底比不上王府，屋子狹小了些，不過卻方便了大家圍著火爐烤火。

孔嬤嬤的風濕又犯了，月楹正替她按摩。動作已經放得很輕，孔嬤嬤還是忍不住痛呼出聲。

「嬤嬤，忍著些。」

老王妃如同一個老閨密般吐槽。「該，讓妳不早些治。妳若不瞞著，那時與我一塊兒治了，哪有這病根留下。」

「您是小姐，老奴哪能與您一樣。」

「當年求情的時候，怎麼就有膽子與我一塊兒跪著呢？」

「那不是情急嘛……」

月楹豎起耳朵，有八卦。

老王妃沒忽略她滴溜溜轉著的眼珠。「想知道？」

月楹垂眸笑。「感覺老王妃當年也有不少故事。」

老王妃沒有吝嗇，好好地憶了一回當年。

四十多年前，安城江家有雙姝，一溫婉嫻靜如水，一熱情爽朗如火。兩個姑娘被京城來的一對兄弟吸引，雙雙墜入愛河。

「這對兄弟就是先帝與老王爺？」

「是。」老王妃點點頭。「我與姊姊並不知道他們身分，還以為他們是來安城採買的商人。」

江老爺不求自己的女婿大富大貴，只求自己的一雙女兒能安穩幸福。然而事與願違，偏偏這兩個女婿是全大雍最尊貴的人。

江老爺不願女兒困於宮中一生，到死都在爭奪皇帝的一點寵愛，可當時正情濃的江家姊妹哪裡聽得進去？

先帝與老王爺都許了承諾，終身唯有一妻。江氏姊妹為求得父親同意，在大雪天跪了幾個時辰，孔嬤嬤作為她的侍女便也一同跪著。

兩人的風濕就是那時留下的病因。老王妃的病被及時治療好了，孔嬤嬤卻錯過了治療時機。

月楹道：「可我記得，先帝並非只有太后娘娘一個。」

「沒錯，先帝食言了。」

年少的時候哄心愛的姑娘，什麼承諾都敢許，真正做到的又有幾個？

「姊姊進了宮，先帝力排眾議立她為后，可當年信誓旦旦的深情，才三年就消磨得一點不剩。」

先帝迎了個貴妃進宮，說是要拉攏朝臣。

第一個，太后忍了，但有一就有二，隨後還有三四五六。太后看著滿宮的鶯鶯燕燕，哭得肝腸寸斷，她後悔了。

彼時當今皇帝才一歲，老王妃也剛剛懷上睿王。

「先帝雖食言，老王爺卻做到了對您的承諾。」

老王妃溫和笑起來。「嫁人生子從來都是一場豪賭，只不過我賭對了，姊姊賭錯了。」老王妃看著她。「不言是個好孩子，妳跟了他，不會錯的。」

月楹緩緩搖頭。「不，嫁人只不過是一個選擇而已，選錯了，重來就好。」

老王妃聞言，開始仔細審視面前這個姑娘來。她似乎有些明白，為何自己那孫兒拚了命也要留下她。

「妳這番心境，即便是如今，我恐怕也沒有妳豁達。」

月楹淡笑。不過是因為受的教育不同，她相信，老王妃生在現世，也會是個奇女子。

孔嬤嬤被她按得已經睡著，睡顏平靜，還打起了呼嚕。這場火爐夜話，似就要這樣溫馨結束……

變故就在霎時間。

老王妃眸光瞬間凌厲。「外頭有人！」

話音剛落，一支點燃的羽箭破空而來。

「逃！」

老王妃一嗓子驚醒了睡著的孔嬤嬤，屋子裡的婢女都慌亂起來。

外面，侍衛與人拚殺的嘶喊聲不止，深夜下，刀光劍影。

月楹一個翻身，躲過一支飛過來的火箭，火箭射在蒲團上，著起火來，頓時火光沖天。

有個侍衛闖進來。「老王妃，快走，是北疆和西戎的人！」

刺客的身分並不難猜。老王妃面色一凜。「現在情形如何？」

「老人眾多，兄弟們恐抵擋不住。還請老王妃盡快撤離！」侍衛頭領護著人往外退。

老王妃不意外。這次出來祈福，本就沒有帶多少人馬。

月楹當機立斷，凌空射出飛羽信。「老王妃莫急，援兵很快就到。」

老王妃見狀，安心了些。「妳小心些。」

月楹點頭。「您更應該小心才是。」

北疆與西戎的人明顯就是衝著老王妃來的。蕭沂在戰場上讓他們吃了不少虧，北疆與西戎氣不過，便想拿蕭沂的家人撒氣。活捉最好，或是讓老王妃身死，蕭沂必定悲痛欲絕。

兩方人馬蟄伏許久，終於等到了老王妃出府。

「妳不必擔心我，顧好自己。」

月楹很快就懂了。

火勢漸大，侍衛頭領護著一大堆人往後山撤去。後山路況繁雜，刺客未必能尋到路。可黑衣人數量實在多，即使王府的侍衛都是頂尖高手，也扛不住人海戰術。

北疆與西戎這是下了血本！

護著她們的侍衛頭領已是傷痕累累，一柄長刀衝著他的脖頸砍去，眼見他就要人頭落地。

「錚——」是短兵相接的聲音。

老王妃用龍頭枴替他扛下了這致命一擊。「走！」

老王妃提起龍頭枴，朝著那刺客眼睛上戳過去。刺客似是沒反應過來這麼個老太太還會武功，左眼瞬間成了個血窟窿。

「啊——」

老王妃速戰速決，雙手揮舞著龍頭枴，似乎手中不是一根枴杖，而是一把大刀，舞得獵獵生風。黑衣人不斷上前，又不斷被打退。

月楹眼睛都瞪大了。老王妃這樣，確實不需要擔心。

然而黑衣人就如陰溝裡的老鼠一般，越來越多，老王妃漸漸寡不敵眾，又年紀大了，撐不了多久，稍不注意腳底就是一個踉蹌，給了刺客一個破綻。刺客提刀就砍，孔嬤嬤看出老王妃已經是強弩之末。「小姐，小心！」

孔嬤嬤肩上挨了一刀，頓時鮮血淋漓。

月楹灑出一把迷藥，放倒了幾個沒防備的，仍舊是杯水車薪。

侍衛頭領快堅持不住了。「老王妃，快走，屬下斷後……」

老王妃知道這些刺客的目標是自己，也知道自己的重要，果決地扶著孔嬤嬤一頭扎進後山。

月楹幫忙扶人，期間不斷有人被落下，她們可不敢停下來。不知不覺，龐大的隊伍只剩下了三人。

夜很黑，也很冷，下雪天，路上更加泥濘濕滑。她們手挽著手，不敢摔跤。老王妃若落到北疆與西戎的手裡，後果不堪設想。

老王妃似乎對後山的路很熟悉，七彎八拐地往前走著。「再前面就是官道了，到了官道上，就安全了。」

「嗯……」孔嬤嬤吐出一口血來。

月楹皺眉。「不行，我們來時痕跡太多，他們很容易便會尋過來。」

「小姐，月楹……妳們快逃命去吧，別管我這把老骨頭了！」

「妳胡說什麼！」老王妃呵斥道。孔嬤嬤不單單是奴婢這麼簡單，老王妃早已將她當作親人。「小姐的話，妳也不聽了嗎？跟我們走！」

孔嬤嬤的傷勢刻不容緩，鮮血滴滴答答的，血腥味濃重。

月楹看追兵還沒有到。「我先給您包紮一下。」

她隨身攜帶的藥派上了用場，簡單給孔嬤嬤做了止血。

老王妃察看周圍動靜，找了塊石頭坐下，平復著氣息。「人老了，體力大不如前。」

月楹察覺出老王妃很是疲累。她們在這裡躲不了多久，很快那幫人就會追過來，雪地上留下的痕跡，沒有那麼容易掩蓋。

月楹撐著老王妃的臂彎讓她站起來。「您必須快走，他們馬上就追過來了。」

老王妃看了眼已經沒有力氣的孔嬤嬤，又看看月楹，緩緩道：「丫頭，妳逃命去吧！」她自己的身體她清楚，跑不出多遠了。

月楹眼眶發酸。「您再堅持一會兒，馬上就有人來救我們了！」

「丫頭，妳別管我們兩個老婆子了。妳留在這裡被抓到就是個死，刺客不會殺我，妳逃了還有一線生機！」老王妃鄭重道：「不言走前把妳囑託給我，我答應了他要護妳周全的。」

「不……」月楹熱淚滾落出來。

溫熱的眼淚很快冷下去，山間的溫度一點都不是玩笑。又開始下雪，幾粒雪花落在月楹臉上，冰冷入骨，她閉了閉眼，做了個決定，開始脫老王妃的外衫。

「丫頭，妳要做什麼！」老王妃隱隱有了猜測。

「您不能被抓。」月楹披上外衫，又沾了些孔嬤嬤的鮮血。「老王妃，妳們躲好！」

「丫頭，回來！」老王妃不敢高聲叫，怕引來追兵。

月楹不管不顧地已經奔出幾公尺遠。

她這一走，生死難料。

林間的風颳在她裸露的肌膚上如鈍刀子般生疼，寒風從耳邊吹過，腳上的繡花鞋泥濘不堪，可她顧不上身體的冰冷。

月楹不敢停下來。她奔出些距離後，確定看不見老王妃藏身之處後，吹起一聲鳥哨。

不算靜謐的後山響起這聲鳥哨足夠吸引人，追蹤的黑衣人立即有了方向。

此時，飛羽衛也趕到慈恩寺，回以月楹鳥哨。

月楹心中有了底。她在賭，賭誰能先找到她。

如果是追兵，那只能說她運氣不好。

漆黑的夜加上雪地，可以想像有多難跑，月楹走得都快沒了知覺。

忽地腳下一滑，左手掌心重重地磕在一塊尖石上，霎時血流如柱，膝蓋一併傳來劇痛。

真的好疼！她疼得牙齒都在打顫。

月楹吃下一顆止痛丹，趴在地上緩了緩，想給手上藥時，發現藥瓶空了。

她單手撐在雪地上，艱難地坐起來。身下的雪被她融化一些，露出底下的硃砂土來。

硃砂土並沒有毒，只是色如硃砂。硃砂土是止血的好材料，月楹抓了一把硃砂土糊在手上，寒意入骨，她冷得一激靈。

她的頭髮、肩頭都是雪花，恰好幫她掩蓋了這頭烏髮。

她不敢歇太久，又吹起鳥哨。

追兵與救兵同時知道了她的方位。

然而這次運氣不太好，月楹將身形隱藏在一棵大樹後面，先看到的是說著她聽不懂的語言的人。

來人都身懷武功，輕鬆找到了隱藏在樹後的月楹。

「怎麼是個丫頭！」

「該死！被騙了！」

黑衣人惱怒起來，舉刀朝月楹砍去，刀鋒反射著月光，照在她失溫的臉上。

月楹驚恐退後。「你們……別過來……」

這幾個刺客卻不是憐香惜玉的種，手起刀落。

月楹攥著手，掌心都在發汗，往後退著，算好時機，又灑出一把迷藥。這是她留著關鍵的時候用的。

面前的三個黑衣人被她放倒，月楹臉上的笑還沒揚起來，腳下一空，從山坡上滾了下去。滾落時，月楹試圖抓住一株樹根，反被伸出的枝椏劃傷了手臂，勾斷了她手上的小葉紫檀佛珠。

珠子噼哩啪啦散落開來，月楹只來得及撿回幾顆，身子便不受控制地往下滾落，額頭撞上了一塊突出的石頭，徹底昏死過去。

「老王妃！」凌風一劍解決一個刺客。

有飛羽衛加入，局勢很快逆轉。

老王妃開口便道：「快去找月楹那丫頭！她為了引開追兵，獨自一人往那兒去了！」指著月楹消失的方位。

凌風頷首。「是！」

然等他趕到時，只看見倒在地上的三個黑衣人，遍尋不著月楹的蹤影。

凌風帶隊往下搜了搜，還是沒有看見人。

大雪給搜尋帶來了困難，月楹的痕跡幾乎都被掩蓋了。萬幸的是凌風沒有發現血跡，說明她沒有受傷。

這樣冷的天氣，凶多吉少，何況還是個身嬌體弱的姑娘。

「還是沒人。」

「沒發現就給我繼續找！」

老王妃不找到月楹不肯回府，被凌風勸著。「老王妃，若您再陷入險境，月楹姑娘所做的不就白費了嗎？」

老王妃神情痛苦。「你一定要把月楹找回來！」

「屬下定不辱使命！」

老王妃加派了很多人手，眾人找尋了一夜，最終只找到老王妃那件被月楹披走的外衫，還有，散落在雪地裡的小葉紫檀佛珠。

那件外衫被嘶咬成了破布。

「這山間有野狼，會不會……」

「不可能，活要見人，死……死也要見屍。」凌風緩緩說出這句話。

他不敢想像，蕭沂知道這消息後會是何種反應。

第八十四章

山野裡銀裝素裹，到處都是白茫茫的一片。

官道上，雪地上劃過兩道很深的車痕。輕車簡從的車隊緩緩駛出京城，朝西北方而去。

月楹有意識之後只覺頭疼痛異常，她捂上傷口處，摸到一頭的布，劇痛使她勉力睜開眼。

她的額頭和手都已經被包紮好，膝蓋也纏了厚厚的布。入目見到的是陌生的馬車頂，馬車裡燃了火爐，溫暖怡人，將外面的風雪阻隔了。

「小姐，她醒了！」是個姑娘的聲音。

視線內是兩個十七、八歲的姑娘，一個頭髮高高束成馬尾，耳邊垂下來兩根小辮，穿著緋色騎裝，看模樣很是颯爽。另一位挽著雙丫髻，明顯是個丫鬟。

「是妳救了我……」月楹嗓子有點疼。

那小姐打開一個水囊，餵了些水給她。「妳倒在路邊，我們恰巧經過。這樣大的雪，妳若在外面凍上一晚，小命就丟了。」

月楹眼珠轉了轉。剛才還不太明顯，這姑娘一說長句就很明顯能聽出她的口音有些奇怪。「多謝姑娘，敢問姑娘閨名？」

那姑娘也沒藏著掖著。「我叫代卡，這是我的侍女桑妮。」

月楹眉頭一皺。「姑娘不是中原人？」這名字一聽就不是漢名。

代卡點頭道：「是，我們是苗城人。」

「苗城？」

月楹知道苗城。苗城是離西北邊境最近的一座城，同時也是最令大雍、西戎與北疆頭疼的一座城。

苗城雖隸屬大雍，大雍卻不參與苗城的治理，苗城也有自己的軍隊、制度。苗城裡基本都是苗族人，極其團結，百年來漢化不少，也依舊保留著一些原有的習俗，大雍只在每年派個節度使過去勘察情況。

雖說是個城，更像是個附屬國。

聽到苗城二字，月楹稍放心了些。若真落在北疆與西戎手裡，她還不如被凍死。

桑妮扶著月楹坐起來。「妳小心些。」

代卡對她的事情饒有興致。她笑起來時，嘴角邊有兩個淺淺的梨渦。「妳叫什麼呀，為什麼會昏倒在路上？」

「我是……」月楹本想和盤托出，忽意識到什麼，想掀開車簾看。

卻被桑妮一把拉住。「別，外頭可冷呢。」

「我們現在在哪兒？」

桑妮說道：「離京城有百里了吧。」

百里？意思就是她已經出了京城。

代卡道：「我們忙著趕回苗城，路上救了妳就一道走了，妳要回去，我就讓人在下一個城鎮把妳放下。」

這場刺殺竟然意外地讓她逃脫！她出來了，就不用再回去了。她不回去，山上的人搜尋不到她的屍體，遲早會放棄，更會以為她早已死去。

雖說老王妃會有些自責，不過自己一個丫鬟而已，想來不會多傷心。

所有人的記憶會因為她的離去漸漸淡化，最終將她徹底遺忘。

至於蕭沂……時間是最好的良藥，他會忘記的。

月楹下意識地想去轉手腕上的小葉紫檀珠串，後知後覺地發現手腕已空。那佛珠已經斷了，是不是也在預示著她，往後的人生也該如同這佛珠般，當斷則斷。

月楹合上眼眸。

代卡見她半天不說話，以為她是不願說，正想作罷，月楹倏地開口。「我姓岳，名楹。」她半真半假地說了些。「我倒在路邊，皆因有山匪追殺，一同出行的侍衛拚死護我，我慌不擇路，摔下山坡……」將自己塑造成了個遭了難的普通姑娘。

「哎呀，那妳家人豈不是會很擔心？」

月楹眸光微動。「我自幼父母雙亡，此次出來連相依為命的婆婆也……家中再沒有惦念，我一個孤女，也不知該去哪兒……」說著，語氣中已經帶了一絲哭腔。

桑妮心軟，見不得人哭。「小姐，她這麼可憐，不如讓她跟著我們回苗城吧。」

代卡穩重些，考慮得更周到。「這不是我們能做主的，我要去問過阿吉。再說了，妳還沒問岳姑娘，就知道人家肯去苗城啦？」

「對，還得城——」

代卡及時捂住桑妮的嘴。

月楹當作沒看到。這隊人馬的身分，看來不簡單。

苗城是異族人聚集處，人們總是對異族多有排斥。雖近年來苗城中漢人越來越多，也還是不可避免會出現這樣的問題。

「我願意去！」月楹沒有猶豫。

代卡一驚。「姑娘當真願意背井離鄉，隨我們去苗城？」漢人的土地歸屬感是很強的，尤其是對於家鄉。

月楹道：「有家才是鄉，無家四處都是歸處，哪裡不能去呢？」

代卡笑起來。「妳這話有理。稍等，我去問過阿吉。」

「姑娘說的阿吉是？」

代卡微笑道：「用你們漢人的說法就是爹爹。」

他們車隊一共有五、六輛馬車，代卡所說的那位阿吉在最大的一輛上，卻不是因為身分顯貴，而是身體不適。

代卡告訴她，他們來京城的目的是求醫。她的阿吉生了好嚴重的病，城裡最好的苗醫都治不好他。聽聞大雍京城名醫眾多，他們便想著來碰碰運氣。

卻不想找尋了三月，看了不知多少個大夫，都說是治不好的絕症。

「唉，阿吉的身體，越來越虛弱了……」代卡難過地垂著頭。

「興許，我可以給妳阿吉看看。」

月楹的話，猶如在平靜的水面投入一顆石子，代卡心中泛起陣陣漣漪。「妳是醫者？」

「是，我是個大夫。」月楹沈聲道。

代卡雖不信她能治好阿吉的病，但多一個人看總是多一分希望，萬一呢……

她激動起來。「那快走吧！」說著就去拉月楹，一時忘了她還受著傷，膝蓋上還纏著布。

幸好桑妮把人攔住。「小姐，岳姑娘還受著傷呢。」

代卡一拍腦門。「看我這腦子！」

月楹笑道：「無妨，妳也是救父心切。我雖不能即時過去，代卡姑娘可與我講一講令尊的症狀。」

「別叫姑娘了，聽著生分，喚我阿代。我叫妳阿月，如何？」代卡捧著臉笑。

苗族人名在前、姓在後，月楹入鄉隨俗。「好。」聽見這熟悉的稱呼，她不由得想起來在青城的東方及。

不知她生意做得如何了，是不是還每日都在打算盤？

代卡簡單與月楹講了下她阿吉的症狀。自年前開始，她阿吉就開始吃得多了些，本來他們也沒有在意，阿吉本就愛吃，但後面卻不對勁了。她阿吉吃得多，卻更瘦了，身體也越來越虛弱。有一日，毫無徵兆地倒在了床上，苗醫費了好大的力氣才把人救了回來。

聽描述有點像糖尿病，月楹問了句。「之前的大夫怎麼說，可是消渴之症？」

「對對對，那些大夫就是這麼說的，阿月妳真厲害！」

月楹微微搖頭。「這病我治不了。」她猜得沒錯。糖尿病確實是絕症，即使是在醫療技術發達的現代，也不能根治。

糖尿病本身並不難控制，麻煩的是出現的併發症如高血壓、高血脂，代卡說的暈倒，估計就是併發症引起的。

代卡的失落擺在臉上。「也是，那麼多名醫都治不好……」

「不過我可以控制住妳阿吉的病情，至少不再惡化。」

代卡眼睛亮起來。「真的？」

「真的。」月楹眼含笑意。

外頭的風雪終於停了，車隊也到了下一個城鎮，天色已晚，他們需要投宿。走過墨城，再往北走千里，就離苗城不遠了。

月楹不知代卡用了什麼辦法，進城時竟沒有人察看他們的官籍。找好投宿的客棧，代卡大手一揮包下了整間客棧，豪氣程度比之東方及有過之而無不及。

桑妮架著月楹腋下，將人扶下馬車。

另一邊的大馬車上，一個年輕人扶著個胖胖的中年男子下了車。眾隨從都為他開道，那個胖胖的中年男子就是代卡的阿吉。

月楹看了下他那魁梧得快有自己兩倍大的身形，對他會得消渴之症一點都不意外。

戎卡面白發汗，腳步虛浮，走上幾步就氣喘吁吁。

他看見月楹，問旁邊的廖雲。「那個姑娘，就是前幾日咱們救下的那個吧？」

廖雲道：「是，可要她過來見禮？」

「不必，不要暴露身分，且她還受著傷呢。」

代卡走過來，拽著戎卡的手臂。「阿吉您快坐下，讓阿月給您看一看。」

戎卡面對這個女兒總是無奈。「看什麼？」

月楹已經坐定，掏出貼身藏好的金針，又以軟布疊了個臨時脈枕。「自然是看病。」

「小姑娘會看病？」

月楹偏頭。「會些皮毛。」

戎卡還以為她是女兒強制拉來的。「阿代，咱們隊伍裡可是帶了個醫者的，妳別胡鬧了，讓人家姑娘好好靜養。」

「老先生坐下吧，不過是診個脈而已，耽誤不了您多少時間。」月楹做了個請的手勢。

代卡又在旁邊攛掇，戎卡只能無奈地坐下來。「妳呀！」代卡嘻嘻一笑。

月楹按上戎卡脈門。她猜得不錯，消渴之症，氣陰兩虛伴有痰濕，陰損及陽，陽陰俱虛。

「您因飲食不節，致胃中積滯，蘊熱化燥，傷陰耗津，更使胃中躁熱，消谷善饑加重。所以食得多，反而越瘦。」

戎卡開始正眼看這個姑娘了。「姑娘所言，一點不差。」這是他尋遍多個名醫得出來的結論，想不到這個年輕姑娘一下就看出來了。

「這並不難，難的是控制住病情。」月楹淡淡道。

「小姑娘能控制住我的病情？」戎卡詫異。

「能。」她笑起來，淡雅從容。

眼前這小姑娘平平無奇，身上卻讓人有種安心感。她輕描淡寫地說出能的時候，戎卡第一直覺是相信。

「小姑娘，可不要說大話。」

「是不是大話，您試試不就知道了？」

月楹拿本事說話，小小金針在她手裡就是救人的神器。

她刺了戎卡的幾個穴位，戎卡登時覺得耳聰目明，一直以來的昏昏沈沈消去不少，身子也輕鬆了些。

戎卡對身子的變化嘖嘖稱奇，同時看月楹的眼神也越發尊敬起來。在苗城，醫術高明的苗醫會得到至高無上的禮遇。

「阿吉，感覺如何？」戎卡長久沒有說話，代卡有些擔心。

戎卡慈愛地笑了笑。「阿吉覺得好多了。」

代卡高興得差點跳起來，激動地抱住月楹。「阿月好厲害！」

僕從來請他們用晚膳，他們來到大堂，桌子上的飯菜很豐盛，烤鴨、燒雞一樣不少，甚至還有一只碩大的豬肘。

代卡還在說：「阿月，妳既跟我們回苗城，那阿吉的病就拜託妳了。」

月楹道：「舉手之勞，反而是我這一路跟著你們，要吃要喝的，可沒有銀子給妳。」

「哈哈，這有什麼……」代卡颯爽一笑，莫名有些俠氣，惹得大堂內其餘人都看向她。這般豪爽的笑，在一個姑娘身上可是不多見的。

代卡後知後覺，這裡不是苗城。「我灑脫慣了，阿月不介意吧？」

「不介意，自在隨心，很好。」她身邊這樣的女子不少，譬如夏風，譬如東方及。

戎卡也笑。「代卡是我的獨生女兒，自小被我寵壞，行事不似尋常閨閣女兒，阿月，妳擔待些。」

月楹一時想不出更好的稱呼。「卡叔叔言過了。」

她這叔叔一叫，戎卡的隨從們明顯有些異樣，代卡更是帶著驚喜的眼神看她。

有什麼不對嗎？

「哈哈……」戎卡大笑起來。「多年未有人叫我叔叔了。」平時都是城主、城主的，戎卡沒有兄弟，妹妹倒是有不少，猛然聽見新稱呼還有些高興。

月楹沒有多問什麼，只隱隱感覺對方的來頭比她想像得還要大。

苗城沒有太守，左不過最大的官是城主。戎卡會是城主嗎？

戎卡落坐吃飯，廖雲為他布菜。月楹看著廖雲講究的手法，銀針驗毒、試菜，這工序與王府的也差不多，心底有了計較。但人家還沒表露身分，她也不好直接戳穿。

當戎卡正欲捧著肘子大快朵頤時，一隻柔荑攔住了他。

「卡叔叔，從今天起，您的飲食要嚴格控制。這等油膩之物，更要少吃。」

然後戎卡就看見到嘴邊的豬肘子被拿走了，換上來一碗碗綠色的菜。月楹還不算絕情，給他留了盤白斬雞。

戎卡道：「需要這樣嗎？」

「需要，不控制會危及性命！」

代卡聞言，忙幫著把豬肘子拿遠些。「阿吉，不許碰了！」

「我就吃一點……」戎卡最是嘴饞，否則也不會吃成個胖子，讓他戒重油、重糖之物，簡直比要他的命還難受。

代卡垂眸，不高興地抿唇。「您答應我要好好照顧自己的，您不聽醫師的話，萬一、萬一……」

面對女兒的軟聲，戎卡連連道：「好好好，阿吉聽話。」

代卡重新高興起來，露了個笑，兩邊梨渦顯現。「這才是我的好阿吉。」

廖雲離得近，不著痕跡地別開眼。

月楹道：「放心，我會在控制飲食的同時，照顧好叔叔的五臟廟的。」

「阿月不許食言。」

月楹淺笑。「不食言。」只要方法得當，淡油水也能做得美味。

為了讓戎卡不眼饞，代卡拉著月楹坐到另一桌。「好東西可別浪費，妳才受傷，得補補。」說著就把那盤豬肘擺在她面前。

月楹看著這個比臉大的肘子，肉香鑽進鼻腔，卻只聞見了油腥味，一股陌生的噁心從胃底湧出。

她乾嘔了兩下，代卡忙拍她的背。「阿月，妳沒事吧？」

「沒……」剛才的乾嘔彷彿打開了開關似的，加上她鼻子本就靈敏，頓時覺得油腥味更重。

明明沒吃什麼，卻吐得胃發酸。

「阿月，妳是哪裡不舒服嗎？」代卡去喊了隊裡的苗醫來。醫者不自醫，她是知道的。

苗醫是個頭髮花白的老丈，他把了脈，微微頷首。「果然不錯，姑娘，妳有孕了。」

苗醫之前把脈就發覺了這姑娘疑似有孕，興許月分尚淺，還不明顯，現在卻是很明顯了。

月楹愣怔一瞬，隨即按上自己的脈門。往來流利，如盤走珠，標標準準的滑脈。

她真的懷孕了！

第八十五章

月楹抬手撫上自己的小腹。才幾次啊，就有了？而且她都喝了避子藥的……

她還沒做好當一個母親的準備，這孩子，來得太意外。蕭沂若是知道了，恐怕能笑上三天。

月楹不自覺想像起他知道的傻樣，唇角微勾。

「阿月，原來妳嫁人了呀！」

代卡的話將她從深陷的回憶中拉出來。

月楹頓了頓，應了一聲。「嗯。」

「妳之前只說父母雙亡，那妳夫君呢？」

「上了前線……已經……」月楹垂頭，故意留下一半不說，讓代卡自己去想像。

大雍正在和北疆與西戎開戰，朝廷徵兵無數，但凡打仗，就會有人流血。代卡猜想月楹的夫君定是死在了戰場上。「阿月，節哀。我會照顧好妳和孩子的。」

「謝謝妳，阿代。」

肚子裡的孩子雖然來得突然，但她並沒有不要他的想法。孩子生下來，她獨自一人也能養活。

就算是蕭沂那傢伙留給她最後的禮物吧！

去苗城的這一路上，月楹的孕反越發嚴重，什麼都吃不下。

戎卡是看著不能吃，月楹是能吃吃不下。代卡對著一老一少，犯起了難。

「你們能不能讓我省點心！」代卡扠著腰。對著這兩人，不能打又不能罵，真真是愁死她了！「廖雲！」

「在。」不說話就像隱形人的廖雲應聲。

「看好我阿吉，要是再讓我抓到他偷吃東西，我就唯你是問。」

「是。」廖雲轉向戎卡，毫不留情地拿走了他正在啃的桃酥。

戎卡沒了美食。「廖雲，你到底聽誰的！」

廖雲垂眸不語。

代卡撩袍，單腿踩在板凳上。「聽我的，不行嗎？」

女兒發狠，老父親慫了。「聽妳的……」

代卡瞥了眼不省心的老父親，又遞給月楹一塊豌豆黃。「阿月，妳多少吃些。」

月楹其實有努力，要真的什麼都不吃，撐不了幾天。

「岳姑娘試試這個。」廖雲攤開掌心，掌心裡躺了顆鮮翠的山果。

月楹瞧了一眼便來了食慾。「多謝。」

她接過啃了一口，酸得倒牙，回味卻帶了點甘甜，酸味正好壓抑了噁心。

代卡見她吃了，忙道：「哪裡來的果子？」

「路過林間摘的，不遠。」

「阿月愛吃，你去多摘些來。」

「遵命。」廖雲對代卡的話，唯命是從。

沒過多久，廖雲就摘來很多山果。代卡見月楹吃得那麼津津有味，也嚐了一個，剛入口，登時吐了出來。

「阿月，這麼酸，妳怎麼吃得下去！」她齜牙咧嘴，五官都皺在一起。

月楹被逗笑。「有身孕的人，口味與常人是會有些不同。」

廖雲在看不見的地方，悄悄勾起唇角。

西北邊境，主帳內。

蕭沂與薛觀圍坐，主位上是薛元帥。薛元帥愁眉不展。「北疆與西戎的兵力有些奇怪。」

蕭沂道：「您也察覺了？」

「不言這麼說，是也發現了？」

「是。自戰時起，北疆與西戎默契異常，滅了一隊北疆人，必然又會跑上來一隊西戎人，這不正常。」你一下、我一下，平均得像是在分豬肉。

傳回京中的雖都是捷報，他們也打了不少勝仗，但只有出身於戰場中的人才能察覺，他們的勝利來得有些詭異。

皇帝的意思是，先奪西戎，再克北疆。

三月來，西戎連丟十數城，他們幾乎是長驅直入，照這樣下去，三日後打到西戎的王城都不是問題。

「爹，您屯兵不發，也是因為這緣故？」薛觀問。

薛元帥點點頭。「西戎的王城，西戎自己不守，卻要北疆人來守，太奇怪了。」

雖說兩國已經是一條繩上的螞蚱，但到底只是合作夥伴，西戎會這麼信任北疆人在自己的王城？若是北疆王反咬一口，那西戎就真完了。畢竟這事情也不是沒有前車之鑒，當今北疆王的王位，不就是反水得來的嗎？

「我總覺得有些不對。」

「薛帥，您的意思是再等等？」

他們已經部署好兵力，打算三日後再攻城。

薛元帥嘆了口氣。「儘量再拖一拖吧。」有些時候，什麼時候打，也不是他這個主帥做得了主的。大雍兵才打了勝仗，自然是想一鼓作氣直取王城。耽擱下去，士兵們的氣勢會消，一旦消了氣勢，再想打勝仗就難了。

薛元帥十分清楚這一點，但假如明知有陷阱還要出兵，那就是拿士兵的性命做兒戲。

「好，薛帥既然已經決定，我去傳令。」蕭沂不怕承擔後果。

「報——天使到——」

屋內三人對視一眼。皇帝的使者，怎麼會在這個時候來？

來人是皇帝大太監的徒弟，傳旨的主要意思是讓大軍快點進攻。

太監不明所以，還提前慶祝他們勝利。

薛元帥接了旨，面色鐵青。「是誰走漏了風聲？」皇帝怎麼會知道他們已經快打到了王城？

新遞進京的軍報裡根本就沒有提這件事，為的就是怕皇帝讓他們進攻。

「是我。」葉黎掀開簾子進來。「薛元帥，我不明白，我軍現在有巨大的優勢，再這麼等下去，不妙啊！」

薛觀忍住揍他的衝動。「葉將軍私底下遞了摺子，你難道不知道，這是軍中大忌？」

軍中最忌諱的就是不守規矩，葉黎倒好，直接來了個越級通報。

蕭沂能猜出葉黎的目的。忠毅侯府倒臺後，梁向影成了罪臣之女，葉黎倒是對她不離不棄，還想著娶她進門。然而罪臣之女是賤籍，除非皇帝開恩，葉黎想求得恩典，必須要有軍功。

而蕭沂的到來，搶走他不少立功的機會，葉黎又確實技不如人，窩火異常，只能期盼著速速開戰，他也好儘早立功。

葉黎急功近利，卻也異常勇猛，薛元帥因此對他睜一隻眼、閉一隻眼，可此次他實在太過分。

薛元帥沈聲道：「拉出去，打五十軍棍！」

「元帥，你因何罰我？」

薛元帥冷哼一聲。「今日你敢越過我這個元帥向陛下進言，焉知你哪日就不將我的命令當回事？且五十軍棍，已是減了一半，拖下去！」

軍隊之中，主帥的命令就是天，哪怕是皇家子弟，薛帥也照打不誤。

薛元帥拿著聖旨，遙望遠方，掌心慢慢收緊。西北的風沙大，天空永遠灰濛濛的，此時更是烏雲滾滾，有要下雨的前兆。

這一仗，風雨難料。

「不言，梓昀，下去準備吧。」

蕭沂道：「薛帥，不必過分擔憂，早些出兵，也不是壞事。」

兵來將擋、水來土掩，薛元帥征戰多年，什麼樣的情形沒有見過。他知道現在的局面是有利的，所有的消息都在告訴自己該出兵，可他就是覺得不對勁，且沒有證據。

「但願吧。」

蕭沂回到帳中，看見空空如也的書桌。「燕風，京城還是沒有信來嗎？」

燕風道：「沒有。」

蕭沂心底浮現一抹怪異。這不對，即使楹楹嫌麻煩不給他寫信，也不會連爹娘、祖父、祖母的信都沒有。

直覺告訴他，京城出事了。

他立即飛鴿傳書凌風。

凌風左右為難，一是蕭沂的命令，二是老王妃的請求——月楹失蹤的消息，絕對不能讓戰場上的蕭沂知道，他會發瘋的。

凌風自幼在飛羽司長大，所學皆是服從命令。他猶豫再三，還是告訴了蕭沂真相。

信鴿飛到西北時，已經是五日之後。

蕭沂已深入西戎王城兩日，不見蹤影。

薛元帥所料不錯，王城內果然有詐。大軍在王城外遭遇了激烈的抵抗，但進城後，發現王城內是空的，莫說軍隊，就連百姓也不曾有。

蕭沂作為前鋒，立即察覺了不對。「撤！」

已然是來不及了。無數的拚殺聲響起，城門被合上，西戎的士兵如潮水般從暗道湧出。西戎王城有密道，原來並不是傳說。

薛觀帶人前去支援，卻被堵在城門口。北疆轉變了思路，正面對戰贏不了，便使用起了蠱蟲。

蟲蟲是北疆的兵，也彌足珍貴。大雍軍隊對這東西雖然不陌生，但看見密密麻麻如砂礫般多的數量，還是忍不住起了雞皮疙瘩。

蟲蟲黑亮的軀殼鋪滿大地，牠們的行進速度很快，快到讓人猝不及防，鑽進士兵的褲子裡、靴子裡，被咬上一口，便讓人登時就昏死過去。

薛觀當機立斷。「火攻！」蟲蟲都怕火。

恰此時，似乎連老天都在幫北疆，聚了多日的烏雲，開始下起雨來。

大雨傾盆，澆滅了火把，這蟲蟲不畏水，沾了水後反而發瘋似的往人皮膚裡鑽，鑽不進去就開始啃咬、撕扯。

「啊——」

「這什麼東西——」

此起彼伏的叫嚷聲讓薛觀心驚。不斷有士兵倒下，蟲蟲就像橫在王城前的一條護城河，誰想過去，就會被吞噬。

薛觀沒辦法，為了不做無謂的犧牲，只能下令退兵。這也代表，城裡的蕭沂只能自求多福。

但北疆人的目的，不只是要把薛觀堵在城門外，他們想要的是將大雍的主力全殲滅。

就在大雍軍隊被蟲蟲糾纏時，西戎軍已經完成繞後，北疆、西戎成兩面夾擊之勢。薛觀難以脫身，另一邊被安排接應的葉黎也出現了問題，西北百年難得一遇的特大風塵悄無聲息地出現，葉黎被這風沙吹得暈頭轉向，瞬間迷失方向。

薛元帥收到斥候傳報，心急如焚，但營中只有數千兵馬，若再派兵，主營空虛，北疆、西戎若趁勢來犯，則會毫無還手之力。

薛元帥只能派兩個精銳小隊，出去找尋薛觀幾人。

北疆王得知前線消息，大喜過望。「大雍……遲早是我們的！」

北疆公主夏米麗嬌笑道：「父王，兒臣的主意不錯吧？」

「哈哈哈，我兒聰慧，也狠心。」前面丟棄的城池，不過是迷惑大雍而已。大巫算出今日會有風沙與暴雨，他們才能巧借天象作亂。「但這次，我們也損失慘重。」

「父王，損失些蟲蟲算什麼，您想想即將到手的城池。」夏米麗依靠在北疆王的臂彎上。

北疆王笑起來。「這次若非看在妳的面子上，父王是不會下這麼重的本。」

他寵愛這個女兒，即使這個女兒的野心很大，還私下與西戎人做了交易。

夏米麗想到那個男人對她的承諾，不由得紅了臉。

第八十六章

西北出了這麼大的事情，苗城是最快收到消息的。

不過即使外頭再亂，苗城內依舊一片歌舞昇平，儼然一個世外桃源。

戎卡控制飲食的效果顯著，雖看著還是胖胖的，但身體已經不再虛弱，加上這幾日被女兒逼著鍛鍊身體，精神好了許多。

戎卡眉頭緊皺看著密函，代卡端著盤鮮果進來。「阿吉，是出什麼事了嗎？」

「大雍軍遇險，情況不妙……」薛如元這個老傢伙，這次是怎麼回事？

代卡面色嚴肅起來。「阿吉預備如何做？」百年來，苗城從不參與大雍與他國的戰爭。然而現在的苗城早已不是百年前的苗城，當今皇帝也不是開國皇帝。當今皇帝一代梟雄，多年來想要接管苗城的心思昭然若揭。戎卡幾次推諉，也快堅持不住了。

西戎與北疆之後，恐怕就是苗城了。

「徹底歸順，只是時間問題。」百年前的苗城先祖就知道這個道理，所以有令相傳，若遇大雍軍，不得抵抗。畢竟比起被北疆與西戎吞併，還不如是大雍。

代卡知道父親的顧慮。「您要出兵嗎？」

戎卡背著手踱步。「不能主動出兵。」如果主動出兵，他會少了與大雍談條件的權力。

「您在等人？」代卡猜到父親所想。「難怪城門的搜查鬆了不少。」

戎卡胖胖的臉笑起來，看著和藹。薛如元不會坐以待斃，他應該很快能見到老朋友了。

「卡叔叔，我方便進來嗎？」房門沒關，月楹敲了敲門框，左手端了碗藥。

戎卡的身分一如她所料，是苗城的城主。可戎卡待人親和，沒有城主的架子。

「阿月，他們怎麼讓妳送藥？廖雲呢？」代卡神色誇張，趕緊從她手裡接過藥，似乎她拿了什麼天大的重物一般。「妳現在可不是一個人。」

月楹小腹微突，臉上沒什麼孕相，看著還是個妙齡少女的模樣。「哪裡就連藥也端不得了，我是有孕，不是生病。」

「哈哈，代卡說得不錯，阿月，小心為上。」戎卡一日三頓地喝藥，身體的變化他最清楚，對月楹也是感激。他一口喝完了藥。「阿月，這藥就是太苦，有法子能換換嗎？」

月楹淡笑。戎卡就像個老小孩，還是吵著要糖吃的那種。「不行。」

戎卡笑容消失，小鬍子不高興地翹起來。「那我今日能多喝二兩酒嗎？」

「阿吉！」

「卡叔叔！」

被這姊妹倆一吼，戎卡立馬慫了。一個是親生的，一個肚子裡有個小的，都惹不起。

「我就說說……妳們別當真啊！」

月楹與代卡對視一眼，都笑起來。

「城主，有客到。」是廖雲回來了。

戎卡遙望外邊，有個穿著西戎兵服的人站在院外，讓他心中疑竇叢生。

「代卡，阿月，妳們先迴避。」

代卡帶著月楹出門，卻並沒有離開，而是拐進了旁邊的耳房。代卡食指豎在唇邊，做了個噤口的動作。「噓……」月楹微微笑，示意她繼續。

代卡壓低嗓音道：「阿吉總覺得我還小，瞞著我一些事。他不告訴我，我偏要聽！」

耳房與裡面只隔了一扇紗窗。月楹透過朦朧紗幔，發覺戎卡往這邊看了一眼，心下了然。戎卡不是不知道她們在偷聽，只是縱著而已。

代卡做為戎卡的獨生女，遲早要知道這些。但代卡生性灑脫，不愛拘束，戎卡不想強逼她接受責任，便用一些辦法讓代卡自己對這些事情有興趣。

屋內，穿著西戎士兵服的人走進來。他一抬臉，戎卡便看出了，這人根本不是西戎人。西戎人多顴骨突出，眼窩深邃，面前這人，是一張純正的漢人臉。

「拜見戎卡城主。」

「你是誰？」戎卡問。

月楹聽見這聲音，渾身陡然一顫。清冷又磁性的嗓音，一如初見時。他怎麼會來苗城？

代卡專心偷聽，並沒有發現她的異樣，反在猜測來人是誰。

屋內，蕭沂顯露了個淡笑。「在下蕭沂。」

「姓蕭，皇室中人。」戎卡覺得這名字有些耳熟，忽然反應過來，這名字有出現在剛才的密函中。「你不是被圍困於西戎王城嗎？」

蕭沂撣了撣身上的衣灰，半瞇起眼，漫不經心道：「戎卡城主的消息很靈嘛……」

「還是不夠靈，竟連將軍逃脫了都不知。」

蕭沂鳳眸幽深。「不過僥倖。」

僥倖？不見得吧！眼前的年輕男子一身灰撲撲的軍裝，仍掩不住與生俱來的貴氣，還有上位者的氣勢。

戎卡不與他拐彎抹角。「蕭將軍來此，有何貴幹？」

蕭沂直截了當。「借兵。」

戎卡飲茶的手頓了頓，輕輕地刮起茶盞來。「蕭將軍莫不是忘了，我苗城軍隊，不歸大雍調遣。」

「所以在下說的是借兵，而非調兵。」

西戎王城內的凶險，他早已做好準備，沒有意料到的是蠱蟲陣與葉黎的走失。薛觀與葉黎同時失蹤，薛如元孤掌難鳴，蕭沂只能來苗城借兵。

「既是借，我總不能白借吧？」戎卡笑咪咪的。

蕭沂眉梢微挑。「我既來借兵，定是有誠意的。我可以保證，若之後大雍軍收復苗城，除軍隊駐紮外，不動苗城的任何制度。」

戎卡眼神銳利起來。「好大的口氣！」

「城主，您消消氣。」蕭沂坦然道：「您是聰明人，大雍收回苗城，不過時間問題。」

「你做得了你們陛下的主？呵。」戎卡輕哼一聲，對蕭沂的保證並不十分信任。

「陛下的主，我自然是做不了的，但……未來太子可以。」

戎卡瞳孔一縮，笑起來。「有點意思，繼續說。」

耳房內，代卡道：「這人不簡單啊，幾句話就讓阿吉冷靜下來。」

蕭沂的侃侃而談都落入她耳中，月楹眉眼彎起。「這個年紀上戰場的，有幾個是省油的燈。」

屋內的男人，談笑風生間就決定了一城人的命運。

月楹依稀窺見他在京城時攪弄風雲的模樣。他天生是翻雲覆雨的好手，在詭譎的朝堂上遊刃有餘，在軍營裡，反倒有些突兀。她覺得蕭沂不該當個前鋒，該是軍師才對。

蕭沂與戎卡的唇槍舌戰，在老狐狸戎卡面前，蕭沂絲毫不落下風，與在自己面前裝傻賣乖，大相徑庭。

但他本就如此耀眼。

月楹更覺得自己的決定沒錯，逃離他是正確的選擇。他們分開，都會變得比從前更好。

月楹抬手摸上小腹。孩子，這是爹爹。

蕭沂最終以三寸不爛之舌說服了戎卡，戎卡答應借兵。

「如此，多謝戎卡城主。」

戎卡道：「不必謝，蕭將軍記住今日的承諾。」

「會的。」

戎卡送蕭沂到門外，蕭沂忽聽得耳房有一絲響動。

代卡扶著花瓶，面露驚恐。「完了，阿吉肯定發現了。」

月楹卻笑。「無妨，妳出去，卡叔叔不會罰妳的。妳過來，還有些事情要妳幫忙。」

「什麼事？」

外頭的蕭沂不知為何，心顫了顫。「裡面是？」

戎卡不好意思道：「是小女。」

蕭沂抿唇窺視著緊閉的門，似有什麼在吸引他往裡面去。

裡面走出來一個紅衣姑娘，調皮地朝戎卡吐了吐舌。「阿吉……我錯了……」

戎卡寵溺地摸了摸她的髮頂。「妳呀！」

蕭沂還想往裡望，卻只瞥見青綠衣裙一角。代卡擋在門前。「這位將軍，雖說你長得好看，卻也不能這麼無禮吧？」

「裡面還有人。」蕭沂說的是肯定句。

「是我妹妹。蕭將軍不信？」

蕭沂察覺自己失態。「抱歉。」

蕭沂心道，自己真是糊塗了。楹楹遠在京城，怎麼可能會在這裡？他自嘲一番。看來真的是太久沒有見到她，都出現幻覺了。

「蕭將軍留步。」

「還有事？」

代卡交給他一個竹管。「裡面的東西，能解蠱陣。」

那熟悉的淡淡藥草香，讓蕭沂一晃神。「多謝。」

蕭沂甩了下腦袋。他還有事要做，不能被這些影響了情緒。

月楹在門縫後，眺望他離去的背影。

苗兵加入戰場，出乎所有人的意料。更令人沒想到的是，領兵的是蕭沂。

夏米麗咬碎了一口銀牙。怎麼可能，蕭沂明明被圍困於西戎王城！

可帶著士兵拚殺的，確是蕭沂無疑。

他帶著精銳苗兵，也不知朝蟲蟲陣裡撒了什麼東西，夏米麗引以為傲的蟲蟲竟然全都死去。

薛觀獲救，局勢瞬間逆轉，他放出了西戎城內的大軍。

如果僅此而已，夏米麗仍有餘力對抗。可本該失蹤後被西戎俘虜的葉黎，鬼魅一般地出現。

「阿史那蒙回，這是怎麼回事？」夏米麗氣急敗壞地質問身旁的男人。

阿史那蒙回顯然也不清楚，急躁地說：「我怎麼知道！」

葉黎明明被他困在了山谷中，他還在水源中下藥，他怎麼可能出現在這裡？難不成，他收到的是假消息？

阿史那蒙回幾乎是第一時間就想到了出賣他的人。他的好弟弟，一定是他！

蕭沂、薛觀再加一個葉黎，這場仗是無論如何也贏不了的。

「撤！」夏米麗與阿史那蒙回不甘不願下令。

北疆與西戎鳴金收兵，大雍打了場漂亮的勝仗。薛如元見三人都平安回來，總算將懸在嗓子眼的心放下來。

「我軍殲滅北疆、西戎十萬主力！北疆、西戎王室潰逃！大雍，勝了！」

「好！好！」

士兵們歡呼雀躍，高舉長槍，扯開嗓子，喊出勝利的喜悅。

這場勝利來之不易，大雍雖勝，卻也滿目瘡痍。北疆、西戎不會善罷甘休，要隨時提防他們捲土重來。

不過現在最重要的是休養生息。

第八十七章

夜裡，軍中擺起慶功酒。

薛觀敬酒一杯。「不言，若非你來得及時，我怕是真要交代了。」他們計劃好了一切，卻不會想到北疆會用上蠱蟲陣。「那破陣的藥水，是哪裡來的？」

蕭沂道：「我去借兵時，戎卡城主給的。」

薛如元對戎卡很是了解，即便開出的條件足夠豐厚，戎卡也不會多管閒事。「這不像那老傢伙的作風啊……」

「其實，是代卡少城主給的。」蕭沂也不清楚代卡哪裡來的藥，但的確是幫了他們大忙。假使沒有那藥，他們也能勝利，可損失絕對會比如今多得多。

「哈哈，那小丫頭！」薛如元笑起來。「她不會看上你了吧？不言。」

蕭沂憶起代卡說的那句話來，垂眸道：「元帥莫要說笑。」

薛觀知道蕭沂喜歡的是誰，用手肘撞了撞他爹。「爹，您別亂點鴛鴦譜，不言有心上人的。」

「哦，是哪家閨秀？」

薛觀看了眼蕭沂。「爹，您打聽這麼多做什麼，喝酒！」

「元帥，梓昀，你們繼續，我不奉陪了。」蕭沂告退。

凌風的消息到了好幾日，他還沒來得及看呢！

軍帳內，燕風神色不自然地遞上飛鴿傳書。

「看過了？」蕭沂邊說邊展開。「寫了什麼，你這副表——」

待他看清紙上的字，喉頭突然哽住。

巴掌大小的紙片猶如一把利刃，割開了他的左胸，挖出了跳動的心，北風灌進去，冷得厲害。

蕭沂驀地覺得周身都是黑的，什麼也看不見，什麼也聽不見。他恍若置身濕冷的懸崖底，疼痛自心臟湧起，蔓延到身體的每一處。

蕭沂再抬眸，已是雙目赤紅，輕薄的紙片從手指縫掉下來，飄落在地。

這不是真的……楹楹……怎麼會死？這不可能是真的……

「世子，節哀。」燕風沒有再稱呼將軍。

「你閉嘴！」

「世——」

壓抑不住怒氣的蕭沂踹倒一旁的書桌。

「再說一個字，我就殺了你！這消息是假的！你說，是誰讓你傳的假消息！」暴怒的蕭沂似乎認不出眼前人，掐住燕風的脖子。

幸好方才的動靜引起了外面的注意，薛觀一掌擊向蕭沂的手腕，救下了快窒息的燕風。

「蕭不言，你瘋了？」

燕風捂著脖子喘了許久的氣，拉住薛觀。「別怪世子，是月楹姑娘出事了。」

「月楹能出什麼事？」

蕭沂聽到她的名字，呼吸都在疼痛，心一陣一陣地發緊。他攥緊左胸口，那劇烈疼痛的東西彷彿脫離了控制。

「她沒死！」他開口，聲音是自己也不曾想像過的沙啞。

「月楹姑娘……死……」薛觀震驚。難怪蕭沂會這麼失控。

「她沒死！」蕭沂眼眶含淚，拚命不讓眼淚掉下來。楹楹沒事，他在哭什麼，他怎麼能哭？

「咳咳……」蕭沂忽然開始劇烈咳嗽，彷彿要把肺咳出來似的。

他的嘴角，咳出一抹血跡，隨即又吐出一大口血來，倏地整個人昏迷過去。

「傳軍醫！」

經軍醫診治，蕭沂連日征戰本就疲累，加上心神劇烈波動導致吐血昏迷。

軍醫診脈後搖搖頭。「不行，以我的醫術救不了世子，若回京還有一絲希望。」

蕭沂身上的病不難治，難治的是心裡的病，現在是他自己不願意醒來。

病床上的蕭沂，面色慘白，毫無生氣。

薛觀知道，能治他這病的只有一個人，可那個人，已經不見了啊……

蕭沂的病，恐怕這輩子都不會好了。

人命關天，薛如元不敢耽擱，立即送蕭沂回京。正好這邊的事情告一段落，也要有人回京述職。

薛觀陪著蕭沂回京，軍醫一路跟隨。路上，蕭沂的脈象漸趨平穩，人仍沒有醒來的跡象。

回到京城，看見活死人般的蕭沂，睿王夫婦哭得肝腸寸斷。他們瞞著兩位老人與蕭汐，不敢讓他們知道真相。

凌風負荊請罪。「王爺、王妃，都怪我，我不該把這事告訴世子的。」

睿王擺手讓他下去。「他早晚都會知道。」

睿王妃嗚嗚地哭起來，抱著蕭沂的腦袋。「我可憐的不言……」

了懷大師所說的情路坎坷，卻不想坎坷至此。

對了，了懷大師！

「了懷大師！去找了懷大師！」睿王妃像是抓住了救命稻草。「去白馬寺！」

蕭沂連夜被送上了白馬寺。圓若在林外等候，引著眾人進去。

了懷大師唸了聲佛號，留下蕭沂，其餘眾人識趣離開。

「癡兒……圓若，點香。」

蕭沂覺得自己身處一片混沌，眼前的黑，如化不開的濃墨。

他在黑暗中掙扎前行，或深陷泥潭，或誤入沼澤，或墜入懸崖，或烈火焚身。

他不知疲倦地走著，在光怪陸離的夢裡，尋找著他的小姑娘。

似乎走了很久很久，終於……窺見了一絲光亮。

黑暗中的唯一一抹亮光，亮光下，坐著他的楹楹，楹楹懷裡還有個漂亮的小娃娃。

月楹巧笑嫣然，對著他伸出手。「不言，過來呀！」

他撒開腿狂奔，明明近在咫尺，卻怎麼也到不了她身邊。蕭沂用盡全力奔跑，只能眼睜睜地看著月楹抱著孩子消失在黑暗中。

「楹楹，楹楹……」蕭沂滿頭大汗，在喊叫中睜開了眼。

一個月沒有見過亮光的他下意識又閉上眼，緩了好一會兒才睜開。

禪房內的一切陳設都如此熟悉，是他從小住著的地方。

屋內燃著最熟悉的檀香，床尾的圓若把自己團成一團，睡得正香。

蕭沂替他掖了掖被子，下床去竹林中尋找師父。

林中積雪，靴子踩在雪上的聲音響亮。

「師父……」蕭沂想問問師父卜卦的結果，卻又害怕結果不好，什麼也說不出來。

了懷大師面前有一個棋盤，一如當日與月楹對弈時。棋盤上黑白分明，棋局已到了尾聲。

「坐。」

蕭沂聽話坐下來。「師父是要我下棋嗎？」

了懷大師點頭。

蕭沂執黑，了懷執白，靜謐的竹林一時只有細碎的落子聲。

一局終了，蕭沂不可置信。「師父，我贏了？」

「是，你贏了。」

「怎麼會……這……」

「你看看這局棋，可眼熟？」

蕭沂細細端詳，是有些眼熟，了懷大師生平也只輸過那麼一局棋。

「是樝樝與您下的那一局。」心臟又是鈍痛。

「不錯，從那一手開始，你與她做了同樣的選擇。不言，你早就做出決定了不是嗎？」

是啊，他早就決定了，否則也不會請命出征。

「可她……」卻不在了，在他為他們的將來而努力時，她卻不在了。

「飛羽衛並沒有尋到岳施主的屍體。」

「這話……是什麼意思？」蕭沂收到的消息是遇難。凌風本想等他回來再與他細說，不想蕭沂受到的刺激太大，直接昏迷，讓凌風沒機會開口。

了懷大師不再回答。

蕭沂卻心中一鬆，胸口悶鈍的感覺消失不少，四肢重新有了力氣，站起來。「多謝師父指點迷津。」

身後，了懷大師咳了兩聲。他微微笑，看著這漫天落雪。

身子是一日不如一日了呀。

蕭沂翻遍了慈恩寺後山，用燕風的話來說，他幾乎把每一塊草皮都翻開來看過。月楹依舊不見蹤影。

蕭沂掘地三尺，也只找到那斷了線的小葉紫檀佛珠。五十四顆佛珠，他找到了五十一顆，如同溺水的人抓住救命稻草。

「楹楹沒死，她帶走了那三顆小葉紫檀。她一定還活著！」

即使有人勸他，那麼大的山，有幾顆陷落在泥裡也是極有可能的，蕭沂卻固執地不信。

他的楹楹那麼聰明，吉人自有天相，不會葬身在冰冷的山坳中。

第八十八章

如此過了十來日，蕭沂除了去慈恩寺後山，就是待在月楹的房間裡。

北風呼嘯，落了滿地的雪，是西北沒有的大雪。蕭沂站在院子裡，衣著單薄，任憑雪花落在身上。

凌風說，她離開的那日，也是這樣的大雪。料峭的寒風，他置身雪地竟不覺得冷。身子再冷，也沒有心冷。

他抬頭望著院裡的梧桐，光禿禿的，梧桐葉落無可落，他盯著粗壯的枝幹，入了神。

枝幹上依稀坐了個小姑娘，手裡捧著梧桐淚，正笑著朝底下人招手。然後馬上小姑娘就垮了臉，她爬得太高，下不來。

底下圍了一堆丫鬟、小廝，掩著嘴笑。「月楹，妳快下來呀！」

那是當日她爬上樹摘梧桐淚的場景，蕭沂其實看見了。

還是他讓燕風去搬了梯子來，小姑娘才被解救了。

雪下得越發大了，他的眉毛、睫毛、髮上落著細碎的雪花，點點融化，然後凝結成冰。

「世子，您好歹披件衣服。」明露像個老媽子一樣，臂彎裡是一件大氅。

蕭沂不發話，她也不敢給他披衣服。

明露走過來時，身上有股淡淡的桂花味。他記得，是她做的面霜。

蕭沂拿走大氅披在身上，一言不發地回了屋子。回的是月楹住過的廂房。

明露跟進去，捧上一杯熱茶。

廂房裡一左一右兩張床，一邊絲毫未動，一邊的東西已經少了許多。

蕭沂坐在月楹的床榻上，床上放著一件錦袍，錦袍上不合時宜的滿月紋飾很吸睛。

蕭沂抬手在月亮紋飾上摩挲了兩下。很平整的針腳，她做什麼事，都很認真，即使她不擅長。

蕭沂近來總愛翻佛經，將那些早已爛熟於心的經文唸了一遍又一遍。斷了的小葉紫檀佛珠已經重新穿了玉線，纏在他的手腕上。

明露以前總開玩笑說世子是半個和尚，現在再看，哪是半個和尚，他本就是如玉的面龐，眉目清冷，欺霜賽雪的容顏加上素色衣衫，儼然一個將要超脫紅塵的佛。

蕭沂就這樣靜靜地端坐，不知在想些什麼，坐到明露端來的茶水從升騰著氤氳白霧到冰冷刺骨。

明露又去換了一盞，如此往復，直到第三次，她終於忍不住開口。「世子，喝口熱茶吧。」

她喚了兩聲，蕭沂才有一點反應，似乎才發現屋裡還有另一個人。「知道了。」

明露聞言忽有些眼酸。月楹沒了，世子又成了這樣……

月楹死訊傳來那一日，她哭了半晌，收拾月楹東西的時候，在櫃子裡發現了未完成的洗頭膏。

明露的眼淚再也忍不住。從前月楹離開，她明確的知道是她逃了，盼望著月楹能在府外過得更好。她多想讓世子告訴她，這也只是月楹精心策劃的一場假死。

「明露，妳快成親了吧？婚期是幾月？」蕭沂突然開口。

明露已經從這廂房搬了出去。「過了年後，二月十八。」

「沒幾個月了，我還未向妳道一聲恭喜。」蕭沂平靜地說著。「庫房裡妳看得上眼的，儘管挑去，就當我這個做主子的送妳的添妝。」

「謝世子，王妃已經為奴婢備下許多，吃的用的，還有京郊的十畝良田。」

「娘想得確實比我周到。」楹楹那時總唸叨著要喝明露的喜酒，說明露是她第一個出嫁的姊妹，她得好好想想送什麼禮。

這份禮，終究是送不到明露手上。

蕭沂站起來，進了書房，不一會兒，手裡拿了張紙出來。「這個給妳。」

明露不可置信。這張泛黃的紙，是她的賣身契。她是家生子，按例永不得贖身，蕭沂還她自由，是天大的恩典。

「這……世子……您……」明露一時有些語無倫次。

「拿著。」蕭沂塞給她。「本就是妳的東西。」

蕭沂的左手還有另一張。他走到照明的油燈旁，看著火焰將薄紙吞噬。

「那一張是……」

「是榲榲的。」

這張紙，早就不該束縛她了。

她是蒼鷹，是明月，是有淩雲志的醫者，是他執念太深，將她囚困於身邊。

蕭沂望著火光，咳了一聲，嗆出了淚。

榲榲，我錯了，妳回來好不好？

再沒有人會回應他。

明露又出門換了一盞新茶，聽見了屋裡的低低抽泣與哽咽聲。

她聽見蕭沂喃喃自語，嘆一陣，又唸一陣，笑一陣，又安靜一陣。瘋魔的模樣，恐怕沒有人相信這是往日清俊溫潤的睿王世子。

蕭沂只有在這裡才會如此。出了門，他又是那個京城裡人人稱道、初次上陣便屢戰屢勝的少年將軍。

明露挪了挪凍得發麻的腳。手裡的茶又涼了，她不敢進去，也不想進去。

雪勢小了些，地上的積雪不再厚起來。

蕭沂推開門，瞧見屋外提著茶壺的明露。「再去溫一壺，放在馬車上。」

「您要去慈恩寺嗎？」

他神色清明，一貫的溫和肅穆，已看不出紅過眼的痕跡。「不，只是出去走走。」

「是該出去走走，奴婢剛看見燕風回來了。」蕭沂已在屋裡悶了太久。

燕風陪著蕭沂上街。明露如同一個操心的老母親，叮囑燕風多注意一點世子。

月楹已經出事，世子可不能再出什麼意外。

燕風說她太杞人憂天，回頭看了眼蕭沂的狀況，又說了聲好。

臨近臘月，縱是冰天雪地，街上行人依舊不少。

裹得胖胖的孩子穿著紅衣在自家門前跑跑跳跳，摔在雪地裡也不怕，爬起來將雪花抖落乾淨再繼續跑。

有調皮的孩子在紅燈籠底下堆了個石獅子，模仿高門大戶門前的，別說還真有幾分像樣，引得數人圍觀。

街道上飄來甜香，有人在城門口贈粥。

「燕風，今天是什麼日子？」

「世子，今兒是臘月初八，是官署在派臘八粥。」

每年臘八，京兆尹底下的官署都會在城門施粥，是為體恤民情。

「世子，可要過去看看？」

蕭沂點點頭。「就在這裡下吧，那裡人多，馬車多有不便。」

有個婦人揹著孩子，手上還牽了個半大的娃，領了兩碗臘八粥，剛想喝一口，小的那個就哭起來。準備餵小的，大的又鬧。「娘，我餓了……」

婦人左右為難，燕風正想上去幫忙，卻見粥棚底下奔過來一個青袍官員。「大姊，我替妳照看孩子吧。」

青袍官員柔聲給大孩子餵粥，孩子胃口不錯，一碗粥全喝完了。小的吃得少，婦人餵完了，將粥喝得乾乾淨淨，母子三人吃飽喝足，帶著滿意的笑離開。

那青袍官員似察覺有人在看他，抬眸望去，神色飛揚起來。

「恩公！」他飛奔過來，跑到蕭沂面前。「恩公，可算找到您了！」

蕭沂望著這張半陌生又熟悉的臉，記憶有點模糊。

「恩公，不記得我了嗎？我是那個跳河被您和岳姑娘救起來的羅致啊！」羅致指了指額角，那裡有個隱藏在頭皮下的疤。

「是你。」回憶翻湧上來，他猶記得月楹當日的胸有成竹，那麼自信又奪目，還有被戳穿後的小俏皮。

羅致往他身後看了看。「岳姑娘沒有一併出來嗎？我還想感謝她一次，那日她治好我就離去，我還沒來得及向她致謝。杜大夫又不知她的住處，您這次可萬不能一聲不吭走了，羅某有今日，全賴岳姑娘聖手。」

「你是今科的進士。」羅致穿了官袍，說明已經有了官職。

「是啊，若非岳姑娘，我怎能進得了考場。還請恩公務必留下住址，羅某也好登門致謝。」

燕風拚命使眼色，然而羅致根本沒看到。

蕭沂道：「不必，她……做好事，不留名，救你不過舉手之勞。」

羅致見他堅持，不再強求，問了最後一個問題。「敢問您與岳姑娘是什麼關係？」她治好了他的病，也入了他的心，羅致總會去秋暉堂，盼著能與她偶遇。岳姑娘還是姑娘打扮，與這位恩公也不甚親密，是兄長的可能更大一些。

蕭沂陰冷的目光掃過來。「是我妻。」

一句話讓羅致神情懨懨。

蕭沂乘馬車離開，並沒有去哪兒的想法，燕風便漫無目的地趕著馬車。王府裡處處都是她的影子，讓他觸景生情。可他是蕭沂，是睿王府世子，是飛羽衛指揮使，他有自己的使命，不能這樣下去。

本以為出來就會好一些，可外面，也都是她播的善種。

馬車途徑秋暉堂，杜大夫坐在堂前，擰著小徒弟的耳朵。「你呀你，看看自己寫了什麼，三兩黃連，你當飯吃呢！」

蕭沂踱步過去，解救了受訓的小徒弟。「公子是買藥還是看診？」

杜大夫走過來。「你下去吧，這是岳姑娘的表兄。」杜大夫只見過蕭沂一面，記住了他這張臉，原因無他，太過出色而已。「公子，岳姑娘這些日子去哪兒了？老頭子我可掛念著她呢！」

蕭沂道：「她……有些不舒服，在家歇息。」

「是哪兒不舒服，可要老夫上門瞧瞧？公子記得轉告她，小石頭很想她呢，岳姑娘給的那幾本醫書，他都已經背熟了。」

蕭沂喉頭一哽，沒能接得上話。這些她的舊友，都還不知道她失蹤的消息，一直都有人期盼著她，牽掛著她。

「我會轉告。」

人間煙火百味，再無那人身影。

一個、兩個的，怎麼都與月楹姑娘有牽扯？燕風心道，今日實在不宜出門。

正打算勸蕭沂回去，蕭沂卻道：「去鄒家。」

鄒家門前，鄒吏掃著積雪，旁邊，小石頭也拿了個小掃帚，但力氣沒有父親大，掃得氣喘吁吁。

夏穎出來幫父子兩個擦汗。「可別著了涼，得了風寒就不好了。」

小石頭附和著。「對，風寒可大可小，大得還能要命呢！」

「人小鬼大，才看了幾日醫書就賣弄起來了？」夏穎點了下兒子的鼻子。「岳妹妹信中可要我檢查你的書背得如何。」

「師父說的，我當然能做到。娘，您快去把師父說的那幾本醫書買來。」小石頭推搡著他娘。

鄒吏笑道：「你可得好好學，岳姑娘說了，有時間會回來考校你的本事。」

「爹，師父到底什麼時候回來啊？三天前收到她的信，她並沒有寫歸期啊！」

三日前……

此話猶如一個驚雷在蕭沂腦海中炸開，震得他整個身子都是麻的。

他如鬼魅般出現在鄒家三口面前。「能把月楹的信……給我看看嗎？」

面對突如其來出現的陌生男子，讓鄒吏舉起了掃把。「你是誰？」

「我是……」蕭沂忽然不知道該怎麼介紹自己。「我是……月楹的表兄，她已經離家許久，我只是……只是想知道她是否平安。」

夏穎知道月楹是有個表兄，但沒見過真人，然而一個清俊如謫仙的男子，眼神如此傷心、落寞，讓她語氣便軟了幾分。

「我不認得你，不好把信給你看的。」

蕭沂退而求其次，鳳眸盯著她。「那信封、信封好嗎？看一眼就夠了……」

他低聲哀求，身段低到塵埃裡。

這封信，是他唯一的希望了。

夏穎心生不忍，讓小石頭去拿信來。即使不認識眼前人，蕭沂身上卻有股化不開的悲傷。

小石頭拿著信出來。「只看一眼哦。」

信封上只有四個字：小石頭收。

只一眼，蕭沂眼中的熱淚滾滾落下來，宛若佛陀垂淚。

他絲毫不掩飾自己的情緒，眼中落淚，心下卻是高興的。

胸膛裡的那顆心重新有力地跳了起來。楹楹沒事，太好了！

鄒家三口不懂，為何只是看了一眼信封，這位自稱月楹表兄的男子就哭成這樣。

蕭沂道了聲多謝，才啟程回府。

路上，燕風問：「可要屬下去查信的來源？」

鄒吏走鏢回來不久，定是在路上遇見了月楹，只要稍加調查，得到月楹的藏身地並不難。

「不。」

蕭沂伸手接了一簇雪花，雪花落在溫熱的掌心，很快消失不見。「燕風，你看這雪花，我想用掌心去護它，可它卻化了。」

月楹如同雪花一般，他越想留住，只會適得其反，可惜他懂得太晚。

她平安就好，其餘什麼都不重要了。

第八十九章

睿王抱著吃著手的蕭泊。「不言再這樣下去不行，得想個主意。」

睿王妃對這樣的話耳朵都快聽出繭子了。「誰都知道這樣下去不行，可了懷大師都沒有辦法。咱們救得回他的人，卻救不回他的心。」

蕭沂如此，睿王妃怎能不心疼，這是她十月懷胎掉下來的肉啊！她吸了吸鼻子。「能怎麼辦？除非月楹現在活過來。可慈恩寺後山的土都翻了兩層，要真活著，早就尋到了。」

他們都知道希望渺茫，還要在蕭沂面前裝出一副有信心的模樣。

「時間久了，總會過去的。」睿王安慰道。

「六郎真覺得會過去？」睿王妃反問。

即使知道過不去，也得這麼想著，不是嗎？

「王爺、王妃，世子過來請安。」下人通傳。

蕭沂面色如常地進來，給睿王夫婦見禮，順便逗了一會兒蕭泊。只要他在府裡，每日都會來，尋常得像是無事發生。

蕭泊咿咿啞啞地要他抱，睿王妃把孩子給他。「你們許久未見，泊哥兒倒還認識你。」

「算這小東西有良心。」蕭泊日常愛好啃手，把自己啃得滿臉涎水，蕭沂把他的手從嘴裡拿出來。無奈小傢伙太鬧騰，涎水流進了脖子。蕭沂拿帕子去擦，撩開衣領，看見那兜肚時，手上動作一愣。

睿王妃瞪了眼睿王。怎麼給孩子穿了這件！睿王後知後覺，真不是故意的。

「泊哥兒，別吵你大哥，你這衣服都濕了。」睿王妃招呼著奶娘趕緊抱走。「通身都換掉。」

蕭沂黑眸斂去神色。「娘，不必如此。」

睿王妃道：「這不是怕你……」睹物思人。

哪需刻意去避，這王府中，處處都有她的影子。

蕭沂扯了個笑。「您什麼都不用怕，楹楹沒事，兒子不會讓自己出事的。」

睿王妃拉著睿王走到一邊。「要不要再帶他去了懷大師那裡看看？他這裡，是不是出問題了？」睿王妃指指自己的腦袋。「不然怎麼說胡話？」

睿王頷首。「是該去看看。」

苗城。

這是月楹懷孕的第六個月，胎動已經很明顯，月楹卻挺著大肚子來回奔波，因為她的醫館開張了。代卡勸她歇一歇，月楹笑道：「該動一動才好，我自己的身子我清楚。」長時間臥床才是不好。

孕至八月，肚子越發圓滾，安遠堂也步入了正軌。她合計著該找個小徒弟，可找來找去，也沒找到個適合的。

九個月時，肚子裡的小傢伙越來越不安分，月楹減少了出診次數，安心在家待產。戎卡為她找了最好的接生婆，萬分期待這個小生命的到來。

月楹給孩子做起了小衣，盡挑些鮮豔的顏色。小孩嘛，不拘男孩、女孩，穿得鮮豔一些看著活潑。

又過半月，月楹終於要生了。懷孕的時候這孩子折騰人，生的時候反而很順利，不出半個時辰就出來了，連穩婆都說，鮮少有這麼快生孩子的。

「是個漂亮的女娃娃！」

靜安堂，蕭沂自回來，便沒有踏入過這裡。不是他不肯見祖母，是祖母不肯見他。

老王妃異常自責。確定月楹的失蹤後，老王妃時時唸著，早知道當時不帶著她出去就好了，早知道不讓她一人去引開追兵就好了，早知道……

千金難買早知道。

老王妃知道蕭沂不會怪罪自己，但還是過不了心頭的檻。

蕭沂等在靜安堂院門前，老王爺背著手出來。「不言，進去吧。」

「是祖母讓您來的？」

「不是。」老王爺嘆了口氣。「她把自己關起來，連我也勸不得她。解鈴還須繫鈴人，你陪她說說話，她會好一些。」

蕭沂點了點頭。屋內燃著溫暖的火爐，香爐裡升起裊裊雲霧。

「祖母。」蕭沂彎腰見禮。

老王妃沈吟片刻。「不言，你怪我嗎？」

蕭沂搖頭。「楹楹離開，是她自己的選擇。」

老王妃抬起頭。「不言，你……那麼多日都沒找到人，你要認清現實。」老王妃理智，即使她心裡也不希望這事情發生。

「不也沒找到屍體嗎？」蕭沂道：「難道您認為，楹楹不能逢凶化吉？」

「當然不是。」老王妃是最希望月楹還活著的。

「楹楹沒死，她只是不想回來，自己離開了而已。」蕭沂說得篤定。

老王妃想起那個豁達的姑娘，內心也覺得她不會這麼容易去世。

蕭沂陪著老王妃喝了一盞茶。

茶水氤氳，蕭沂忽然想起，有件事情他一直忘了問。「祖母，您當初為什麼要選月楹做我的大丫鬟？當時的她應該不是最合適的人選吧？」

月楹的入府時間實在太短，怎麼樣也輪不到她。

老王妃輕笑。「確實有其他的緣故。」

「哦？」

「你十八歲那年，我曾替你向了懷大師算過姻緣卦。大師說你情路坎坷，有一情劫，會應在一個女子身上。這個女子身上有三顆紅痣，一在耳後，一在胸前，最後一個嘛……在掌心。」

蕭沂脫口道：「她掌心並無紅痣。」

「有與沒有，不言心裡不清楚嗎？」老王妃笑起來。

是了，他既認定了她，她掌心有沒有紅痣也不重要了，總歸沒有別人。

「當時我發現了她這兩顆紅痣，便想到了大師的卦象，雖心有疑惑，還是將人放在了你身邊。」之後的一切，果然應驗。

蕭沂抿了口茶。「我以為您會將她調走，畢竟是個劫，不是嗎？」

老王妃搖搖頭。「劫是避不開的。這次避開了，總會以其他方式發生，還不如直接面對。」

蕭沂沈思，假設月楹沒有成為他的大丫鬟，會怎樣？

他笑起來。他恐怕還是會被她吸引，只是時間的問題而已。聰慧機敏，醫術高超，棋藝超群，這樣的姑娘，他怎會不淪陷？

她是他命中的劫。

兩個月後，北疆、西戎捲土重來，本以為就此止戈的戰事再起。

蕭沂再度請纓，這次，皇帝沒有再阻止他。

蕭沂再次踏上去往西北的路。這次，風沙依舊很大，京城卻少了個等待他的人。

不知是不是錯覺，大漠的月亮格外圓。蕭沂轉了轉手腕上的佛珠，他知道，楹楹與他沐浴在同一月光下。

北疆、西戎與大雍的這場仗，打了三年，最終以北疆與西戎的合作破裂而結束。

兩國合作需要的是信任，北疆與西戎的信任是建立在聯姻上，面對巨大的誘惑時，感情又能值多少錢？西戎率先向大雍俯首稱臣，並與大雍軍合作攻打北疆。

夏米麗作夢也想不到枕邊人會這麼絕情。三日，北疆城破，北疆王舊疾復發去世，臨危受命，她成了新的北疆女王。大雍軍進攻北疆的那一日，夏米麗開城獻降。

夏米麗捧著北疆王印，北風將她的衣袍吹得獵獵作響。

「今日我降你，是為了我北疆萬千子民，並非是我北疆人沒有骨氣！」夏米麗挺直脊背，說出的話擲地有聲。「薛元帥也要信守承諾。」

薛如元淡笑。「大雍一諾千金。郡主放心。」

皇帝聖旨已下，北疆國降階為郡，劃入大雍版圖。而西戎因迷途知返，特許仍以國之名，但永為大雍附屬國，須年年歲貢。

夏米麗哂笑。多麼諷刺啊，卑鄙者的下場居然更好一些。

她看著阿史那蒙回，死死地盯著他。「你以為你以後的下場會比我好嗎？不會的，你等著吧！」

阿史那蒙回被這眼神駭到，心底安慰自己，不過是戰敗者的胡言亂語。

薛如元宣旨回營，卻並不開心，匆匆入了一營帳，擔憂問道：「如何？」

「傷勢太重，老夫無能啊……」軍醫愁眉苦臉的。

薛如元顫聲道：「難道就沒有一點辦法了嗎？」

「我是沒有辦法了，但別的醫者興許能把將軍救回來。」

「誰？」

「不知元帥是否還記得，一年前，軍中天花肆虐，是苗城的一位苗醫止住了這場病。」

「怎會忘記，北疆人使陰招，我軍損失慘重。你的意思是那位苗醫能救人？」

「是，以她之醫術，也許還能有活命的機會。但我聽聞此苗醫遊歷四方，不知如今人是否在苗城。」軍醫擔憂的就是這個。「而且……」

「還有什麼，你說。」

「而且苗城離此地數十里，這一來一回，怎麼也要一天一夜，但將軍恐怕撐不到那個時候了。」

軍醫看著躺在榻上的男子，面色已經不能用慘白來形容了，是一種帶著死氣的灰色。床上人當胸穿過一箭，箭帶著倒鉤，根本不敢輕易拔出。更糟糕的是，箭上有毒。

箭矢上的毒並不難解，麻煩的是解毒的藥材中有一味藥，會令人血崩，他胸口上的傷禁不住這樣的衝擊。但不解毒，即便拔了箭，傷口也不會好，會一直潰爛下去，到時候也還是死。

「如果有藥能封住將軍的氣息與血脈呢？」一名面嫩的小將開口。

軍醫捋了捋鬍子。「若當真有此藥，便可暫緩將軍之病情，爭取救援時間，再好不過了！」

小將從懷裡掏出個瓷瓶來。「您看，這個是嗎？」

軍醫將藥拿到鼻尖一聞。「大善，將軍有救！」

「阿謙，你哪裡來的這藥？」薛如元問。

阿謙回憶起那個女子。「幫了別人一個忙，她贈我的回禮。」

服下假死藥，命是暫時保住了，但歸根結柢，還是要看那位苗醫是否在苗城。若不在……

「那便是……他的命。」薛如元不怨天尤人，立即派人去苗城尋人。

苗城。

一個身量不足的奶團子走在街上，左手拿著兩串熱騰騰的羊肉串，右手捧了個碩大的果子在啃著，懷裡還被塞了把炒栗子。

「知知，過來，婆婆這裡有炒好的瓜子，拿一把去。」老阿婆不由分說就往她荷包裡塞。

知知沒有手阻攔。「婆婆，阿娘說無功不受祿。」

知知瞪著葡萄似的大眼。每次出來都被塞了一堆東西，再這樣下去，她都不敢出來了。

知知身後的小少年攔了攔。「阿婆，我師父說了，不能收你們的東西。」

老阿婆笑咪咪的。「你說得不算，我要聽岳大夫自己說。」老阿婆知道月楹不常在苗城，才會有底氣如此說。

小少年攔不住，眼看著小知知的荷包被塞滿。

一隻素潔的手蓋在了小荷包上。這雙手不算細膩，卻也不粗糙，拇指與食指之間有че繭，修甲修剪得一絲不苟，看得出是一雙有故事的手。

「龍阿婆，您又給小知知送東西，會寵壞她的。」

「岳大夫！」龍阿婆又驚又喜。「您回來了啊！」

月楹抱起小知知，露了個淡然的笑。「是，在外許久，總要歸家的。」

一年前的那場天花，不僅大雍軍隊裡有，苗城也沒有倖免。龍阿婆的兒子、孫子都感染了天花，是月楹的藥將他們救了回來，並且給全城的人都種了痘，自此天花徹底在苗城消失。

全城百姓都奉月楹為神女，認為她是最尊貴的苗醫。小知知是神女之女，她人又可愛懂事，自然得到大家的寵愛。

小知知看著娘親，不好意思地低下頭。「阿娘，我錯了，可是我真的拒絕了……」她是為收了東西道歉。

小知知抿著唇，兩條眉毛向下，任誰看了這副模樣，再硬的心腸也軟了，只想拿出最溫柔的話來哄她。

小少年攬罪。「師父，不能全怪知知，我也有錯……」

月楹瞥了他一眼。「你的帳，回去再跟你算！」

關於孩子的教育，月楹向來是放在第一位的。

「知知，妳聽好了，這些叔叔伯伯、婆婆爺爺們送妳東西，是因為阿娘從前幫了他們，可咱們不能挾恩以報。這不是第一次了吧，妳要懂得拒絕，若真的想要，阿娘會給妳買的，不能拿別人的東西，懂了嗎？」

知知還太小，不懂什麼是挾恩以報，似懂非懂地點點頭，只知道拿別人東西是不對的。

「阿娘，知知以後不拿別人的東西。」

月楹知道這孩子乖巧，只是饞嘴了些而已，也怪她拘著她的吃食，這小傢伙近日越發圓滾，她就剋扣了她幾日的零嘴。

「空青，把銀子給龍阿婆吧，她不收，你自己想辦法。」

小少年應了聲，偷偷將銅錢丟進了阿婆收錢的瓦罐裡。

「師父，好了。」

空青是月楹撿回來的孤兒。臨近戰場的地方，孤兒多得是。那年，月楹出門遊歷，空青瘦瘦小小地蜷縮在茅草堆中，月楹出手救了他，從此這小傢伙就賴上了她。

月楹給了他空青這個名字，後又發現這小子是個學醫奇才，便將他收入門下，說他是自己的二徒弟，在遙遠的京城，她還有個大徒弟。

給小石頭的那封信是月楹深思熟慮後寫的。她給了人家孩子希望總不能食言，她與鄒吏是在青城遇見的，彼時她已準備前往墨城。

即便蕭沂發現那封信，也找不到她的所在，最多就是知道她沒死而已。

「讓一讓……讓一讓……」

馬隊領頭的人高聲呼叫著，左右兩邊百姓讓出一條道來，馬隊一路疾馳而過。

月楹抬眸，忽見隊伍中有個熟悉的身影——燕風？他怎麼會來苗城？

「師父，您在看什麼？」空青問。

她凝視一個方向太久未動。「哦，沒什麼，快回府。」

大雍軍來此，必定是出了什麼事，城主府內會知道消息。

可月楹還是奇怪，北疆不都已經獻降了嗎？還會有什麼事？

城主府，月楹抄小路回來時，燕風被廖雲領著進門。

代卡已經不是當年躲在耳房的少城主了，她已經正式接管苗城的大部分事情。戎卡樂得清閒，日日含飴弄孫，老是抱著小知知在代卡面前晃，時不時說一句。「哎呀，什麼時候我能當上外祖啊……」

代卡懶得理他。「阿月難道不是您閨女？」

戎卡已經認了月楹當義女，他催婚無果，只能逗著小知知。

月楹把孩子交給空青照看，悄悄進了耳房。

燕風對代卡開門見山。「少城主，我們將軍受傷，危在旦夕，請您告知那位神醫的下落，否則我們將軍活不過三日！」

燕風拱手鞠躬，鄭重再三。

代卡不是不通情理的人。「你來得巧，阿月正好在城中。」

耳房裡的月楹心神俱震。時隔多年，聽到他出事，還是心頭一緊。

她顧不得隱藏行蹤，衝進去問：「他快死了？」

燕風看見來人，面色驚懼，像是見到了鬼。「月楹姑娘?!妳怎麼在這裡？」可不是見到了鬼嗎？雖那封信確認了她沒死，但燕風還是很吃驚。

代卡瞧了瞧兩人。「來使與阿月是舊識？」

燕風這才反應過來。「月楹姑娘，妳就是那位苗族神醫？」

第九十章

月楹沒有否認，焦急問：「你快說，蕭不言怎麼了？」

燕風後知後覺。「月楹姑娘誤會了，出事的不是世子，是薛將軍。」

聽到不是蕭沂，月楹慌亂的心安回了原位。薛觀於她有恩，也必須救。

「好，我去準備一下，稍後隨你去軍營，路上你再與我說說情況。」月楹當機立斷。燕風來請她，定是軍醫沒有辦法，時間不等人，耽擱一分，薛觀就會更危險。

燕風愣了愣，似有些驚訝於她的果決。「好。」

月楹拉著代卡避開人。「我去趟軍營，歸期不定，妳幫我照顧好知知。」

「照顧知知沒問題。」代卡看了眼燕風，起了八卦的心思。「那位來使模樣不錯，是舊識還是……」

「妳這丫頭！」月楹推搡了她一把。

代卡摩挲著下巴。「不對，應該是妳方才喊的蕭不言才是。」

這姑娘，這兩年越來越不好糊弄了，月楹決定避而不答。「走了！」

「讓廖雲陪妳去，萬一出事，有他在我也放心。」

「嗯。」月楹接受代卡的好意。

代卡瞧著她落荒而逃的背影。蕭不言這個人決計與她有些關係……與月楹相處的時間越長，月楹的破綻也越多，與她當初說的不甚相同，尤其是關於小知知的父親這一點。

小知知也曾懵懂問過自己的父親，月楹總是打著哈哈蒙混過去，不說他死，也不說他活。從那時起，代卡就猜測小知知的父親大概沒有死，只是月楹不願意說。

月楹有許多秘密，這都不重要，因為月楹是她的朋友，是她阿吉的義女，也是救了苗城眾人的人，她願意無條件相信她。

去軍營的路程，快馬也要好幾個時辰。月楹在這兩年學會了騎馬，但急行軍還是不行，況且她還帶了個空青，實在快不了。

走了一半路，燕風下令休息。月楹要是累垮，就是到了軍營，也救不了薛觀。

「薛將軍是中了西戎的虎頭彎鈎箭，這種箭厲害就厲害在箭頭的倒鈎上，密密麻麻都是倒刺；刺入身子，想要拿出來，非得在身上開個血洞不可，更何況箭上還淬了毒……」

燕風詳細說著，月楹心中大致有了動手的法子。沒想到當日贈阿謙的一顆假死藥能救薛觀，真是命運無常。

聊完了薛觀的傷，燕風瞟了她好幾眼，連空青都發現了不對勁——這位將軍不會看上師父了吧？

廖雲更是冷冷地盯著燕風，手按在劍上。

燕風的話在嘴裡轉了幾圈，還是沒問出口。

月楹點破。「想問什麼？」

燕風乾笑了下。「姑娘假死遁走，不就是為了離開世子嗎？怎麼這次……」剩下的話他沒問出口。

蕭沂再見她會怎樣，她不知道，可薛觀需要她的救治，即便是還有被蕭沂囚禁的風險，她也要去救。

而且這次她不是一個人，她有代卡這個朋友，還有戎卡城主作為後盾，蕭沂就是想強留她，恐怕也沒那麼容易。

至於知知的存在……

月楹休息夠了。「空青，能撐得住嗎？」這孩子不過十一、二歲的年紀，若非薛觀的手術需要一個助手，她不會帶著他。

「師父，我可以。」空青挺直並不寬厚的脊背，小小的少年眼裡是倔強的光。

「好，繼續趕路。」

眾人快馬加鞭，終於在日落之前趕到了軍營。

軍營門口，薛如元與蕭沂翹首引領。

當看見那馬上的身影時，他整個人愣住了，腦中空空。

即使時隔三年，即使相隔甚遠，即使她身著一身男裝，他也能只憑一眼，就認出她的身影。

馬隊漸漸逼近，薛如元見燕風帶著人回來，臉上有了笑。

月楹翻身下馬。長時間騎馬趕路，她大腿內側磨得生疼，下馬時有些不自然。

蕭沂身子比心老實，腳跨出了半步，卻見一個陌生男子，扶著月楹下馬。

「岳姑娘小心。」廖雲搭了把手。

月楹一眼就看見了人群中的蕭沂。銀甲銀盔，少年將軍身形挺拔，這幾年的戎馬倥傯在他臉上似乎沒有留下痕跡，白皙的皮膚曬黑了點，眉目依舊俊朗，讓人移不開眼。

她在看蕭沂，蕭沂也在看她。

滿天的黃沙中，女子靜雅儀閒，沈靜如水，身上那股安心寧神的藥香更濃烈了些。她眉目靈秀，更勝從前，多了一分自信，猶如一朵盛開的凌霄花。

兩兩相望，靜謐無言。

「神醫，求您救我兒！」薛如元哀聲祈求，彎下身軀，同時也有些訝異這神醫的年歲。

月楹抬手扶了把。「薛帥不必行此大禮，我既來此，就是為救薛將軍而來。」她不想耗費時間在虛禮上。「病人在哪裡？」

「在帳中。」薛如元引著月楹進去。

床榻上的薛觀面如死灰，旁邊有個婦人一直攥著他的手，看模樣是薛觀的夫人。

「秋煙，大夫來了，妳快讓開。」薛如元催促。

秋煙退到一旁，看見月楹。「請神醫務必救我夫君！」

軍醫也在帳中，瞧見月楹是個青年公子。「你就是苗城神醫？怎地如此年輕？」是不是找錯了人啊？他沒將疑惑問出口。

揹著藥箱的空青不樂意了。「我師父年歲雖小，醫術卻是頂好的。你這軍醫，未免也太以貌取人了吧，你年歲倒是大，怎麼沒見你治好薛將軍！」

「你這孩子怎麼……」軍醫反駁。

「閉嘴！出去。」蕭沂開口呵斥。

他面色不豫，軍醫有些害怕，不敢再說什麼，只好出去。

蕭沂道：「請神醫繼續，有任何要求都可以提。」

月楹忽然夢回幾年前，他也是這麼無條件地幫著她掃清一切障礙，然後溫言讓她繼續治。

月楹也沒客氣。「我需要這裡再亮一倍。」

蕭沂立即命人點起數只燈籠。

月楹仔細檢查著薛觀的傷口。傷口太深，倒刺太多，想要拔出來，幾乎是不可能的。

「空青，把薛將軍扶起來。」

空青照做，穩穩扶著薛觀的雙肩。

「蕭將軍可否幫我一個忙？」

她突如其來的點名，讓蕭沂一怔。「妳說。」

月楹指了指薛觀身上的那支箭。箭的尾羽已經被剪掉，只留一截光禿禿的桿子在外面。

「用掌力，將這支箭打穿。」

「打穿……這怎麼……」秋煙擔心道。

薛如元穩了穩心神。「聽神醫的。」

月楹又問了一遍。「可有難度？」

「沒問題。」蕭沂坐到榻的另一邊，空青讓了半個身位給他。蕭沂掌心蓄力，精準打出一掌。

只見半截箭從薛觀的背後射出，鮮血如注，月楹馬上用金針替他止血。

如此一來，複雜的箭傷成了簡單的貫穿傷，雖看著又在薛觀的身上留了個洞，卻是大大減少了傷口暴露在外的面積。

「請各位出去。」月楹換好衣服開始下逐客令，接下來要開始手術了。

「空青，刀。」

眾人聽話地退出去。蕭沂轉身出去之際，深深地回望了一眼。

月楹氣定神閒，下刀果決，暖黃的燭火照映在她的面龐上，眼中閃著細碎的光芒，她認真的模樣，實在太美。

月楹切去薛觀傷口的腐肉，接著給他解毒。因為血脈被金針封住，並沒有發生血崩。

「接下來的縫合，空青，你看好了。」

這縫合之術空青拿豬皮練了許久才像了一點樣，終究縫得還不夠漂亮。

空青專心致志地瞧著。彎針到了師父手裡，異常聽話，不像他縫得歪歪扭扭，月楹起針與落針，十分準確，手術結打得更是漂亮。

月楹鼻尖出了細密的汗，浸濕了棉布口罩。長時間的用眼讓她眼眶乾澀，痠疼得厲害。蠟燭不似電燈，還是幾十支蠟燭一起點，尤為躁熱，雖是春日裡也架不住這熱浪。

「空青，你來。」還剩下一小半，精密的地方她已經做完，剩下的對空青來說沒什麼問題。

空青興奮地接過手。「師父，我不會讓您失望的。」

月楹點點頭，拉下口罩出去透了口氣，實在是有些缺氧。

腦子清醒了不少後，月楹才重新進去。不得不說，年輕人的眼睛就是好使，空青沒用多少時間就做好了收尾。

在月楹看來已經完成得很不錯了，小少年卻有些懨懨，對比著兩道縫合疤。「還是比不上師父。」

月楹笑道：「你才學了多久？真比我好，師父也教不了你什麼了。不過，你往後定會比師父厲害。」

「才不會，師父是最厲害的！」

月楹淺笑不語，拍了拍他的腦袋。

「他的脈象平穩，就看今夜了。」她已經替薛觀解了假死藥。「你先睡會兒吧，咱們師徒倆輪流守夜，你守下半夜。」

空青很聽話。「好。」小少年也是真的累了，合上眼眸，沒多久就睡著了。

夜裡，薛觀發起高燒，月楹給他降溫，全身擦了一遍白酒。時不時看一眼漏刻，水漏刻滴答滴答的，眼看著過了子時。月楹再探薛觀的額頭，緩緩笑起來。太好了，已經退燒，這一關算是扛過去了。

空青仍在呼呼大睡，月楹沒忍心叫他，給他披了件外袍，往主帳走去。

主帳裡只有秋煙，見月楹來，忙問道：「我夫君如何了？」

「已經脫離了危險。」

秋煙眼淚奪眶而出，雙腿一彎就要給她跪下。「多謝神醫。」

月楹托著她雙臂。「受不得夫人大禮。」

「應該的。」

美人垂淚，月楹不忍。「薛將軍無事，夫人該高興才是，哭什麼。」

秋煙也是颯爽女子，抹了把眼淚。「神醫說得對。我能去看夫君了嗎？」

「可以。」

秋煙一溜煙就跑出去。月楹搖頭笑笑。她過去了，自己倒是可以繼續等薛如元回來。

作為父親，薛如元定然是想第一時間知道薛觀的情況。

可等著等著，再加上暖意一烘，月楹的眼皮就不受控制。她單手撐著腦袋，不知不覺睡了過去。

薛如元處理完事情後直接去了薛觀帳中，聽見兒媳的呼喊聲才敢進去。

薛觀呼吸平穩，空青睡得香甜。

同行的蕭沂沒看見月楹。「楹……岳大夫呢？」

秋煙道：「應該還在主帳中，神醫想告訴爹來著。」

「我去瞧瞧。」

蕭沂去到主帳，看見撐著手睡著的月楹，眼眸緊閉，睫毛微微翹起，倦色難掩，燭光給她籠罩了一層金色光暈，安靜又祥和。

他不欲破壞這安寧，沒有叫醒她，一手搭在她背後，一手放在她膝彎，將人打橫抱起，回了自己的營帳。

第九十一章

勞累一夜後的睡眠總是非常沈，不過第二日又是一貫的早起。

月楹朦朧睜開眼，只覺手臂被壓得發麻，她想要抬手，卻抬不起來，才察覺到是有重物壓住了。

這是隻男人的手。

月楹瞬間清醒。

枕邊是男子放大的俊顏，長而翹的睫毛，高挺的鼻梁，仍是當年的清朗，只少了些隱藏在深處的陰鬱氣息。戰場的戎馬生涯，磨平了不少的稜角。

他閉著眼，還在沈睡。

這陌生的軍帳看起來不像是主帳，應該是蕭沂的營帳。

她身上的外袍被脫去，裡頭的衣衫還是完整的。這男人也真是不害臊，她不過睡著了而已，不能把她叫醒嗎？

蕭沂顯然是不打算與她裝不認識。月楹回想起自己詐死逃走的事，按照蕭沂以往記仇的性子，還不得把她生吞活剝了。

所以現在，趁他沒醒，跑！

這床靠著牆，月楹又被他放在裡側，意味著月楹如果要下床就必須越過他。

月楹看著這橫在自己身前的身子，手撐著床緩緩站起來，算好距離，小心翼翼地抬起腳跨出去。

一隻腳落在外側的床板上，沒有觸碰到他的衣角，很好！她再接再厲，抬起另外一隻腳。

床上的人倏地睜開眼，鳳眸含笑看她，薄唇輕啟。「打算去哪兒？」

太尷尬了！月楹抓緊腳步，不料踩到衣料，腳下一個打滑，摔在蕭沂身上。

月楹腦袋撞上他的胸膛，只聽得他一聲吃痛的悶哼。

「嗯……」

「不好意思，我……不是有意的。」月楹撫上他的胸膛。「沒撞壞吧，我看看。」

淡淡的藥草香不斷傳入鼻腔，她的身子貼著他，讓蕭沂一陣躁意由心底起，抓住她作亂的小手。「沒事。」

「沒事就好。」月楹語氣淡淡，翻身下床，穿好自己的長靴。

蕭沂不知為什麼，看見她這麼一副無所謂的樣子，沒來由地不爽。「岳大夫看見自己在一個男子床上醒來，沒什麼想說的嗎？」

做壞事的人還敢主動提起這事。月楹不想與他多做糾纏。「兩個男子同榻而眠，不是很正常嗎？」

「妳……男子？」蕭沂不禁好笑，上下打量起她來。腰肢款款纖不盈握，胸前的起伏完全沒有遮掩，連假喉結也沒有。

做男裝打扮只是怕軍營不便，月楹沒打算掩飾自己的女子身分。

她轉身去拿外袍，發現外袍被他壓在腿下，她扯了扯衣服。「還望世子高抬貴……腳。」

蕭沂眼中含笑，沒有鬆腿。「這裡沒有世子，只有將軍。岳大夫第一次見我，就知我的身分？」

她想裝不認識，他便陪她裝一裝。

蕭沂對上她淡漠的眼，看不出情緒。

她的外袍還被他壓著。「蕭將軍，多謝您昨夜收留，我還要去看薛將軍。」

她使了大力氣，想一下子把衣袍抽出來。嘶啦一聲，衣帛碎裂聲響起。

月楹尷尬地看著手上的一半衣服，輕咳了聲。「這衣服是燕侍衛的，將軍記得賠他。」

說完撩袍出了營帳。

蕭沂嫌棄地把外袍踹遠了些。

門外有人值守，看著陌生男子從將軍營帳裡出來，大眼瞪小眼，欲言又止。

月楹去看薛觀。空青已醒來許久，在檢查薛觀的情況。

「師父，您昨夜去哪兒了？」空青單純地問。

月楹一時語塞。「找了個營帳休息了下。」

「那師父休息得不錯吧，不像我，早上起來，脖子都快斷了。」小少年活動著痠疼的脖子。

「還行。」月楹捏了捏還沒恢復的胳膊，生硬地轉移話題。「薛將軍如何？」

「脈象平穩，一息四至，有些氣血虧虛。」

薛觀失血過多，氣血虧虛是正常現象，可惜沒法子輸血，不然他今日應該能醒。

秋煙端了水盆來替薛觀漱洗，與兩人打了聲招呼。「岳大夫，空青小師傅。」

秋煙細細給薛觀整理儀容，他昏迷日久，鬍子拉碴的。

月楹笑道：「京中傳言薛將軍娶了隻胭脂虎，傳言果真不實。」

秋煙小心地給薛觀刮鬍子。「岳大夫身在苗城，也知道京都的事？」

顧著調侃，忘了掩飾。月楹乾笑。「遊歷時，曾到過京城。」

秋煙繼續著手上的動作，餘光見她還是昨日的裝扮，好心道：「岳大夫還不曾漱洗吧，若不方便，可去我的帳中。」

這是看出她是個姑娘了。月楹拱手道：「多謝夫人。」

她寫了藥方讓空青去抓藥煮藥。空青挑簾出去，恰見蕭沂進來。

他似沒看見月楹一般，只往薛觀那裡去。「嫂夫人，梓昀無事了吧？」

秋煙戳穿他的此地無銀三百兩。「大夫就在那理，不言不問大夫，怎麼反倒問起了我？」

昨夜，蕭沂把人抱回去的時候她可是看見了的。記得當年蕭沂曾氣憤地來打了薛觀一拳，說是薛觀放走了他的心上人，她若是沒記錯，蕭沂的那位心上人就姓岳。

蕭沂是演戲的好手，面上波瀾不驚。「是該問岳大夫才對。」

月楹道：「薛將軍已無事，大約明日就能醒，蕭將軍不必擔心。」他想聽，她就再說一遍唄，說幾句話又不會怎樣。

「岳大夫醫術卓絕，多虧了您。」

「蕭將軍謬讚。」

「怎會是謬讚，是岳大夫過謙。」

「不敢不敢……」

秋煙聽著這兩人一來一往的客套，莫名覺得有些詭異。

蕭沂還想再恭維幾句，月楹一扭頭走了出去。「薛將軍需要靜養。」再這樣下去，她怕薛觀被他們吵醒。

這男人怎麼回事，幾年不見變得如此囉嗦，從前那個惜字如金的蕭沂哪兒去了？

蕭沂坐下來，在月楹出門那一刻，臉上的笑容消失得乾乾淨淨。

她為什麼能如此雲淡風輕，就真的把他當成陌生人嗎？

蕭沂開始生悶氣。他有自己的自尊，也已經決定放她走，不能像從前那般無限妥協了。

秋煙看穿蕭沂的彆扭，故意問：「不言不出去看看？」

「我出去做什麼？」蕭沂抬了抬下巴。「又沒人需要我。」

這話怪酸的。

軍中井然有序，並沒有因為一個將軍受傷就亂了秩序，校場中還有人在演練，士兵們擺陣，共同揮起長矛，整齊劃一，氣勢恢宏，盡顯大國之威。

月楹漫步走著，忽聞見某處地方血腥味濃烈，她望過去，是傷兵營。

幾名軍醫正在照看受傷的士兵。士兵們有的瘸著腿，有的綁著胳膊，能自由行動的都算是好的，更有甚者，沒了半截身子。

「快快快，紗布！」有個軍醫叫喊著，一邊按住出血處，一邊纏著紗布，一卷紗布已經見底。

月楹快步走過去。「我來吧。」她接過紗布，包紮起來。

那軍醫沒見過她，看她嫻熟的技巧。「新來的？」

月楹點頭。「是。」

老軍醫也沒客氣。「順便把他腳上的紗布拆了，換個藥。」

月楹照做，只是拆開紗布的時候聞見了一股難聞氣味，是肉類腐爛的氣味，腿上的傷口已經開始潰爛了。

老軍醫皺眉，對那位兵士說：「不是說了，有不舒服就趕緊說？你這傷口爛成這個樣子，疼了好幾天吧？」

受傷的士兵是個二十來歲的漢子。「也不疼，就是癢，原來爛了嗎？」

他不屑一顧的模樣讓老軍醫火大。「我看你是討打！」

青年士兵連忙求饒。「王大夫饒命，這不是軍中藥物緊缺嗎？我想著忍一忍就能過去。」

「再緊缺也不缺這點，稍有不慎，你這腿就廢了！」王軍醫罵罵咧咧地去拿藥了。

月楹輕笑。「小哥你可真能忍。不過王軍醫也是為了你好，本來上藥就能好，現在得吃苦頭了。」

「小兄弟，可別嚇哥哥我。」青年士兵笑了笑。

王軍醫拿了傷藥和小刀出來。「誰嚇你了，這位小兄弟說得是實話。」

王軍醫蹲下來，沒好氣道：「你自己咬著衣袖。」說完撒了些藥粉在士兵腿上。

月楹一聞，是麻沸散。

士兵小腿肚上的傷有一小部分潰爛，需要挖掉腐肉。

「小兄弟可會清創？」王軍醫年紀大了，手有些發抖。

「會。」

「那你來。」王軍醫在一旁看著，想著月楹不行他就趕緊頂上，不想月楹手起刀落，手法漂亮俐落得罕見。

「這手法漂亮，即便是老夫年輕時也比不上你。」

月楹已經開始包紮了，咬著衣袖的士兵都沒感覺怎麼疼就已經好了。「多謝小兄弟。」

「王老頭，你當然比不上人家。」另一名軍醫走過來。

這個人月楹認識，就是昨日質疑她年紀的那位。這軍醫姓辛，他方才看過薛觀，對月楹佩服得五體投地。

「人家可是苗城神醫！」辛軍醫抱拳向月楹行了個禮。「昨日是老夫有眼不識泰山，還望岳神醫海涵。」

月楹順手打完最後一個布結。「老先生，您如此真是折煞我了。」因為年紀受到的歧視已數不勝數，辛軍醫還算這之中態度好的。

王軍醫大喜。「難怪……原來是神醫到了！」

月楹不敢受禮，她不過站在巨人的肩膀上。「救人是醫者本職，其餘都是虛名。我不是神，不能活死人、肉白骨。」

盛名未必是好事，若有朝一日她救不回一人，這些誇獎都會變成枷鎖。

「兩位先生都是醫者，應該知曉我的顧慮。」

兩位軍醫對視一眼，笑道：「岳小友。」

月楹回以微笑。這笑還在臉上，變故卻陡然發生。

一個瘸著腿的傷兵忽然暴起，往月楹脖頸抓去。

「岳小友，小心！」

傷兵營裡淨是些傷患，就算想救人也是有心無力。月楹也察覺到了身後的危險，一個側身躲過，但來人比她更快，五指成爪，她的肩頭被死死箝住。

那瘸腿士兵行動自如，顯然是個假冒的，而且武功高強。

月楹只會普通的防身技巧，對上練家子，幾招就敗下陣來。瘸腿士兵制住她拿藥粉的手，反剪在身後，一手掐著她的脖頸，力道大得能讓人窒息。

「有刺客！」不知是誰高呼了一聲。

「放開岳大夫！」傷兵們義憤填膺。

那廂的士兵也拿著兵器衝出來。

「哈哈哈，人在我手中，你們能怎樣？」這人的漢話說得有點彆扭。「讓你們將軍出來！就說我索卓羅孟和來報仇了！」

這人臨危不懼，若非敵人，是有幾分可敬。

蕭沂是第一時間趕到的，月楹纖細的脖頸就在那人手中，只須那人的手輕輕一用力，月楹就會香消玉殞。

「索卓羅孟和，你究竟想做什麼？」蕭沂認得他，他的哥哥與他都是西戎前鋒。

西戎雖倒戈，國內也是有反對派的，比如面前的這個人，薛觀的傷就是他的手筆。

索卓羅孟和鷹隼般的眼神死盯著他。「我要你死！」

索卓羅孟和的哥哥，死於蕭沂的長劍下。

他所做的一切都是為哥哥報仇，今日潛進軍營就是為了殺蕭沂，是抱了必死的心來的。怎料他無論如何也近不了蕭沂的身，又聽說了薛觀被治好的消息，索卓羅孟和徹底惱羞成怒，選擇孤注一擲。

「聽聞這大夫救了你們的薛將軍。蕭沂，若是你死在我面前，我可以考慮考慮放了這個救了你兄弟的人。」

月楹因缺氧面色脹紅，不斷拍打著索卓羅孟和的手。索卓羅孟和看她瀕死，鬆了鬆力道。這人可不能現在就掐死。

月楹眼中憋出了淚，她鬢髮微亂，杏眸中水光盈盈，望著蕭沂。

他們只隔了幾步遠，卻好似中間隔了條鴻溝。

蕭沂心頭一痛，她這可憐又嬌弱的模樣，讓他的理智土崩瓦解。

「我死，你真能放了她？」蕭沂抽出袖中短劍。

索卓羅孟和也有些吃驚。他知道中原人重義，卻不曾想到蕭沂真的會為了這麼個大夫而答應自己的條件。

索卓羅孟和笑起來。「我說了，考慮考慮。蕭將軍先往自己身上刺幾下，我心情好了就放人。」他忽然不想看蕭沂立刻死了，一刀解決他，太便宜他了。

蕭沂眼都不眨，往自己腹部刺進去。「可滿意？」

「將軍，不要！」眾士兵試圖上前阻止，都被燕風攔住。「退下！」

月楹姑娘在世子心中的分量，他比誰都清楚。

「嘶——」索卓羅孟和手背上多了道劃痕，他沒放在心上，月楹的抓撓在他眼裡，不過困獸之鬥而已。

他因蕭沂自殘而狂喜。「哈哈哈！蕭沂，再刺幾下，這大夫是死是活，就看你了！」

蕭沂面不改色又是一劍。腹部的血汩汩流出來，他嘴唇開始發白，身子因忍受劇痛而微微顫抖。「夠嗎？」

月楹被扼住喉嚨說不出話，眼裡溢出一滴淚，心底罵道，蕭不言是傻的嗎？

指甲又劃破了索卓羅孟和的手背，他的手背滲出血珠，卻絲毫不在意。「這位小大夫，我勸你還是安分一點，我對待俘虜，不會心慈手軟。」

月楹眼睛微瞇起，掰開他的手。「誰是俘虜，還不一定！」

「你什麼……」索卓羅孟和話還沒說完，忽覺喉頭一緊，氣血上湧，四肢發麻，直直地倒在了地上。

她居高臨下蔑視他一眼。「蠢貨！」

蕭沂一個箭步衝上來，把人按進懷裡禁錮，輕柔撫摸她腦後的髮，溫柔道：「楹楹，沒事就好。」

第九十二章

「蕭不言，你就是個傻子！」月楹扯開嗓子罵，眼淚不受控制地往下掉。此刻已經無人在意兩個男子為何抱在一起哭得那麼傷心。

燕風扶著蕭沂回去，月楹喊著空青。「快拿藥箱來。」

月楹俐落地脫去蕭沂的衣服，入目是他精壯的身軀與兩肋下的兩個血洞。

「蕭不言你腦子壞了嗎？那種人的話你也信！兩肋插刀很好玩嗎？他掐著我的脖子，根本沒打算讓我活！」

蕭沂艱難地扯出一個笑。「我不傻……看著嚴重，妳知道的，不致命。」

他很高興，高興自己的一舉一動又可以牽動她的神經，他討厭她用陌生的態度對自己，他喜歡她暴露出不同的情緒，即使是生氣。

生氣的她，也是好看的。

月楹用鑷子挾著酒精棉花給他消毒，偏這男人沒心沒肺還在笑，她手上用了點力氣。

「嘶——楹楹，輕點，疼……」

聲音極其矯揉造作，空青聽了打了個寒顫。

小少年用奇怪的眼神看了眼床上的人。這位將軍，是不是腦袋有點問題？還有，他為什麼那麼叫師父？

「疼？你才長記性！你身上都多少窟窿了……」不算背上那幾條疤，蕭沂身上大大小小的傷口又新增了不少。

這些年，他究竟受過多少傷？月楹鼻子微酸，睫毛上沾了淚，濕漉漉的。

蕭沂心疼了。「楹楹，別哭，我不疼。」

「誰哭了？」月楹嘴硬。「只是眼淚而已。」

「好，沒哭。」她還是那麼倔強，倔強得那麼可愛。

廖雲匆匆進來，撲通一聲跪下。「岳姑娘，是屬下失職，請您責罰！」

「好了，你先起來，這是意外，又不是你能料到的。」廖雲這人實在太恪守侍衛本職，月楹還真怕他來個以死謝罪。

「是屬下失職，該罰！」

「罰不罰的，我說了算。」難怪代卡說他太守規矩，太守規矩也不好。「不過，你去做什麼了？」自到了軍營，她的確沒怎麼看見過廖雲。

廖雲道：「有人來尋我比武。」

廖雲是個武癡，有人叫陣，又是軍中高手，他自欣然應戰。

「從昨日比到今日？」

「不止一個。」廖雲也不清楚，為什麼源源不斷地有人來找他比武？

月楹品出了不對，看向蕭沂，眼神似在詢問，是你搞的鬼？

蕭沂摸了摸鼻子，看向燕風。

那日廖雲扶她下馬，蕭沂就一陣不爽，打聽了下才知道只是個侍衛，但廖雲寸步不離月楹，他看著煩，就讓燕風把人引開。

月楹想清楚了，合著她遇險，蕭沂是罪魁禍首！

她面色一沈，把手裡東西塞給空青。「你來！」

空青被趕鴨子上架。「將軍，您別動。」

蕭沂看了眼面前的毛頭小子，眼神裡滿是抱怨，又不敢開口，只能不甘不願地讓這小子治傷。

他試圖轉移話題。「索卓羅孟和為什麼突然倒地？」

「我給他下了毒。」

蕭沂回憶了下當時的場景，月楹根本沒有機會下毒。他好奇起來。「怎麼做到的？」

月楹伸出手，展示自己的指甲。「我兩隻手的指甲上都淬了藥。這兩種藥分開是無毒的，一旦混合，就是見血封喉的劇毒。」

把毒藏在指甲裡，是個隱密的法子。

楹楹這麼機智，他該高興才是。蕭沂卻開心不起來，能想出這種法子來保護自己，她這幾年，定然吃了很多苦。

「妳……這些年，很辛苦吧？」

月楹輕笑，揮揮手讓空青與廖雲下去。

她站在那裡，眼中熠熠發光，自成風華。「不，一點也不辛苦。蕭不言，離開你的這幾年，我很自由，很快樂。我走遍了大江南北，治療了許多病人，我將這些病患的情況匯編成書，著了一冊醫典。每一日我都過得很充實，每一日我都能遇見各種各樣的病人，而我樂此不疲。做自己熱愛的事，我並不覺得辛苦，蕭不言，你懂嗎？」

蕭沂不懂，他從出生起就被定好了往後的路，從不知道自己究竟喜歡什麼，只是從小接觸的就只有那些，他便以為自己喜歡那些。

直到遇到月楹以後，他才知道，人生還有另一種活法。所以，他也為自己爭取了一次。

「我不懂，但從妳的言語中，我能感受到妳的歡喜。」蕭沂唇角微微勾起，更加慶幸當初自己的決定。

月楹也笑。「指甲藏毒，只是我自保的手段而已，與其他無關。」

蕭沂道：「是我多思了。」

他身上的傷還有最後一步包紮。他傷在腰腹，月楹不得不靠近他赤裸的胸膛，他的身子很熱，月楹隔著幾寸都能感覺到那熱源。

她倏然有些後悔，不該讓空青那麼早走的。

為了包紮，月楹必須採用雙手環抱的姿勢將布巾繞上好幾圈。

「好了。」

她抬眸，蕭沂垂眼。四目相對間，呼吸也交織著，雙唇的距離所剩無幾。

氣氛陡然有些曖昧，月楹看著這熟悉的眉目，腦中想的是小知知。要說也確實不公平，她十月懷胎生下的女兒，與自己長得並不相似，反而像蕭沂多一點。

尤其是這雙鳳眸，更是十成十地像。

蕭沂方才問她是否辛苦，其實是有的，孩子剛出生那幾月，小傢伙累人得厲害。

蕭沂俯身。她的唇色並不很深，粉粉的，像是抹了層淺淺的櫻桃汁。

他視線在她唇上游移，然後向下，是精巧的下巴，白皙的脖頸此時有些未消的紅痕，看著有些可怖。

月楹猛地打了個噴嚏。「阿嚏——」

曖昧氣氛瞬間消失得無影無蹤，她吸了吸鼻子。

「著涼了？」

月楹瞪他一眼，無聲指責著他。本就是快入冬的日子，天氣有些微涼，也不知道是誰，早上壓著她的外袍不肯給。

蕭沂也想起了早上的事，下巴抬了抬。「那箱子裡有衣服，妳隨便挑。」

才不屑於穿他的衣服！

「別逞強，凍壞了可是妳自己受罪。」

月楹道：「不必，我冷了自會去向薛夫人借。對著我這個救命恩人，她不至於連件衣服都不給吧？」

蕭沂拿她沒辦法，她總有許多藉口。

「去瘀的藥膏在哪裡？」他忽然問，探頭在她的藥箱裡找尋，只能看見各式各樣的瓶子。

「這個。」月楹從中拿出一個小瓷盒。

蕭沂長臂一伸，把她攬近了些，如玉的手指挑起一小塊藥膏，往她脖頸上抹去。

藥膏是冰涼的，他的指腹是溫熱溫熱的。被他觸碰過的地方無可避免地癢起來，從肌膚一路癢到身心。

月楹縮了縮脖子。「我自己來。」

「別動。」蕭沂另一隻手扣在她的後腦上，固定住她亂動的腦袋。

他薄唇輕啟。「這裡沒有鏡子，妳看得見嗎？」

「誰說沒有。」月楹又從藥箱裡揀了個盒子出來，打開盒蓋，裡面是片巴掌大的小鏡子。

蕭沂看著這眼熟的小盒，他唇角微揚。「楹楹還留著我送妳的東西？」

月楹合上盒子，垂眸躲避他的視線。「用來裝藥膏還挺好用，我向來不喜歡浪費。」

蕭沂眼裡蕩開笑意，認真仔細地將她脖子上有紅痕的地方都抹了藥，似在呵護一件稀世珍寶。

他呼出的氣噴在她的頸邊，遠遠看來，宛若一對交頸鴛鴦。

「好了沒？」脖子被人掌控的滋味很不好受，偏她沒辦法掙脫。

蕭沂抹藥的指尖一頓，緩緩摩擦起來。「還沒好，索卓羅孟和下手太重，得多抹點痕跡才能消。」

脖子上的癢意難受得厲害，月楹試圖轉移注意力。「你真殺了他哥哥？」

「是。他大哥當時圍剿我，我順利反殺，斬下了他大哥的人頭。」他雲淡風輕說著，彷彿那是別人的經歷。

從他身上的傷口就能看出，當時的情景一定比他描述的還要凶險萬分。

「索卓羅孟和中的毒還有救嗎？」

「能解。」月楹挑眉。「要救嗎？」

蕭沂眼含笑意，莫名帶著凌人的氣勢。「要救。他活著，還有用。」

面前的少年將軍，眼神一轉，又成了京城中攪弄風雲的世家子。

薛觀的身子一日一日好起來，三日後，他終於醒來。

秋煙眼眶裡的淚在看見他醒來時，一串串的滴落。「梓昀——」

「阿煙，讓妳擔心了。」他撫上她的面頰。

秋煙感受著掌心的溫度。「沒事就好。」

多年的夫妻，彼此一個眼神就讀懂對方的情緒，一切盡在不言中。

空青很不合時宜地端著藥進來。「薛將軍，該喝藥了。」

月楹跟在他身後進來。這個沒眼力的徒弟她也很苦惱，就這情商，以後怎麼找媳婦啊？

月楹對上薛觀的視線。「薛小侯爺，許久不見。」她仍用著當日的稱呼。

薛觀一見月楹就明白。「是岳姑娘救了我？」

月楹頷首。「小侯爺覺得身子如何？」

「好多了。」薛觀捂著傷口感謝。「多謝岳姑娘。」

「不必言謝，醫者本職而已。」

薛觀並不知道月楹後來又被抓回去的事情，只以為她是從城門口逃了以後，是第一次見到蕭沂。

「為了我，岳姑娘才來此，若是離開時有困難，儘管開口。」

空青不明就裡。離開會有什麼困難？

薛觀正色道：「岳姑娘有難處，也儘管說，只要我能辦到，定不會讓旁人欺負了妳。」

這個旁人意有所指。

秋煙扯了扯他的衣袖。據她觀察，蕭沂與月楹的關係，似乎不像丈夫說的那樣。

薛觀看向妻子。「嗯？」

月楹含笑，剛想解釋，外頭蕭沂的聲音就飄進來了。「薛梓昀，身子還沒好，嘴倒是好了。」

背後說人壞話，最尷尬的就是被當事人發現。

但薛觀一點也沒有被發現的尷尬。「我嘴又沒受傷。」月楹姑娘對他是救命之恩，即使蕭沂是他兄弟，這恩也不能不報。

「你怎麼下床了？快去躺著！」月楹輕皺起眉，身上帶著傷還到處亂跑，真不省心。

她推搡著他，蕭沂反握住她的手，溫和笑起來。「楹楹，我自有分寸。」

薛觀瞧這架勢，不對啊？難道在他昏迷期間，發生了什麼他不知道的事情？

他以眼神詢問妻子。秋煙攤手，示意我不知道。

月楹抽回手。這人動手動腳的毛病越來越嚴重了，遲早有一天她要扎得他半身不遂！

蕭沂以為自己能忍住的，然而人在他面前晃了三天，往事一幕一幕浮上腦海，她清麗的容顏，不屈的倔強，還有床笫間要人命的青澀與嬌媚。

這些全都聚成火，一寸寸將他的冷靜燃燒殆盡。

他想要得更多，他不滿足於醫患關係，他不要在見到她時，看見的只有疏離和公事公辦。

三年來，多少次的午夜夢迴，他笑著攬她入夢，醒來時只有無邊孤寂與濕了的褻褲。

他不曾止住對她一分一毫的思念，從前，他不懂思之如狂的意思，如今算是將其中的苦都品嚐了個乾乾淨淨。

所以，他認命了，即便這一生，她的腳步不會因為他而停留，也許他還要追逐她的腳步。

他只祈願，能在她向前走時，成為她的同路人；在她走累的時候，能停在他的臂彎歇一歇。

北疆與西戎已無須他再操心，京中的事情也能有個交代。其實月楹不來，等打完這一仗，他也是要去找她的。

如今提前了一點，不過剛剛好。

月楹指導空青給薛觀換藥，蕭沂淡淡看著，眼裡是溺人溫柔，說不盡的溫情繾綣。

空青太小看不懂，秋煙看了個十成十。原來清心寡慾快成佛的睿王世子，動情是這副模樣。

清冷的人一旦動慾，那便是天雷地火，燒起來，滅不掉。

第九十三章

薛觀的傷勢漸漸好起來，不過這次到底是動了根本，月楹盡力了，還是讓他落下了咳疾。

「寒冬臘月，小侯爺怕是不好過。」

薛觀無所謂道：「撿回一條命已是幸運，豈敢奢求別的。咳嗽幾聲，死不了人。」

「呸，什麼死不死的，別讓我從你嘴裡聽到這個字！」方才還言笑晏晏的小侯爺被擰了耳朵，一點囂張不起來。

「阿煙，岳姑娘還在這兒……」

秋煙知道男人好面子，鬆了手。「哼！」

月楹淡淡地笑，京中傳聞，其實也不虛嘛！

薛觀身體情況好起來，月楹也該回苗城了。這一出來就是半個月，小知知定然想她，也不知她夜裡有沒有踢被子……代卡能不能搞定那小傢伙……

月楹歸心似箭，薛如元也不能強留人，選派一支隊伍送月楹回城。

蕭沂是最後收到消息的，等在月楹的必經路上。「楹楹要走？」

「薛將軍已無事，我自然要離開。」月楹已經放棄管他的稱呼。

蕭沂挑了挑眉梢。「楹楹只有梓昀一個病人嗎？」

月楹上下掃了他兩眼。「蕭將軍的傷難道還沒好嗎？」他傷得可比薛觀要輕。

「沒有。」

「誰讓將軍不聽醫囑，好好臥床休息早就好了。」

「……」

「將軍的傷軍中的軍醫也能治，不必非要找我。」

蕭沂道：「楹楹不是說，病無小病，對待所有的病人都是一視同仁的嗎？怎麼，是我的傷不值妳這個神醫看嗎？」

胡攪蠻纏，曲解她的意思！

月楹懶得與他耍嘴皮子，她非要走，他還能攔她不成？

月楹往左跨了一步，打算繞開他，蕭沂往右挪，擋住她的腳步。

廖雲上前，未出鞘的劍橫在身前。「請蕭將軍讓一讓。」敵意已經很明顯。

蕭沂是來哄人的，不是來打架的，面對廖雲的挑釁，只能作罷。他讓步，月楹微笑起來。

次日，月楹整裝出行，空青翻身上馬，非要一個人騎。「我自己騎，廖雲哥哥不用帶我，能更快一些，我想知知了。」

這兩天懷裡少了個香軟的團子，確實怪想念的。

「師父，您不想嗎？」空青問了句。

「怎麼不想？」從小知知出生以來，還是第一次離開她這麼久。從前她出遠門，都會帶著她。

半個月不見，不知小丫頭是不是又胖了？

「想誰？」清冷又帶著磁性的嗓音插進來。

蕭沂騎著馬，慢悠悠地靠過來。胯下的馬，馬毛油光發亮，膘肥體壯，一眼就知是名駒。

「你怎麼來了？」

蕭沂淡笑。「奉薛帥之命，送岳大夫回城。」

他笑得狡黠，鳳眸一挑，更像隻狐狸。

月楹也不能現在去回絕薛如元的好意，淡淡應了聲。「哦。」

廖雲冷臉騎著馬，將月楹與蕭沂隔開，儼然一副護主的模樣。

路上，他們稍做休息，蕭沂拿了水囊想給月楹獻殷勤，廖雲比他更快一步。

蕭沂拿乾糧，廖雲已烤好了山雞。雞肉的香味散發出來，蕭沂捏了捏發硬的饅頭，坐在了一旁的巨石上。

「燕風，抓隻雞來。」

燕風無語望天。這荒山野嶺的，一隻山雞已經很難得了，再找一隻，比登天還難。

「要不，屬下去給您挖點野菜？」
「沒用，連隻雞也捉不到。」
月楹看見蕭沂吃癟，偷偷笑彎了唇角。
「師父，您笑什麼？」空青無情戳穿。
「沒，沒什麼，馬上能回去，我高興。」
「是啊，馬上就能見到知知了。」空青臉上帶笑。
對呀，能見到小知知……
月楹心頭一跳。她怎麼忘了，蕭沂這次跟過去，勢必能見到小知知。
她倒是不排斥父女倆見面，小知知從小沒有父親，前段日子她已經在問，為什麼自己沒有爹爹？孩子漸漸長大，遲早要告訴她真相。
可蕭沂……蕭沂要是知道她瞞著他生了個孩子，會是什麼表情？
月楹不敢想像，用餘光悄悄瞥他。
男人深邃的五官，漂亮的鳳眸，鴉羽般的睫毛，都與小知知如此相似，肯定是瞞不住的。
稍微打聽下就能知道她當初來苗城時已經懷孕，身邊也沒什麼適齡的男子，臨時找不出一個爹。
月楹視線在廖雲身上打轉。算了，一看就不像。事到如今，也只能走一步、看一步。

只是她沒想到，父女倆的初次見面，來得這麼猝不及防。

廖雲飛鴿傳書進城，代卡知道他們今日到，一大早就抱著小知知在城門口等。

小傢伙許久沒見到娘親，想念得厲害，一刻也等不了，早上早早地就醒了，吵著要阿娘。

「阿娘，阿娘——」代卡給小傢伙打扮得漂漂亮亮，梳了一圈她最喜歡的小辮，兩邊用銀圈挽著。小傢伙一歲多的時候就被穿了耳洞，雙耳墜著銀鈴，手腕上也是幾個大小不一的銀鐲，掛著小鈴鐺。

小知知甩著手，鈴鐺隨著她的搖擺叮叮噹噹的，吸引了馬隊眾人的目光。

隊伍裡有人看見，不禁討論起來。「誰家的小閨女？」

「長得真可愛。」

「我也想要個閨女了。」

「打完了仗，回去找自家婆娘要一個唄！」

眾人嘻嘻哈哈的。戰爭結束，他們這些士兵也輕鬆不少。

蕭沂也看見了那個玉雪可愛的孩子。城門口有許多人，他沒覺得小傢伙是在向他們打招呼。

女兒嬌嬌柔柔的童音消去了所有趕路的疲憊，月楹勒住韁繩，穩穩停住。她翻身下馬，朝著朝思暮想的人兒跑去，抱到懷裡。「知知。」

小知知雙眼笑成月牙，甜甜地喊了聲。「阿娘。」

母女倆臉貼臉，親暱了一瞬。

身後先是一聲馬嘶，然後是重物落地的聲音。月楹抱著孩子回頭，瞧見摔下馬的蕭沂。

她忍住笑。「蕭將軍不用行此大禮吧？免禮。」

小知知學著娘親的話。「免禮，免禮。」

城門口捲起風沙，給地上的蕭沂加了一層土。

這個晴天霹靂，炸得他腦袋發懵。顧不得剛出的醜，蕭沂一身風塵地站起來，走到月楹母女面前又生生止步。

他不可置信地望著月楹懷裡的小女孩。「妳……喊她什麼？」

小閨女鳳眸澄澈。「阿娘啊。」

「那妳……爹爹呢？」他問話時，語氣都在顫抖。

小知知不知道為什麼這個看起來很髒的叔叔要問這個問題，不過娘親教導她不能撒謊。她垂下頭。「知知沒有爹爹，阿娘說爹爹在很遠很遠的地方。」

月楹摸了摸她的頭，似是安撫。

蕭沂僅憑眉眼，便能確定這是他女兒，可是他還是想聽她親口說。

「楹楹，她爹爹是誰？」

月楹了解這個男人有多聰明，明知故問，不過是想從她嘴裡聽見肯定答案。畢竟是他播的種，而且剛才行的「大禮」確實取悅了她，月楹不介意給他一點甜頭。

她靠近知知，望著蕭沂道：「知知，這是妳爹爹，妳不是一直想要爹爹嗎？」

小知知歪頭，對著朝思暮想的爹爹露了個燦爛的笑。

「知知，我是妳爹爹。」蕭沂的心軟成一灘水，伸出雙臂想抱她。這是他的小閨女，他與月楹的小閨女。

小知知睜著黑葡萄似的大眼，脆生生地喊了句。「爹爹！」

知知對著新出現的爹爹很好奇，不吝嗇地在他臉頰上親了一口。然後……吃了一嘴黃沙。

「呸……呸，爹爹好髒！」小傢伙往月楹懷裡拱了拱，還是娘親身上香香的。

蕭沂恨不得原地洗個澡。

月楹笑得花枝亂顫。「髒，咱們離他遠一些。」說著就抱著女兒回去。

其實在場的眾人除了這一家三口，都是震驚的。

代卡震驚於小知知的父親居然是大雍將領。燕風更是吃驚得下巴都掉在了地上，心底在咆哮。什麼！世子有孩子了？月楹姑娘偷偷生了世子的孩子！孩子都已經兩歲多了！每個消息都炸得他頭暈眼花，差點一頭栽到地上去。

城主府。

代卡拷問月楹。「解釋解釋。」

月楹撇撇嘴。「如妳所見。」

「這麼說，知知真的是妳與他的孩子？蕭沂可是睿王世子啊！」她這姊妹膽子也真夠大的，這算是拐帶了皇室子弟吧！

月楹扶額，告訴她全部的事情真相。說到蕭沂將她軟禁時，代卡義憤填膺。「妳跑是對的！這種男人不能要！他別想帶走妳和知知，即便他是世子，我也會護著妳們母女的。」

這霸氣的發言，月楹都快忍不住給她鼓起掌來。「那就多謝少城主了。」

代卡瞇眼。「阿月又擠對我。」

「才沒有。」

姊妹倆鬧了幾句，都笑起來。

代卡道：「蕭沂現在，是怎麼個打算？」

蕭沂的打算……月楹搖搖頭，她還真不清楚。

或許本來是清楚的，可見到小知知後，誰知道他會不會改變想法。

「我去看看孩子醒了沒。」

小知知早上醒得太早，回程的一段路上，沒多久就趴在月楹肩頭睡著了。

蕭沂趁這會兒工夫洗了個澡，換了身月白色衣衫，對著鏡子照了又照，確定自己身上、臉上都是乾淨的才出門。

來到小知知的房間，空青正在裡面，一邊默默背醫書，一邊看孩子，這樣的事情他已做過無數次。

見蕭沂進來，空青攔在床前，低聲道：「麻煩蕭將軍輕一些，知知睡得淺。」

空青在城門口聽明白了他與師父的關係。他是小知知的生父，卻與師父還未成親。

在空青的想法裡，哪有有了孩子還不成親的，況且他還是個將軍，怎麼捨得讓師父獨自帶著孩子？小少年分析了一番，覺得這就是師父說過的那種渣男。

所以對蕭沂也沒什麼好臉色。

第九十四章

睡夢中的小傢伙夢囈了聲，翻了個身子，身上的錦被被捲到一邊。空青神色溫柔地給小傢伙蓋被子。

「知知睡了，蕭將軍不要吵她。」

蕭沂心底的酸水汩汩地往外冒，看這小子越發不順眼起來。這小子什麼意思？

「你是楹楹的徒弟？」蕭沂拿出師公的架子。

小少年點點頭，蓋好被子後，復又拿起醫書，全程沒有給他一個眼神。

這徒弟的性子還真是像她。

蕭沂給自己倒了杯茶，漫不經心道：「喜歡醫書？我手上有幾本絕版的醫書，連你師父都一直想要。」

背對著蕭沂的小少年豎起耳朵，有了點反應。

蕭沂不動聲色。「《命門考》、《五腑圖繪》……」這些都是月楹曾經抄過的書，但因為那次意外，都沒有帶走。

「你真的有這些醫書？」空青興奮起來。他不止一次聽月楹唸叨過這些醫書，哀嘆多麼可惜沒有帶出來。

「有，不過……」

空青的好奇心已經徹底被勾起。

「別聽他的花言巧語，他慣會忽悠人。」在小徒弟被勾走之前，月楹及時趕到。

小知知還在熟睡，蕭沂忽地站起來，拉著月楹去了廊下。

月楹的手腕被攥得生疼。「蕭不言，放手。」

確定四下無人，蕭沂大手掐住她的腰窩，將人抵在牆上，來勢洶洶地吻上她的唇，帶著一股凶狠與她唇齒交纏，似要把這三年的分全部要回來。

重遇到她，他一直在克制自己。他知道她固執，喜歡自由，逼得緊了她肯定又會逃，逃得無影無蹤的那種。他不捨得再將她囚禁，只能小心翼翼地對她。

可她是怎麼回報他的？偷偷生了他的孩子，三年都不告訴他。

蕭沂的吻很霸道，強勢又帶著壓迫，月楹的掙扎與抗拒都被他滾燙的呼吸化解，被掠奪呼吸的她，雙腿有些發軟。

腰上的手臂有力得很，讓她不至於摔倒。

就在她腦子發懵的時候，忽然感覺到臉上的一絲濕意，還帶著餘溫。

那是……他的眼淚？他……哭了嗎？

蕭沂的攻勢輕柔了許多，吻細密地落在她臉上。「楹楹，妳是我見過，最狠心的女子。」

月楹看見他眼裡的晶瑩，有些不可置信。「你……怎麼……」她抬手拭去他的淚。

蕭沂穩了穩呼吸，下巴搭在她的肩頭上。「風沙迷了眼。」

嘴硬的男人。

蕭沂緩了緩神，抬手撫上她的小腹。「疼嗎？」

月楹知道他的意思。「早就不疼了。」過去那麼久，她都快忘了。

蕭沂見過睿王妃生產的模樣，一想到楹楹在經歷這麼困難的事時，他沒有陪在身邊，心就一鈍一鈍地疼。

蕭沂雙臂緊箍著人，似要把她揉進身體裡。「往後餘生，不論何事，我都會陪著妳。」

月楹感受到他的熾熱。「你陪著我？京中的大好前程不要了嗎？」

蕭沂輕笑。「早就不要了。」

兩年前，蕭澄已經被冊封為太子。

蕭沂是皇帝精心挑選以輔佐兒子的文臣，蕭沂忽然請纓，打亂了皇帝的部署，所以太怒，打了蕭沂一頓。同時，只要他離京，皇帝就會收回他的飛羽令，意味著他不再是飛羽衛指揮使，他所有的一切，都要重頭再來。

失去飛羽衛，他必須要有軍功，才能護住睿王府。蕭沂相信自己的能力，孤注一擲地來了軍營。他並不怕打仗，他怕的是不能平安回去。

從前，他對自己的性命不屑一顧，家裡有了蕭泊之後，他更沒有了後顧之憂，月楹的出現，讓他開始惜命。

此戰一了，他便無事一身輕，有大把的時間陪著她。

「你不是開玩笑？」月楹見他語氣認真，有些心慌。

蕭沂抓著她的手抵在胸膛上。「楹楹覺得我在騙妳？」

他的呼吸灼熱。

「不是。」月楹想縮回手。

蕭沂攥得很緊，沒有給她放開的機會。「楹楹，妳擔憂的問題已經解決。我們還有了知知，知知不能沒有父親，所以，別逃避我，好嗎？」

他低聲下氣地祈求。

蕭沂太懂得怎樣讓她心軟，他本就生得好看，她又吃軟不吃硬，對她服軟這招，她上過太多次當，卻還是心甘情願……再被他誘哄。

「楹楹，好不好？」他低頭親著她的下巴，名為乞求，實在索取。

月楹抓住最後的理智，沒有把話說死。「我考慮考慮。」

蕭沂聞言，兩眼彎成月牙，最後偷了個香。

「知知快醒了，你先放開我。」

蕭沂聽話地放手。他現在可是在考察期，不能惹她不高興。

小傢伙每日午睡幾乎都是這個時辰醒來，小知知睜著眼睛，只看見空青。「青哥哥，阿娘呢？」

「阿娘在這裡。」月楹閃身出現。

小傢伙手腳並用地從床上爬下來，張開雙手向月楹跑過去。「阿娘——」

月楹把胖團子抱起來，掂了掂分量。「好像重了點，阿娘不在的日子，是不是又偷吃糖了？」

「才沒有。」小知知的頭搖得像撥浪鼓，耳上的鈴鐺清脆地響著。「知知很聽話，一天只能吃一塊，沒有多吃。」

提起吃，她沒吃午飯就睡著了。小知知癟癟嘴，捂著肉肉的小肚子。「阿娘，餓……」

「知知餓了嗎？青哥哥給妳去拿吃的。」小少年積極得很，一溜煙地跑沒影了。

蕭沂摸摸下巴，若有所思。

小知知打量著面前的陌生男子。「阿娘，這個叔叔長得真好看。」

叔叔？蕭沂洗乾淨了臉，又換了身衣服，與方才的狼狽模樣大相徑庭，小傢伙一時沒認出來。

「知知不認識了，這是妳的髒爹爹呀！」月楹促狹地擠對他。

爹爹就爹爹，什麼叫髒爹爹？

蕭沂心情好，伸出雙臂。「來，爹爹抱。」

小知知觀察半晌，終於發現這個漂亮叔叔就是髒爹爹，從未被爹爹抱的小傢伙興奮了，拱著身子竄進他懷裡。

男人結實有力的臂膀托起孩子。小知知在他臂彎上坐得很穩，感受著爹爹的懷抱。與娘親軟軟的身子不同，爹爹身上有種令人安心的感覺，而且抱得比娘親高，她能看見更高的地方。

孩子就在他懷裡，沒多少分量，蕭沂恍然間有種不真實的感覺。他怕，怕這一切都是個美夢。

怕夢醒來，還是孤身一人。

空青提著食盒進來。「知知，好吃的來了！」

知知笑起來，露出還沒長全的乳牙。「吃飯飯。」

空青擺好飯便打算給小傢伙餵飯，然而一個人形阻礙擋在他與知知之間。

「蕭將軍，我要給知知餵飯。」

「我來。」蕭沂伸手。

空青求助於月楹，月楹微點頭。「讓他來。」

少了這幾年的父女天倫，讓小知知與他都高興一會兒吧。

空青把筷子塞給蕭沂，不情不願地繼續背書去了。

「知知要自己吃。」小傢伙前不久學會用筷子，雖然每次都把飯桌搞得一片狼藉，好歹是能把自己餵飽。能自力更生之後，她就不想要別人餵飯了。

「好，知知自己吃。」蕭沂坐在她身後，放開她的手腳。

飯菜裡有蝦，是小傢伙最喜歡的菜，但剝蝦這麼難的她還沒學會，小傢伙推了推裝蝦的盤子。「爹爹。」

蕭沂貼心地幫小閨女剝蝦。完完整整的蝦肉堆在碗裡，知知笑得眼裡都有星星。「爹爹真好。」

知知用吃得油光水滑的嘴唇親了他一口。蕭沂滿足得如同在雲端，瞬間幹勁十足，還能再剝十盤。

吃完飯，蕭沂給小知知擦嘴，算是好好享受了一回父女天倫。

小知知新得了個爹爹還熱呼著，黏著蕭沂讓他陪她玩，蕭沂萬分樂意。

「知知！」代卡喊了聲。

正坐在蕭沂肩頭的小知知轉過頭。「代卡姨姨……」

她還小，吐字有些不清楚，聽起來更像「一一」。

代卡把她抱過來。「有人來看妳啦！」

「誰呀誰呀？」

月楹走過來。「誰？」

不等代卡回答，那廂已傳了聲音過來。「阿月！知知！」

東方及飛奔而來，一把撈過小知知，她雙手撐在小知知腋下，把人舉得高高的。

「東方爹爹！」小知知高興地叫起來。

東方及沒客氣，親了兩口。「想死爹爹啦！」親完小的又想去抱大的。「阿月，來……」

話還沒說完就被無情打斷，有人擋在了月楹身前。

東方及定睛一看。「你怎麼在這裡？」

蕭沂冷哼。「我是知知的父親，楹楹的丈夫，為什麼不能在這裡？」

東方及絲毫不懼。「我才是阿月的丈夫，你……聘書在哪裡？」東方及知道月楹已經不再是王府的丫鬟，她也不用再懼怕蕭沂。

蕭沂還真拿不出來東西。

月楹一把把蕭沂推開。「你是哪個的丈夫，好大的臉！」還在考察期呢！

東方及一手攬著月楹的腰，一手抱著小知知。「我與阿月可是明媒正娶，拜過天地的。」

這其樂融融的一家三口，讓蕭沂酸得牙都快碎了。

他真是……防得住男子，防不住女子！他家楹楹，太招人了！

代卡笑得前仰後合。東方及真是個妙人。

小知知一臉疑惑，完全不懂這些大人在搞什麼。她拉了拉東方及的衣領子。「東方爹爹，知知有爹爹啦。」

一年前，月楹曾帶小知知回過一趟青城。彼時東方及的父親正在彌留之際，東方老爺唯一的願望就是看見兒子娶親。

這場撒了十八年的彌天大謊也該落下帷幕，東方及拜託月楹再幫她一次。於是月楹成功地從失蹤的少夫人變成了剛尋回的少夫人，還是帶著孩子回來的。小孩差幾個月看不出年歲，只要東方及承認知知是她的孩子，沒有人會懷疑。

為了圓東方老爺的夢，東方及把知知打扮成一個男孩子。東方老爺見東方家有後，安心辭世，自此東方家徹底是東方及的一言堂。

月楹勸她做回女子，東方及卻搖頭。「做了十八年男子，再做回女子有些不習慣，還是保持原狀吧。」

月楹讓知知喊東方及爹爹，也告訴她，東方及不是她的親爹爹。

這次從青城回來還沒有多久，小傢伙還認識她的東方爹爹。

東方及捏了捏小傢伙的臉蛋。「知知是更喜歡東方爹爹，還是妳爹爹？」

蕭沂沒什麼表情，唯有微微側過的身子暴露了此刻的心情。

小知知在糾結。東方爹爹給她買了好多好多好吃的，可爹爹會舉高高，還給她剝蝦，太難選了……

小傢伙糾結得一張臉的五官都皺在了一起。

「好了，妳別逗她了，知知才多大。」月楹笑著給小閨女解圍。

小知知撲進月楹懷裡。「我喜歡阿娘！」

「哈哈，知知最喜歡阿娘是不是？」月楹刮了下她的鼻子。

小知知重重地點了兩下頭。

東方及瞪蕭沂一眼。哼，她雖然沒贏，也沒輸。

蕭沂表示蔑視，幼稚！

第九十五章

東方及突然來苗城，肯定是有要事。

幾人回屋說話，月楹問：「是京城的事情處理好了嗎？」

「對，京城的安遠堂已經開張。」

月楹去找東方及，是想與她合作開醫館，這幾年來，青城已經開了兩家，墨城有一家，苗城有許多家。

醫道若要傳承，在於代代相傳，然而因為現行的一些陳舊思想，必然會導致一些藥方失傳，而這也是月楹不願意見到的。

她創立安遠堂，招來的大夫都是與自己有同樣想法的，雖說不多，但貴在精、不在多。她想做的，就是先將自己所學教給安遠堂的大夫，再由她與他們一齊推廣。這是一個冗長而繁瑣，卻又是對杏林界有深遠意義的好事。

即使以後她不在了，留下的醫方也能救助世人。可想要完成這件事，沒有強大的財力支撐是做不到的。

所以月楹找到了東方及，東方及是個有錢沒地花的主，即使賠了也不在意。用她的話來說，賠了就是老天看她有這麼多錢不爽，幫她散散財。

因為蕭沂的事情，她一直沒有在京城開設醫館，東方及說京城的事可由她全權負責，不用月楹出面。

月楹這才答應。東方及本意是來苗城遊玩看看月楹與小知知，順便說一聲京城的事情已經處理完畢。

「如今……阿月是不是打算自己去京城？」

每一家安遠堂都是月楹的心血，開業的時候，月楹都會親自去坐上幾個月的堂。京城的這一家，說是不讓她出面，月楹確實是有些不放心。

蕭沂的事情解決，她好似沒有理由不去京城。

月楹點點頭。「是。」

「那我就陪著阿月，去京城走一趟！」

月楹瞥她。「妳青城那麼大的家業，走得開嗎？」

東方及道：「這就不勞阿月操心了，我近日啊新招了個管事，能幹得很，若非她，我才沒空來苗城尋妳呢！」

「妳就不怕人家捲了妳的錢？」

東方及笑道：「用人不疑、疑人不用。那姑娘是個孤女，路遇匪徒時被我救下，算起來我還是她的救命恩人。」

「阿及心裡有數就好。」月楹怕她沒有防人之心，回頭還真破產了。

「那我也要去京城。」代卡附和道。

月楹微笑。「妳又湊什麼熱鬧，苗城能離得了妳？」

「我才不是湊熱鬧，去京城，是有正事。」

西戎與北疆戰事一了，皇帝就要騰出手來對付苗城。她與阿吉商量過，大雍剛打了勝仗，趁著皇帝心情好，說不定能多談些條件下來。因此這京城，她必須去。

「再說了，妳與知知都不在，我一個人多無聊啊……」

「那便一起去吧。」

蕭沂很高興月楹與知知要和他一起回京城，但不高興的是同時還帶著那麼一大堆「拖油瓶」。

一路上，他預備與月楹、知知親暱的時間，都被別人占了。最終只能與空青大眼瞪小眼，然而連空青也不願意理他，自己背醫書去了。

這次去京城，空青要見到那個從沒見過的大師兄。師父說了，這次要考校一下他們倆的醫術，他可不能表現得與師兄差太多。

蕭沂單手撐著腦袋，哀怨地盯著那一堆女人。也不知道她們哪來的那麼多話題可以聊，他幾次試圖插話都無果，尷尬地像個局外人。

「世子，小小姐的事情，要告知王爺、王妃嗎？」

「先不必。」月楹還不願意嫁他，他不想透過老人來綁架她。爹娘與祖父、祖母要是知道，定然會讓他把小知知帶回王府。

月楹離不開知知，屆時他們勢必會產生矛盾。只是他這考察期……不知要到何時。

馬車停在河邊，三個女人都圍著小知知，帶著孩子賞賞林間風光。

蕭沂無聊地掰著生火的樹枝，任勞任怨地給遊累了的大小姑娘烤魚。

蕭沂的不開心，一看見旁邊同樣不開心的廖雲時，心情好了不少。

廖雲儘量隱藏著自己的情緒，眼神還是時不時往發出歡聲笑語的那邊瞟。看著東方及的冷漠眼神下，潛藏著一絲不甘與嫉妒。

這份嫉妒在東方及採了一株野花往代卡頭上插的時候，達到頂峰。

蕭沂瞇起眼。這小子該不會不知道東方及是個女的吧？

也是，東方及常年以男裝示人，扮起男人來沒什麼破綻，當初連他也被騙過，若無特殊提醒，看不出來也正常。

蕭沂智多近妖，早看出廖雲對代卡的感情不似主僕這樣單純。

「東方公子家財萬貫，又年輕有為，與少城主倒是相配。」蕭沂不疾不徐地刺他一句。

廖雲冷冷道：「月楹姑娘才是東方夫人。」

「他們會和離的。」回去就讓東方及寫和離書！

廖雲這反應，明顯是不知道東方及是個女的。

「楹楹與東方公子是演戲，與少城主嘛……我看倒是有幾分真情。」蕭沂繼續扇火。

「與我何干？」廖雲專注烤魚。

「是沒什麼關係。」蕭沂望著那邊，輕呼一聲。「喲——」

廖雲聞聲也看過去，眼睛倏地瞪大，攥著木棍的手青筋暴起。

東方及在玩鬧間無意親到了代卡的臉頰。

代卡嬌嗔。「阿及這可是占了我便宜！」

「只要小美人願意嫁，本公子負責。」東方及單手勾起代卡的下巴。「不過嘛，現在只能委屈妳當個二房。」

「我才不當二房。」代卡笑著拍開她的手。

東方及摩挲著下巴，笑得輕佻。「行啊，再讓本公子親一口，就讓妳當大房。」說著就把臉湊過去，想要再親一口。「小美人再讓我親一口。」

月楹捂住知知的眼睛。「少兒不宜，知知咱們不看。」

「不看不看。」小知知重複。

東方及追著代卡。「別跑呀！」快跑幾步就要把代卡拉到懷裡，面前忽然擋了個人。

「東方公子自重。」廖雲的手放在劍柄上，隨時預備著拔劍。

東方及愣住。「廖雲，我與少城主只是鬧著玩罷了。」

代卡拽了拽他。「你做什麼？」

廖雲垂眸，緊抿著唇。「男女有別，少城主與東方公子玩鬧，也該注意些分寸。」

此言一出，三人皆是一怔，隨後用眼神交流。

東方及才欲開口解釋，代卡眼珠一轉，挽住了東方及的手。「我與東方公子兩情相悅，怎麼就沒有分寸了？」

廖雲眼神暗下去。「屬下……只是提醒。」她真的喜歡東方及……

代卡輕哼一聲。「你也說了，你只是手下，有什麼資格管我！」

廖雲更加落寞。「屬下，確實沒有資格管，是屬下逾矩了。」

他一言不發地回到了原地，繼續烤魚。

蕭沂很想提醒他，魚已經焦了。

代卡簡直要被他氣死，故意高聲道：「阿及，我們去那邊玩，妳給我做個花環吧！」東方及被無情地拖走。

月楹的身邊終於空閒了，小知知開始犯睏。蕭沂見縫插針。「把孩子給我吧。」知知確實有些分量，月楹的手早就痠了，樂得輕鬆。

蕭沂接過打瞌睡的女兒，輕拍了拍她的背。

月楹睨他一眼。「是你搞的鬼吧？」

蕭沂一臉無辜。「哪有，又不是我讓東方及親代卡的。不過，他們倆是怎麼回事？」

月楹解釋，廖雲與代卡是從小的青梅竹馬，戎卡老城主也有意讓女兒嫁給他，但廖雲說自己只是個侍衛，配不上代卡。

「配不上就盡力去配上，這般將心愛之人拱手讓人，無能！」蕭沂點評道。

月楹反駁。「人家可不無能，代卡剛接手苗城，許多事情都是廖雲幫忙處理的。」

「那他拒絕個什麼。」蕭沂很不理解。

月楹微微搖頭。像蕭沂這種從小就在權力頂端的人，自然是不知道自卑為何物的。廖雲就是過不去自己心裡的那一關，還需要一把火。興許，東方及就是那一把火。

她計上心來。「你別把阿及的身分說漏嘴啊！」

蕭沂抿唇笑。「那可不一定……」

「你……」

「怎麼也得來點封口費吧。」蕭沂動作飛速，在月楹嘴上偷了個香。

他舔舔唇，意猶未盡，像隻還未饜足的貓。「這樣才差不多。」

月楹耳尖紅起來。「無賴！」

第九十六章

闊別多年的京城，喧鬧更勝往日。

「去安遠堂。」月楹沈聲道。

小知知從沒見過這麼熱鬧的街市，瞪著滴溜溜的眼睛好奇地往外看。

「阿娘，爹爹，京都好多人啊！」

「知知喜歡這兒嗎？」蕭沂問。

小知知點點頭。「喜歡！」

蕭沂道：「京城裡有知知的曾祖父、曾祖母，還有祖父、祖母，知知想見他們嗎？」

小知知不懂那些是什麼人。「知知已經有卡爺爺了，爹爹說的人，會像卡爺爺那麼喜歡知知嗎？」

蕭沂親了她的小臉蛋一口。「會的，以後就多了許多人疼知知了。」

「好呀好呀。」在小傢伙心中，有人疼她，就代表有許多許多好東西吃；能吃到許多好吃的，自然好。

月楹抿唇。「你要帶知知回王府去見王爺、王妃，我不阻攔，只是晚間必須送回來。」

她這話一出，蕭沂的嘴角就垮下。「楹楹不準備與我一起回去？」

月楹挑眉。「我以什麼身分回去？一個已死的丫鬟嗎？」

「楹楹，妳明知道——」

月楹打斷他。「至少目前還不行。」

即便蕭沂說他們之間的阻礙已不存在，他會讓她自由自在，但王府世子妃的身分，到底還是會讓她多有顧忌。皇家能容許哪一個世子妃在外面拋頭露面行醫呢？

睿王府的人或許不在意，但外面的人勢必會因為這個攻訐睿王府。她不能為了一己之私，而讓睿王府變成眾矢之的。

聽多了她拒絕的話，蕭沂習以為常，鄭重道：「楹楹，終有一天，妳會願意的。」

兩人在城門口分道揚鑣，蕭沂抱著知知下車，月楹望著他們遠去的身影，忽然笑了。

她與蕭沂，從來都是他更執著。

京城安遠堂。

代卡挽著東方及的手。「這兒很好，比苗城的店面大上許多。」

「那是，京城嘛，必須氣派！」東方及拍拍她的手。「代卡若想要，我原樣送妳一間。」

「我要醫館做什麼？不過妳若送我一家首飾鋪子，我會喜歡的。」

「行，那就首飾鋪子！」東方及財大氣粗，寵溺極了。

落在身後的廖雲，臉色烏雲密布。他時刻提醒自己，不去看、不去想，就不會在意。是他自己放棄的，必須要恪守侍衛的本分。

只是耳邊綿延不絕的歡聲笑語傳來，代卡對著另一個男人嬌媚展顏，他的心如同被一隻手緊緊攥著，攥得生疼。

廖雲越發沈默，急壞了代卡，還有身為工具人的東方及。東方及實在是快裝不下去了，廖雲每天用殺人的眼神盯著她，她有時會有種錯覺，廖雲會不會下一刻就提刀砍過來？

代卡討厭廖雲這悶葫蘆的樣子，好似她做什麼，他都不在意。

「廖雲，去香滿樓買醉東來。阿及贈我首飾鋪，我自然要回禮阿及最喜歡喝的酒。」

「阿代就是貼心。」東方及心底不願得罪廖雲，卻也不好拆臺。

廖雲一言不發出門去了。回身那刻想的卻是，原來她連他的喜好都記得那麼清楚……

廖雲一走，代卡就沒了演戲的心情，恨鐵不成鋼。「妳們說，這樣有用嗎？」

那日在樹林，代卡就請東方及幫忙刺激一下廖雲，可效果甚微。

月楹輕啟唇。「有用。」廖雲明顯已經沈不住氣了。

東方及抱怨道：「那可太好了，我可不想每日都擔心脖子搬家。」

「有我在，不會的。」代卡保證道。

隨後東方及開始認真介紹起京城安遠堂。「坐堂大夫我招了兩個，都是對妳那本醫典讚不絕口。」

「阿及辦事我放心。」

東方及把人都叫出來，讓大家來認一認月楹這個東家。

醫館裡的人都穿著統一的制服，這是月楹特意交代的。一間店，門面是十分重要的，門面與店員乾淨整潔，進來的病人才會信任這家醫館。

東方及把藥鋪掌櫃叫出來，是個四十多歲的中年男子，姓劉。「劉掌櫃，這位便是安遠堂的東家。」

劉掌櫃趕忙見禮。「東家好。」

「我可算不上東家，劉掌櫃不必多禮。」月楹不善經營，若是全權交給她來管，怕是要賠個精光。

從前的鋪子基本都是東方及請人照看，她只負責看診，與坐堂大夫一樣，一個月就拿那麼點例銀。東方及說醫館在賺錢時，她還有些訝異，感嘆東方及真是個做生意的天才。

東方及卻道：「非也，是阿月的好醫術為醫館帶來了利潤。」醫館裡的大夫醫術好，名聲旺，來看病的病人多，才會有利可圖。

「預備是五日後開張。」劉掌櫃特意選了個良辰吉日，恰好趕著大東家、小東家都到了。

其餘的事情月楹問起來，劉掌櫃也是一一作答，很有條理，幾乎不需要她操心。

「店裡還缺人手嗎？」

「現下人手雖不多，往後生意好了，再添人不遲。」劉掌櫃十分懂得物盡其用。

月楹頷首。「我想安排兩個人進來。」

「東家發話，自然是可以的。」

「您不必緊張，這兩個人的工錢我自己出。」

「這……怎麼行？」

「當然可以。」

月楹說的是自己的兩個徒弟，徒弟的工錢沒有要店裡出的道理，況且小石頭與空青的工錢，她還是負擔得起的。

她放養了小石頭三年，也該接管了。

月楹與空青去了趟秋暉堂。

三年過去，門口的小大夫已經成為獨當一面的坐堂大夫了，看見月楹來，有些不可置信。

「杜大夫、杜大夫！岳姑娘來了！」

杜大夫從後堂出來，面貌與當初沒什麼差別，只是多了幾根白髮。他身後的一個小少年飛速衝了出來。

「師父，您終於回來了！」小少年撲進月楹懷裡，讓月楹退了幾步。

小少年正是小石頭。

月楹拍拍他的肩。「幾年不見，小石頭都長成大石頭啦！」小少年正是長個子的年紀，已經竄得比月楹高了。

小石頭嗚嗚哭起來。「您都不回來看我，只知道讓我自己看醫書……」

月楹抹去他的眼淚。「怎麼，跟著杜大夫不好嗎？」

「好，但還是想要師父。」鄒石眼睫毛上還掛著淚珠。

杜大夫山羊鬍翹起，佯怒道：「哼，教了這小子三年，教了個白眼狼！」

鄒石趕緊又湊到杜大夫身邊。「杜大夫，我不是這個意思……您教得很好……」

「就是沒你師父好，對吧？」杜大夫偏頭不理他。

鄒石嘴笨，不知該怎麼說，用眼神求助月楹。

月楹莞爾。「杜大夫，您別逗小石頭了，他是個老實孩子。」她拉過空青。「這是你師弟，我信中提過。」

小石頭揚起一個笑，伸出手。「師弟，我是你大師兄！」

空青也笑。「師兄！」

師兄弟兩個終於相見，沒有劍拔弩張，卻有種惺惺相惜。本就是差不多年紀的人，沒幾句就聊到了一起，言語中的熱絡竟像是有多年深厚情誼的兄弟一般。

杜大夫也拉著月楹話家常，好好與她講了講這些年的情況，或是又遇到了什麼解決不了的疑難雜症，可惜他醫術不精，若是月楹在，一定能把人救回來。

杜大夫問：「此次回來，可還來我秋暉堂幫忙？」
「這卻不行，我在京都開了家醫館，名曰安遠堂。」
「原來那安遠堂是妳的手筆。」京都多了家這麼大的醫館，杜大夫自然是知曉的。
「五日後開張，還請杜大夫賞臉。」
「放心，老夫一定去給妳捧場。」

睿王府。
蕭沂抱著小知知回府時，睿王正艱難地教蕭泊開蒙。
蕭泊太小，屁股在板凳上坐不住，練幾個大字練了一下午才開了個頭。
「算了，別練了，他才多大。」三歲多的孩子，筆都拿不穩還寫字。
睿王道：「不言也是這個年紀開蒙的，程兒別偏心。」
蕭泊算是老來子，睿王妃生產時又吃了苦頭，難免對他嬌寵一些。
「偏心什麼？」蕭沂的聲音陡然插進來。
睿王、睿王妃都是一愣，抬頭一看。「不言，怎麼今日回來？」
蕭沂應當隨軍回來，但大軍現在應該才走了不到一半的路程。可不等睿王夫妻倆問清楚，就被蕭沂懷裡的小姑娘吸引了視線。
小姑娘扎了兩個團髻，髮髻用珍珠髮帶固定，皮膚白嫩得像撥了殼的雞蛋。臉蛋如滿月，兩顆黑曜石般的大眼一眨一眨，盯著人看時，只覺心都要化了。

「這是誰家的小閨女？」睿王妃走過去逗孩子，見了這麼漂亮的小姑娘，瞬間覺得自家的臭小子不香了。

蕭沂輕聲道：「這是爹爹的娘親與爹爹，也是知知的祖父、祖母。」

知知聽懂了，脆生生喊了句。「祖父，祖母！」

第九十七章

經過蕭沂的耐心解釋，二老才接受了自己有個這麼大的孫女的事實。

睿王大罵。「沒用！連媳婦在外面偷偷生了孩子都不知道，害得我們與小知知遲了三年才見面。」

睿王妃指責。「月楹沒死這件事你竟然瞞得那麼死！她還願意讓你帶知知回來看我們，是她心疼我們，你不許強逼她了！」

蕭沂本以為二老會誇他帶了個孫女回來，沒想到孫女照收，該罵還是罵，這劈頭蓋臉的罵，都要懷疑自己不是親生的了。

睿王妃道：「你要不是親生的，現在還能好好站在這兒？」

不行，他要去祖父、祖母那裡尋找一點安慰。然而，老王爺、老王妃見了小知知，眼裡哪裡還有他這個大孫子？兩個年過古稀的老人抱著孩子一點也不嫌累。

「知知，曾祖父帶妳騎馬去好不好？」

「好呀！」

「你個老頭，她還小，騎什麼馬，摔到了怎麼辦！知知，來曾祖母這兒，曾祖母這兒有好吃的桂花糕。」

知知覺得爹爹家裡真好，熱熱鬧鬧的，要是有阿娘就更好了！

蕭汐從滿庭閣奔過來。「聽說大哥回來了。」

蕭沂的感動湧上心頭，家裡還是有人記得他的。

「還給我帶回來個小姪女，我小姪女在哪裡？」

好吧，這個也不是來找他的。

蕭沂道：「後院。」

蕭汐風一陣地跑進去，撞了下蕭沂的肩。蕭沂認為此時的自己猶如一個指路的地標，用完就扔那種，這家是沒法待了。

蕭泊也對這個比他小不了多少的小姪女很感興趣，大方地把自己的玩具全都分給小知知。

很快地到了晚上，小知知雖然喜歡這些新認識的親人，還是想要和阿娘一起睡。

「爹爹，知知要回家找阿娘。」小知知哈欠連天。

蕭沂讓她靠著自己的肩。「好，知知睡醒了就能見到阿娘了。」

小知知合上眼眸，身後五個大人依依不捨地送她出府。

睿王妃即便不捨也不好說什麼。說來說去，都怪兒子不爭氣，媳婦都哄不回來。

蕭沂頂著幽怨的眼神出門，到安遠堂時，月楹還在寫藥方。晚風輕拂，夾雜著細碎的冷意，桌上的油燈燭火微晃，提筆的姑娘眉眼溫柔。

「睡著了？」月楹低聲問，從他肩頭把孩子扒拉下來，發現小知知重了不少。

月楹給她脫去外襖，小知知衣服裡的東西噼哩啪啦地掉下來。玉墜子、銀元寶、金瓜子、珊瑚手串……

「這是把睿王府搬過來了？」月楹笑著把這些東西收好，裝進知知床頭的小匣子裡。

「睿王府的寶貝可不只這麼點。」

「你也不攔著些。」

蕭沂眼尾揚起。「長輩們喜歡知知才給她的東西，我哪有阻止的道理。今兒啊，他們眼裡壓根兒沒我這個人。」

蕭世子沒從府裡找到安慰，上安遠堂賣慘來了。

月楹道：「知知向來是討人喜歡的。」

蕭沂眼珠轉了轉。「祖父、祖母晚間想把知知留下來。」

「嗯。」這她並不意外。「所以？」

蕭沂抓了她的手捏在掌心。「我的考察期……到底有多長？」

「世子的耐心，比從前也少了許多。」月楹調侃他。

蕭沂把玩著她的手指。「遇上楹楹後，我的耐心從來都不夠用。」

他漫不經心地擺弄她的手指。月楹的手指不算細嫩，掌心有硬繭。倏然間，蕭沂視線停住。

他伸出食指，指著某一處。「這裡，我記得從前沒有這顆小紅痣。」

月楹看了一眼，說道：「當日引開追兵，不慎刺破了手，沒有傷藥，只好用硃砂土來止血。後來傷口是好了，硃砂土的顏色卻是褪不去。」

蕭沂指腹摩挲著這顆小紅痣，嘴角的笑意越來越深。

「笑什麼？」月楹見他笑得奇怪。

蕭沂牽起她的手。「十八歲時，師父曾給我算過一卦，說我今生必定會與生有三顆小紅痣的女子糾纏不休。這三顆紅痣……」

他一一撫過她耳後，胸前，最後回到手心。

「楹楹，妳是我命中的劫。」

他嗓音低啞，眼中飽含的深情如靜水流深的海，溫柔又內斂。

月楹被這目光一刺。「你不是編個謊話來哄我吧？從前我手上可沒這顆東西。」

「是啊，從前我也不信師父的姻緣卦，因為我的楹楹身上只有兩顆紅痣。」他話語溫柔，燭光融融間，彷彿有蠱惑人心的力量。

沒說過情話的男人嘴裡忽然都是甜言蜜語，無疑是動聽的。

蕭沂撩開衣袖，露出手腕上的小葉紫檀來。「這串佛珠，原本有五十四顆珠子，現在只剩下五十一顆了。那時妳生死未卜，我固執地認為妳帶走了這三顆小葉紫檀。」

深色的小葉紫檀戴在男人白皙的手腕上，他眉目本就清冷，眼中帶著憂鬱，不說話時，宛若悲天憫人的佛。

「那麼大的山，遺失了幾顆也不是不可能。」

蕭沂苦笑。「所有人都是這麼說，可楹楹，我不信妳死了。」那三顆尋不到的小葉紫檀，是他那段黑暗的日子裡，唯一的光。

他鳳眸染上了一層水光，內裡是化不開的深情與愛意。

「楹楹，妳有時候，真的很狠心。」他似在控訴她。

月楹胸膛不可控地跳了跳，別開眼，不敢直視。「狠心？蕭不言，想想你從前的所作所為，還怪我狠心？」

翻舊帳她是不怕的。

蕭沂沒有反駁她，垂下眼瞼。「是，從妳毫不猶豫地假死逃離我的那一日開始，我便知道，我從來都錯了。」他何曾不知自己的所作所為過分，只是那時的他，一心只想把她留在身邊，不拘手段。

「所以我不再尋妳，只期盼妳好。從前妳逃跑，我總是知道妳是平安無事的。楹楹，那一次，我真的怕了。」他嗓音啞下來。

在戰場金戈鐵馬，在朝堂翻雲覆雨的睿王府世子，在她面前卸下所有的偽裝，將自己的一顆真心剖白。

蕭沂大掌撫上她的臉頰。「楹楹，無論如何，不要再離開我。如果真的要離開，也要讓我知道妳是平安的。」

月楹的喉頭像是被堵住，良久——「好。」

蕭沂笑起來，一如當初的溫柔和煦。他摘下手腕上的小葉紫檀佛珠，一圈一圈地繞在她手腕上。「物歸原主。」

月楹捏起一顆佛珠轉起來。佛珠的顏色明顯比從前更深，更加油亮，明顯是被人拿在手裡多年把玩。

月楹俯身，從知知腰帶上解下一個小荷包，掏了掏，摸出了裡面三顆渾圓的小葉紫檀珠子。

「這……」

她把珠子擺在他掌心。「你猜得沒錯，是我拿走了這三顆佛珠。」

蕭沂握緊拳，嘴角笑意爬滿整張臉，長臂一撈，擁她入懷。「楹楹……」

這一個擁抱，一聲耳畔低喃，都是他三年的朝思暮想。

蕭沂抱著人不撒手。月楹如哄孩子般地摸了摸他的烏髮。「你怎麼與知知一樣，這般黏人了？」

「女肖父。」蕭沂沒皮沒臉道。

「強詞奪理！你……」

月楹說到一半，蕭沂扣住她的後腦，將她剩餘的話，全部吞進了肚中。

他的唇舌長驅直入，攻略城池，毫無防備的月楹被打了個措手不及，兵荒馬亂。

他攻勢時而迅猛如疾風驟雨，時而緩慢如春風細雨，讓人捉摸不透。他反覆吻著她的唇，似要把這多年來的分都補足回來，久久不肯放過她。

「知知還在，你收斂點。」月楹躺在他懷裡喘氣，不忘指責。

蕭沂神情慵懶。「她睡著了，不如……」眼神瞥向她腰間衣帶。

月楹一巴掌蓋上他的臉。「想都別想。」隨即推搡著男人出了門。

蕭沂無奈一笑。「楹楹，我明日還來。」

月楹隨他去，反正她也阻止不了蕭沂。

五日後，安遠堂順利開張。

令月楹詫異的是，不僅有杜大夫來替她捧場，還來了許多她不認識的人。什麼酒樓商鋪，什麼布莊掌櫃，什麼鹽商巨賈，一股腦兒地都來了。

月楹還以為是蕭沂搞的鬼，蕭沂卻道：「楹楹可別冤枉我。」他是有這個想法，卻被她明令禁止了，他哪裡敢再犯。

開張那日，東方及姍姍來遲。月楹應對那些人自顧不暇，見東方及來，像是看到了救命稻草，忙拉她救場。

「東方公子，許久不見……」

東方及也熱烈與他們打招呼，月楹才知道，這些人都是東方及請來的。

她尋了個空檔問：「請這些人，太破費了吧？」她當然知道這些人是用銀子都請不來的，欠下的人情肯定比明碼標價貴多了。

「非也非也，不花錢。阿月，妳可不要小瞧了自己。」

「怎麼說？」

東方及解釋，一年前天花肆虐，月楹遊走各地替人種痘，又將種痘之法傳於眾醫者，令天花絕跡。這些人都是受益的人，要不就是家中有人有疾被安遠堂的大夫所救。

「所以，今日安遠堂開張，他們便都來了。」

月楹恍然，原來已經惠及這麼多人了嗎？她自己都沒有意識到。

當然，安遠堂的開張也迎來了一個故人。

「幾年不見，東方兄生意已經做到京城來了。」

來人正是邵然。他身為芝林堂少主人，京城新開了家醫館，怎會不知根底？

邵然看見月楹，心境早已不似從前，坦然見禮。「東方夫人許久不見，可安好？」

「不好！」

這話不是月楹說的。

蕭沂恰巧抱著知知從後堂出來，不想一出來就聽見這麼刺耳的話，還有不順眼的人。

他走到幾人中間，對月楹道：「知知醒了就找娘，真是拿她沒辦法。」

知知不解地看了眼蕭沂，不懂爹爹為什麼要撒謊，她明明沒有要找娘啊，然而還是被強硬地塞到了月楹懷裡。

邵然驚訝得張開了嘴。東方及還在這兒，月楹怎麼就和蕭沂如此親密？還有這孩子，是東方及與月楹的嗎？還是她與蕭沂的？

邵然滿頭霧水。

東方及對蕭沂宣誓主權的行為分外不爽，哄著知知。「好知知，來東方爹爹這兒，東方爹爹帶妳去買好吃的。」

「知知，爹爹也能帶妳去。知知想不想祖父、祖母，午後回王府好不好？」

「你們倆真是夠了！」幼稚的比拚又開始了，月楹拿他們一點辦法也沒有。

邵然已然是下巴掉在了地上。兩個爹爹……月楹姑娘真是……厲害！

月楹哭笑不得。「邵公子莫要誤會，我與阿及從來都是演戲。嫁與她，不過是幫她一個忙而已。」

一句話就解釋清楚，她並不喜歡東方及。邵然了然，對於月楹姑娘的想法，他表示尊重，遇見過蕭世子這般的男子，旁的人入不了眼也是正常。

月楹請邵然進內室說話。她還有些事情需要請教邵然，畢竟在京城開醫館，邵然的經驗可比她豐富多了。

蕭沂被東方及纏著，一時無法脫身。

屋內，月楹與邵然交談間，得知他已訂了親，恭喜了一番又說屆時一定奉上一份新婚賀禮。

邵然謝過，兩人相談甚歡。

屋外的兩人四目相對，莫名有些硝煙味。

「和離書，今日就寫。」蕭沂掀起眼皮。

東方及扠著腰。「就不寫。」

蕭沂帶著審視的眼神望過來，有些迫人氣勢。他啟唇輕笑。「不寫嗎？妳青城的那個繼母，雖說被妳架空，但還是有些權力的。若是讓她知道，東方家的當家人是個女的，妳說，妳手上的東西會被分走多少？」

「你威脅我？」東方及瞥了眼內室，也是威脅。「不怕我告訴阿月？」

「妳不會，妳捨不得她傷心。」蕭沂輕飄飄的話語，十分篤定。

東方及咬牙。這男人真是算準了人心！

阿月明顯對他還有舊情，加上知知，他們之間的糾葛是一生一世的，她要是去告狀，阿月定會傷心，那是她不願意見到的。

和離書於她本就沒什麼用，慫著不寫，只不過是想膈應蕭沂而已。

東方及帶著憤懣的情緒寫完和離書，筆跡有些龍飛鳳舞。「拿去！堂堂王府世子，度量竟然這麼小！」

蕭沂不覺丟臉。「在這種事情上，大肚量可不是好事。」蕭沂收好和離書。「多謝。」

東方及岔岔盯著他，同時心中在嘆氣，阿月啊，怎麼玩得過這隻狐狸！

屋裡，邵然與月楹商量完畢，月楹微笑著送邵然出去。

邵然瞄了眼蕭沂，心念一動，道：「岳姑娘，可別忘了今日的承諾。」

月楹當他是說婚禮的那件事，回了句。「不會忘。」

兩人相視一笑，心照不宣的畫面，化作一根細小的針，刺了下蕭沂的眼。

東方及看熱鬧不嫌事大，搧著風過去。「呀，怎麼這麼酸呢，誰家的醋罈子打翻了？」

蕭沂的視線淡淡掃過她。

東方及一個激靈。老虎屁股還是摸不得，這男人生氣，可不得了，還是莫招惹……

蕭沂在等月楹解釋，但月楹顯然沒有與他解釋的意思。他只能自己跟自己生悶氣。

月楹也不懂這男人怎麼就不高興了，她不就與邵然多聊了幾句嗎？又吃醋了？

她本來是想哄他的，但又覺得男人不能慣，才這個程度的交談他就要吃醋，那往後的醋是吃不完了！

一個不問，一個不說，兩人開始了莫名其妙的冷戰。

連小知知都覺察出了不對，問祖父、祖母。「爹爹與阿娘最近怪怪的。」

睿王妃道：「小孩子別想這麼多，肯定是妳爹爹惹妳阿娘生氣了，過段日子就好了。知知吃糖。」

吃著糖果，小知知把剛才的煩惱都拋到了九霄雲外。

十月末，溫度陡然降了下來，秋走得猝不及防，又毫無防備地迎來冬。京城入冬總是格外地快，午間更是下起了雪。

黃昏，蕭沂把裹得像顆粽子的小知知送回去。這幾天，他白吃了幾天悶醋，月楹一點解釋的意思都沒有。

蕭沂想質問她又怕她生氣，戰場上都從未如此糾結的他，犯了難。一路到了安遠堂，還是沒有做出決定。

蕭沂剛下馬車，懷裡的小知知已然睡著。空青與小石頭一臉焦急地跑出來。「師父還沒回來！」

蕭沂的心被高高提起。「出什麼事了？」

第九十八章

茫茫大雪，漫天飛舞的雪花飄落下來。

蕭沂壓下急躁，俊朗的眉目一凜。「到底怎麼回事？」

「今日來了個病人，病症不難治，只是藥方中缺少一味藥材，師父便上山去尋了。我們本想一同去，可醫館裡實在分身乏術……」

「她什麼時候走的？」

「午時前。」

也就是說，快三個時辰了……

若是往常，月楹上山採藥一整天也是有的，只是今天的雪下得太猝不及防，大雪封山，安危難免令人擔憂。

「照顧好知知，我去尋楹楹。」蕭沂瞬間飛身不見。

小石頭喊道：「你知道師父在哪兒嗎？」這沒頭沒腦的，去哪兒找？

蕭沂怎麼會無頭蒼蠅似的亂轉？月楹路癡這毛病不是一日、兩日了，她敢獨自去的地方，必定是非常熟悉的地方。

所以她採藥的山也只有那裡——那間竹屋所在的地方。

可即便她再熟悉路，這麼長時間的杳無音信，也足夠讓人著急。

山上。

月楹揹著藥簍，手上拿著小鋤頭，攏了攏身上的衣服。到處都是白茫茫的一片，若非她幾乎踏遍了山上的每一條小道，還真是辨不清方向。

下過雪的地方不好走，月楹踩在雪上，雪深已經超過了靴子高度，雙腳都陷進雪地裡。

風雪緊了些，月楹不敢耽擱，心想著要快些下山。

她往自己從前住過的竹屋去，想著一時半刻下不了山，也至少有個可以禦寒的地方。

記得夏穎與她說過常年會來打掃，裡面的東西還是原樣。月楹循著記憶找過去，靠近竹屋時，周遭的雪地上，不再只有她一個人的腳印。

月楹抬眸，漫天大雪間，一人身形頎長，身披鶴氅，本該齊整的衣衫因奔跑有些凌亂，濃密的眉毛上沾染了細碎的雪，雪化成水，又結成冰，給他欺霜賽雪的容顏覆上一層寒意。

男人沒什麼表情，薄唇緊緊地抿著，皺著眉頭從小屋裡出來，眼裡有著明顯的急躁。

而這急躁卻在下一刻看見揹著藥簍的姑娘時，變成綿綿情意。

「楹楹……」

「蕭——」月楹話音未落就被蕭沂擁入了懷中。寬厚的臂膀與熟悉的檀香味道，他抱得很緊很緊，似要將她嵌入身體。

如果月楹再細心一點，還會發現他抱著她的手臂，微微顫抖。

「妳怎麼又不見了？」

這一句不是指責，唯有掩不住的擔憂與關懷，還帶著那麼一點不可名狀的委屈與慌張。

她絲毫不知道這消失的三個時辰讓他有多擔心，還是一貫的沒心沒肺。

月楹從他懷裡抬起臉，笑得明媚。「我去採藥啊，怎麼了？」

彆扭了幾天的蕭沂，看見她這副模樣，心裡的那股彆扭勁兒，忽然消失地無影無蹤。

她眨了眨眼，有一簇雪花落在她的眼睫上，冰冰涼涼的。

蕭沂俯身吻上她輕眨的眼睫，冰涼為溫熱所替。

「沒事就好。」

「怕我出事？你也太大驚小怪了吧？」月楹覺得他杞人憂天。

蕭沂把人覆蓋在大氅下，握住她冰涼的手。「把自己凍成這樣，還說我大驚小怪。」

因為要採藥，月楹穿的都是俐落的衣服，不薄不厚。「上山的時候還不冷啊，沒想到會下雪。」

其實她現在也沒覺得多冷，剛走過山路的身子還熱呼著。

蕭沂牽著她往屋裡走，點起燭臺上的半截蠟燭。「往後不要一個人出來採藥，不管是小石頭還是空青，總要帶一個在身邊。」

月楹想說不用，一對上他脈脈含情的眼，開口應下。「好。」

她的手沾了土，蕭沂仔細地擦去她手心的泥。「妳是當娘的人了，若是出了什麼事，妳讓知知怎麼辦，讓我……怎麼辦？」

蕭沂半跪在她身前，月楹坐在床沿，捧起他的臉。「世子殿下，什麼時候這麼多愁善感了？」

她笑盈盈的，耳邊銀鈴輕晃。

「妳別不將我的話放在心上。」蕭沂站起來。

月楹輕笑一聲。「我惜命，不會讓自己置身於危險之中的。」

「那還一個人上山採藥？」

怎麼又繞回來了？男人鑽牛角尖，也是一樣的難搞。

「炭盆在哪裡？」蕭沂問了句。

月楹指了個地方。「不知還有沒有，夏穎姊姊冬日裡不常來。」

蕭沂從灶臺底下翻出一筐的炭來，點燃火摺子，炭盆裡的火緩緩燃燒起來。

「這山上我很熟悉，如果沒下雪，我早就下山了。」她耐心解釋。

蕭沂半蹲在地上，脫去她帶著寒意的鞋襪。炭盆裡的火光映在他眼眸上，似融化了些寒冰。

他不說話，默默為她焐熱冰冷的腳。

堂堂王府世子，在她身前伺候她。月楹想，說出去，怕是誰都不會信。

暖意從腳底蔓延上來，傳遞到四肢百骸，月楹忽然問：「你來尋我，是不生氣了？」

蕭沂淡淡抬眸。「原來楹楹知道我生氣了啊？」

他還以為她沒看出來呢，畢竟把他晾了這麼多天。

「是你肚量太小，我不過與邵公子交談幾句而已。」

蕭沂其實知道她與邵然沒什麼，就是自己心裡不舒服，畢竟邵然曾對她有意，楹楹與他又志氣相投。

即便他與月楹有了知知，即便她在身邊，蕭沂還是有些心裡沒底，好似這一切都是假象，不知什麼時候就會消失一般。

蕭沂苦笑，自己何時這麼患得患失？面對她，他總是沒辦法的。

他這幾日生氣，其實是在氣自己，氣自己當年對她的所作所為，讓他今日沒有將她再留在身邊的勇氣。

易地而處，他若是楹楹，有人對他做了那些事，他也不會輕易原諒。楹楹還願意見他，原諒他，已是他的奢望。

蕭沂擁住她。「楹楹，別讓我找不到妳，好嗎？」

他眼中漆黑猶如一塊化不開的墨硯，瞳孔中的倒影，清明的眼裡唯她一人，深沈的愛意與專注背後，透著些不易察覺的脆弱。

此時的蕭沂，脆弱得如同琉璃。月楹有種錯覺，她若拒絕，這脆弱的琉璃便會生生裂開。

「我答應你。」

蕭沂鳳眸微眯起，似把星辰揉進了眼，閃著點點的光，笑意漫出來。

「楹楹，謝謝妳。」懷中人淡淡的草藥香告訴他這不是作夢。

他的楹楹真好。

月楹道：「其實不必我答應，你要尋我，總歸找得到的。」

蕭沂搖頭。「那不一樣。」他要的是她心甘情願。「而且……」他欲言又止。

「而且什麼？」月楹直視著他。

蕭沂的眼神躲閃了下。「沒什麼。」

「你說實話，不然……」月楹作勢要走，其實她早覺得蕭沂有事瞞著她。

蕭沂把人拽回懷裡。「告訴妳就是。」他挑起月楹的一縷髮絲在指尖把玩。「我不再是飛羽衛指揮使，自然也沒有那麼大的權力，楹楹真想藏，我是找不到妳的。」

「為何？」好好的飛羽衛指揮使怎麼不當了？皇帝又抽什麼風？

蕭沂平靜道：「歷任飛羽衛指揮使都是沒有明面上的身分的，我如今是立了軍功的將軍，兩個身分只能取其一。」

月楹輕蹙眉。這不對啊，如果有這樣的規矩，皇帝怎麼可能派蕭沂去打仗？雖說蕭沂用兵如神，可缺了他一個，這仗不是不能打；反而飛羽衛若是少了他，則會產生很多的問題。

她忽然想起蕭沂的話來。他說，他們之間的問題已經解決，那時她並沒有將這句話放在心上。如今細想，好似有另一番意思。

還有當初皇帝莫名其妙打了蕭沂一頓，都有了合理的解釋。

蕭沂沒有打攪她思考，專心致志地烤乾她的鞋襪。炭盆裡的炭本就不多，燃燒了許久，很快就見了底。

「是你自己放棄了飛羽衛指揮使的身分。」月楹得出結論。

蕭沂擦乾淨手，並不意外她會猜到，反而笑咪咪的。「楹楹冰雪聰明。」

月楹捶了他一下，罵道：「蕭不言，你是傻子嗎？」

這句話他已經聽到不止一次，這一次，格外舒心。

蕭沂拉著她的手腕，撥動她手腕上的小葉紫檀珠串。「不傻，很值得。」

「放棄京中的一切，拚上一條命跑去西北掙軍功，你管這叫值得？」月楹鼻尖微酸。

「是。」她的手又冷下來了，蕭沂放在唇邊，哈了口熱氣。「值得。」

月楹哭笑不得。他眉眼溫柔，她抬手描繪他的眉，心軟成一灘水。「蕭不言，你做生意，定是要賠到底的。」

「賠不賠，我說了算。」蕭沂在她的手背上印下一吻。

霸道的言論，夾雜著濃濃的繾綣愛意。

月楹倏地掐住他的下巴，在他錯愕的眼神中，吻上他的唇，一觸即離。

這是她第一次，主動地吻蕭沂。

「你只能賺到這個。」

蕭沂舔了下嘴角，笑得有些邪魅。「夠了。」然後欺身上前，擷取住了那兩片誘人的櫻唇，輕柔地、緩慢地，仔細舔舐，卻不深入，勾得人心癢癢。

月楹知道他是故意的，心一橫，主動撬開了他的齒關。

炭盆裡的火滅了，另一處的溫度卻在節節攀升。

「楹楹，冷嗎？」

兩人呼吸交織，這樣近的距離讓他們每一個動作都被無限放大。

月楹揉亂了他的領口，露出半截白皙的鎖骨來，視線再往上，是滾動的喉結。她莫名嚥了下口水。「不冷。」

蕭沂捏住她的指尖，欣賞起了她的指甲。「淬了毒？」

「今日沒來得及。」

他微笑。「很好。」

月楹還沒從上一個吻中平復心情，沒懂好在哪裡。

他轉臉望過來，眼神不再清明，迷濛的眼神中僅剩她的眉眼，分明是著迷，沒有慾念，又處處是慾念。

他在她耳邊輕呵出一口氣。「我冷，楹楹，幫我取暖。」

月楹耳後一燙，縮了縮，臉頰已成了粉色。「怎麼……幫？」

蕭沂勾起她的衣帶，啞著嗓子道：「別動。」

床榻上只有一床夏日的薄被子，蕭沂解下大氅，鋪在身下，將心心念念的姑娘壓進了薄衾。

窗外，雪花紛紛揚揚，簌簌地落下，北風怒號，將雪花捲進山洞中。漸漸，山洞前堆滿了雪。

不知過了多久，風雪漸消，落日餘暉灑下，傾瀉下暖橙色的光。

剛下過雪的天空澄澈，有一隻蒼鷹盤旋於上空。

屋裡傳出一聲鳥哨，蒼鷹俯衝下來，停在窗前。窗內伸出一隻骨節分明的手來，在鷹的腿上綁了什麼東西，未幾，蒼鷹復展翅。

積雪上悄無聲息地落下幾個腳印。

一輛馬車停在了竹屋前。

「指揮使。」夏風敲了兩下窗，將衣物從窗子裡遞進去，不出意外聞見了些曖昧的味道。

蕭沂輕柔地給月楹穿上衣服，用兜帽把她圍了個嚴嚴實實，隨後抱起面上潮紅未褪的姑娘，入了暖和舒適的馬車。

兜帽罩住了月楹的上半張臉，夏風一眼就認出了是誰，嘴角微勾。

「回府。」

「指揮使，陛下讓您入宮一趟。」

「知道了。」

第九十九章

皇宮，蕭沂跪在金碧輝煌的內殿裡。

皇帝翻看著摺子。「你不想當這個飛羽衛指揮使，一時半刻的，朕上哪兒找人替你？」

皇帝的意思是，想這麼快就退休，不可能！

「微臣意已決，請陛下三思。」

皇帝掀起眼皮看他。「不就是為了那個小醫女？朕允許你不必在京，這樣總行了吧？」

蕭沂驀地抬起頭。「陛下怎麼會……」

「是皇叔與皇叔母替你說項的，睿王這一脈啊，出情種。你看上的那個姑娘，聽說是戎卡的義女？」

什麼事都瞞不過皇帝。蕭沂斂眉。「是，不過臣喜歡她，與她是誰的義女無關。」

皇帝笑起來，朱筆往左往上一勾，沒有說話，靜靜地看了兩本奏摺，才慢悠悠開口道：「不言，起來吧。」

他不介意蕭沂是個情種，月楹沒什麼身分，這更證明了蕭沂會是個純臣。他百年之後，也不必擔心蕭澄會孤立無援。

「西戎與北疆的使臣到了，你與鴻臚寺商量著接待吧。」皇帝頓了頓。「對了，還有苗城的那個，也一併接待了吧。」
苗城少城主代卡一進京，皇帝就收到了消息。
蕭沂輕皺眉。「是。」
大雍軍也班師回朝，皇帝預備擺個慶功宴，屆時讓北疆、西戎與苗城的人，一併參加。
薛家。
「陛下讓你去招待夏米麗和阿史那蒙回，是嫌還不夠亂嗎？」話是這麼說，薛觀反而有些幸災樂禍。
「你很閒？不如你去。」
「別，陛下指定的是你，那夏米麗看上的也是你，我才不湊這個熱鬧。」薛觀笑呵呵道。
夏米麗與阿史那蒙回這對昨日夫妻，在一日日的戰爭中，阿史那蒙回臨陣倒戈讓夏米麗徹底看清了這個男人的真面目，全力抵禦大雍。
夏米麗在感情上不是個聰明的女人，卻是一個好君主。在西戎倒戈的情況下，夏米麗孤軍奮戰仍堅持了三月，說實話，蕭沂挺佩服她的。
所以之後他採取了談判，讓夏米麗自己獻降。
「談判那天，就該你去！」蕭沂後悔不迭。也就是那場談判，讓夏米麗看他的眼神變了。

薛觀搖頭。「那可未必，人家看上的就是你。」

蕭沂上下打量他。「你的傷，好了？」

「別，還沒好，不想陪你打架。」薛觀喊停。

「陛下只是試探而已，左右夏米麗又打不過你，你還怕人家霸王硬上弓嗎？」

蕭沂哪會看不出這是皇帝的試探。前腳剛說完楹楹的事，後腳就讓他去陪夏米麗，多疑的性子一點也沒變，反而年紀越大越嚴重。

「我是找你幹活的，不是讓你來說風涼話的。」

「行，夏米麗交給我。」薛觀一口答應。

爽快得讓蕭沂覺得有詐，眼神滿是不信，似乎在說，你會這麼好心？

薛觀道：「咱們是兄弟，幫你不是應該的嗎？」

蕭沂挑了挑眉，不信。

「不過嘛……」

果然有後話，蕭沂微瞇著眼等他後面的話。

「你家的小閨女什麼時候讓我見見，我家那臭小子今年正好六歲……」

「滾——」

就知道薛觀沒安什麼好心，居然惦記起他家閨女來了。

薛觀被拒絕也不生氣。「那可說不定，兒孫自有兒孫福，說不定咱倆以後真成親家了呢！」

蕭沂回憶了一下記憶中流著鼻涕的臭小子。「你想得美！」

安遠堂。

「去哪裡？」月楹懷疑自己聽錯。

蕭汐笑道：「去太子府啊。」

「我可不去。」和皇家子弟沾邊的地方就沒一個安全的。

蕭汐噘起嘴。「好嫂嫂，妳就陪我去吧！」

月楹聞言更是連連退後。「我可不是妳嫂嫂。」

「遲早的事。」蕭汐勾住月楹的手臂。「是真的有事相求。」

「怎麼說？」

蕭汐嘆了一聲，隨即說了後來商婠嫁給了太子蕭澄，兩年了，肚子還是沒有動靜。請了太醫檢查了，都說身體沒問題，就是懷不上。

「所以想請妳去給婠兒看看。」

若是一般的女子，生不出孩子也就罷了，可商婠身為太子妃，家裡是真有皇位要繼承。

月楹道：「既是治病，我便隨妳走一趟。」

蕭汐笑起來。她也是著急，商嫦的肚子再沒有動靜，太后絕對會給太子塞側妃，屆時商嫦就危險了。而且還有個北疆郡主夏米麗，此次來朝，她聽大哥說，夏米麗有意和親。

夏米麗雖是二嫁之身，可她若嫁過來，身後就是整個北疆。瘦死的駱駝比馬大，對於穩固蕭澄太子的地位，還是有些作用的。

「嫂嫂真好！」蕭汐貼近月楹。

太子府。

商嫦梳起高髻，兩邊各插一支牡丹金簪，華貴清麗，淺黃色宮裝曳地，臂彎一條大紅色披帛。

「汐兒，月楹姑娘。」商嫦溫和一笑。

月楹卻從她這一笑，覺察出了一絲苦意。

照蕭汐的說法，商嫦是自願嫁給蕭澄的。商嫦的婚事，商家人都是以女兒意願為主，即使那時的商家承受了很大壓力，商丞相還是希望商嫦快樂。

商嫦那時是有機會拒絕的，可是她沒有。蕭汐說，她是喜歡蕭澄的。

求娶商嫦，是蕭澄主動的，所以，商嫦那絲淡淡的愁緒，是她的錯覺嗎？

「不曾想還有再見妳的機會。」商嫦與月楹接觸不多，卻對她很有印象，得知她意外去世之後，還惋惜了許久。

月楹拿出脈枕。「太子妃別來無恙。」

商婂看著那脈枕。「我以為妳今日來是敘舊的。」

月楹轉頭看蕭汐，蕭汐乾笑。「敘舊歸敘舊，順便看個病嘛……」

敢情是蕭汐自作主張。

「汐兒，我沒病。」她自己的身子，她很清楚。

「沒病就當請平安脈。」蕭汐拉過她的手放在脈枕上。

商婂無奈。「真是拿妳沒辦法。」

月楹按上她的脈門，少頃，開口道：「太子妃身子康健，並無大問題。」

「真的嗎？」蕭汐不理解了。

月楹頷首。「我確定。」

她都這麼說了，蕭汐只好打消懷疑。「難道是太子不行？」這裡沒有外人，她口無遮攔起來。「不會吧！」她捂住嘴。

商婂面頰浮現淡粉。「汐兒妳……他也沒問題。」

蕭汐又看向月楹。月楹攤手。「沒見到人，不敢斷言，但太子每半個月都有宮中太醫請脈，想來是沒問題的。」

蕭澄若是不能生，定瞞不過皇帝。假如是這樣，皇帝恐怕也不會選他當太子。

兩個人都沒問題，也是龍精虎猛的年紀，按理來說不該有困難，除非……

「汐兒，妳就別操心我的事了。」

「怎麼能不操心，妳再不著急，側妃都要抬進門了！」蕭汐頗有些皇帝不急、太監急的意味。

商嫦垂下眼。如果真是那樣，他便能把自己心愛的姑娘娶進門了吧……她扯出一個笑，眼神落寞。「迎側妃不是早晚的事情嗎？」以後蕭澄當了皇帝，豈止一個側妃，還有三宮六院。

蕭汐見她面色不好，不再戳她的心口。「那什麼，咱們不聊這些。嫦兒，妳不知道吧，月楹姊姊下棋可厲害了，比我大哥都厲害！」

「哦？」商嫦來了興趣。她是商丞相的孫女，家裡又有商胥之這麼個棋癡小叔，棋藝自然也不差。「月楹姑娘比世子還厲害？」

商嫦雖沒有商胥之那般沈迷，卻也是個愛棋之人。「不如手談一局？」

「別聽小郡主瞎說，不過太子妃想下棋，月楹樂意奉陪。」月楹敏感地察覺到商嫦心情不好，陪她下棋，能讓她開心一些就好。

「我才沒瞎說，大哥親口跟我承認的。」蕭汐道。

「圓兒，把祖父送我的那套琥珀棋子拿來。」蕭沂的棋藝，她自認為比不上，月楹應該是個高手，與高手對戰，商嫦樂意之至。

要說貴族的好東西就是多，這一套琥珀棋子，價值何止千金。雖說下棋時不挑棋子，但用顏值高一些的棋子下棋，誰又會拒絕。

月楹下得很爽，一時忘了藏拙。

第一局，商嫦中盤負。

「月楹，妳太厲害了！」懂棋的人對局，只要一局，便可知對方深淺。

商嫦與商胥之對局都鮮少有中盤認輸，月楹的棋藝在商胥之之上，勝過蕭沂，也不是不可能。

蕭汐看不懂她們棋盤上的交鋒，但誰輸誰贏是知道的。「我沒騙人吧？」

月楹是嫂嫂，贏了棋，蕭汐與有榮焉。

「再來一局！」商嫦沈寂許久的好勝心激盪起來。與這樣的高手對局，即便輸，也是暢快的。

「好。」月楹答應著。她也許久未下棋了，商嫦的水準不錯，是個很好的對手。

蕭汐起初還看得興致勃勃，後來只能撐著腦袋打瞌睡。

棋盤對面的兩人沈浸於棋局，連何時有人進來了也不知道。

圓兒看見身後多了一片陰影，回身看見蕭澄。「太——」

蕭澄用食指抵住唇，示意噤口，圓兒默默退下。

商嫦蔥白的中指與食指間夾著一顆琥珀棋子，微微蹙眉，抿著唇，冥思苦想著，一時想下這裡，一時又想下那裡，猶豫不決。

月楹下棋速度快，端起茶碗飲了口茶，餘光發現了不遠處的一抹明黃。她唇角微勾，見商嫿欲落子。「太子妃想好了？」

她這一聲，讓本做好決定的商嫿又猶豫了。

思索良久，商嫿還是決定下在剛才的那一處，隨後接連幾子落下，吃了月楹好大一片子。

月楹淡淡道：「失策失策，沒唬住妳。」

商嫿明媚一笑。她五官本就好看，笑起來更是明豔含情。「月楹姑娘哪裡失策了，是我入了妳的陷阱才是。」

商嫿雖吃了她一大片子，但也讓自己的棋子走進了死胡同。

月楹落下一子。「承讓。」

商嫿眉眼舒展。「我又輸了。」

蕭澄一時看入了迷。這才是商嫿，那個眉目間都是意氣風發的首輔孫女。

他有多久沒見過她這般的明媚笑意了，似乎從他娶她入府的那一天，就沒見過了。

她被迫入了太子府，不高興，又怎會笑呢？

蕭澄斂去眼中神色，近乎貪婪地看著她久違的笑。即便不是對著他笑，能讓她開心，也是好的。

倏然間，一顆琥珀棋子從商嫿指尖滑落，掉在地上，一骨碌滾遠了，撞到一雙雲紋錦靴才停下。

一隻白皙修長的手撿起了它。蕭澄走過來，掌心躺著透亮的琥珀，往前遞了遞。

商嫦掛在臉上的笑瞬間消失得乾乾淨淨。「太子回來，怎麼不通報一聲？」

第一百章

「太子回來，怎麼不通報一聲？」這話是對圓兒說的。

蕭澄一擺手。「是我不讓她出聲的。」

商嫦收起笑容，恭敬地向蕭澄行了個禮。「這不合規矩。」

蕭澄皺眉。「我說過，在我面前，沒有那麼多規矩。」她是世家大族教養出來的姑娘，最是守規矩。「免禮。」

蕭澄不知道，他的想法若是被蕭汐聽到，定要笑掉大牙。商嫦可是幹得出來把商胥之的臭襪子塞進商丞相被窩裡的人。

月楹也跟著見了個禮。

蕭澄看見她，認出來月楹是誰。「岳姑娘也在，是太子妃哪裡不舒服嗎？」

「不是，岳姑娘只是陪著汐兒來看我。」商嫦搶白道。

月楹聽出她的言外之意。商嫦並不想讓蕭澄知道請她看不孕的事。

「敘舊而已。多年不見，太子殿下可好？」

她離開時，蕭澄還是個王爺，再回來他已是太子了。

蕭澄瞟了眼商嫦。「好。坐下吧，不必多禮，妳們繼續下棋。」

月楹坐回原位，商嫦身子一僵，緩緩坐下。

蕭澄坐在棋盤邊，儼然一副要看她們下棋的樣子。

棋最能反應下棋者的心境，自蕭澄坐下後，商嫦的棋就徹底亂了，沒有章法，畏首畏尾，很快便潰不成軍。

月楹淡淡笑道：「太子妃是累了嗎？今日天色已晚，不如改日再戰？」

商嫦如蒙大赦，飛快答應道：「好。」

月楹叫醒旁邊的蕭汐，視線掃過商嫦與蕭澄，默默離開。

這兩人之間的氣場，太奇怪了。

她出門時回頭望了一眼。商嫦給蕭澄倒了一杯茶，蕭澄只是讓她放下，錯過了商嫦眼裡的失望。

商嫦奉茶時，明顯是高興的，但蕭澄淡淡的反應，讓她屢次失望。

月楹更加覺得不對，問蕭汐。「太子妃是否不願嫁太子？」

蕭汐搖頭。「才不是，其實嫦兒是喜歡澄哥哥的。」

「妳知道？」

蕭汐也不吝嗇。「澄哥哥還是十一皇子時，嫦兒就喜歡他了。」那時的蕭澄並不引人注目，在眾皇子中，幾乎像個透明人。

蕭澄喜歡作畫，說來可笑，他堂堂一個皇子，在不受寵時，竟然要靠賣畫來讓日子好過一些。

「嫦兒喜歡他的畫。她總說澄哥哥的畫裡有感情，反正我看不出來……」

兩人因畫結緣，蕭澄並不知道買畫的人是商嫦，而商嫦起初也不知畫師是誰，直到有一次春宴，蕭澄被簇擁著上去做了一幅丹青，商嫦一眼就認出這是她常買畫的青藻先生所作。

只是那時，兩人的身分讓商嫦只能將這份愛慕藏於心底。她是首輔的孫女，可以嫁一個如日中天的皇子，卻不能嫁蕭澄。

「澄哥哥一個落魄皇子，嫦兒嫁過去，他必定會成為眾矢之的。」

商嫦處處都在為他考慮，可謂用情至深。

「澄哥哥成為太子後，去商府提親，嫦兒高興得一夜沒睡覺。」賜婚聖旨下來的那日，商嫦拉著蕭汐夜談。那是蕭汐第一次見商嫦那麼失禮，那麼開心，如同個七、八歲的小姑娘。

「既是兩情相悅，怎會是如今這樣？」月楹所見到的，兩人幾乎是相敬如賓。

蕭汐忿忿。「不是，澄哥哥心中另有其人，他不過是為了鞏固自己的太子地位才娶嫦兒。」

月楹沈吟片刻。「太子親口承認的？」蕭澄的太子之位是皇帝內定的，根本就不用鞏固什麼地位。蕭澄也十分清楚這一點，只要不是腦袋抽風造反，大雍遲早是他的。

「是嫦兒說的。太子書房中有幅畫，是個姑娘的背影，而且澄哥哥對那幅畫極為寶貝。」

敢情是自己腦補的。

「太子妃知道那姑娘是誰嗎？」

「不知。」蕭汐嘆了口氣道：「嫦兒不願與我多說關於那個姑娘的事，我想遍了京城的閨秀也找不出來一個符合的。」

月楹放下心來。蕭澄若真有個白月光，憑他現在的能力，直接抬進府根本不是問題。若說是因為那姑娘身分當不上正妻，蕭澄與商嫦成親快兩年，光是無所出這一點就能讓她鬆口納妾，可蕭澄沒有，八成是根本就沒有這個姑娘。

不過這事情嘛……還是要問清楚點。

月楹懷疑，商嫦兩年不孕的緣故，多半是因為他們根本沒怎麼同房。感情失和，這種事情，是極有可能的。但還是要側面打聽一下，蕭沂無疑是最合適的人選。

知知最近幾日都留宿在王府，與新得的祖父、祖母們打得火熱，晚間都要一起睡。蕭沂趁勢把人留在浮槎院。

「知知都留下了，妳也別走了，院子裡妳的東西一直沒動。」

月楹正好也有事情想問他，便答應下來。

廂房裡，左邊的床鋪已空。蕭沂說明露嫁人了，跟著她的夫君住在外頭。右邊一如往日模樣，連床上的那個桃木小櫃也沒移動；小櫃上有一把鎖，鎖眼有些生鏽。

屋子裡窗明几淨，一塵不染，完全不像是幾年沒有人住過的模樣。

「妳走之後，我時常會讓人打掃。」蕭沂坐下來，打開床頭的矮櫃從裡面拿出一件衣服來。衣服的肩頭，有著明晃晃的一輪明月。

月楹倏然笑起來。「你還留著。」

「楹楹第一次給我縫的衣服，當然要留著。」蕭沂舒展眉眼，撫平衣服上的褶皺。在她失蹤後，無數夜不能寐的日子，他都要抱著這件衣服入睡，彷彿這樣，她就還在他身邊。

月楹走到床榻前，手往床板下摸索著，半晌摸出來一個鑰匙。「沒換地方。」

蕭沂看她變魔術似的。「原來藏在這兒了。」

月楹打開小櫃子的鎖。幸好生鏽沒把鎖眼堵死，擰了兩下就開了。小櫃一打開，是那套蒸餾器具。

「這東西沒能帶走，我可是惋惜了好一陣子。」沒這東西，她做東西的效率都降低了一半。月楹也嘗試過再做一套，可是燒出來的玻璃透明度與形狀，都不如商胥之給她的這一套。

「惋惜的只有這套東西？」蕭沂挑眉。

「不然呢？」月楹微眯起眼。

蕭沂伸手一拽，月楹輕呼著歪坐在他大腿上。她下意識摟著他的脖子，美目一彎。「做什麼？」

「楹楹落下的何止這套器具。」蕭沂把她的手放在自己臉頰上。「還有這個。」

「不要臉！」月楹順勢捏了捏他的腮幫。「才不要帶你。」

蕭沂溫和笑起來。「是，不帶我，是我自己追著妳。」

溫香軟玉在懷，他心猿意馬，就要吻上來。月楹捂住他的嘴。「先回答我一個問題。」

蕭沂吻了下她的掌心，月楹耳垂發紅，縮回手，蕭沂嘴角噙起笑。「妳問。」

「太子娶妻，應當沒人逼他吧？」

「怎麼問這個？」蕭沂想起她是從太子府回來的。「他是太子，蕭澈與蕭浴也再無威脅，誰會逼他？」

「那就是說，太子妃是太子自己挑的嘍？」

「自然。」蕭沂點頭，見她興致勃勃，也不介意再說點八卦。「蕭澄求娶商大姑娘時，陛下本不同意，是蕭澄跪了半天，陛下才鬆口的。」娶商嫦之前，蕭澄的路走得都很穩固，一步一步成為太子，在朝中的那些老古板眼中，是個穩紮穩打、不走捷徑的繼承人。

娶商嫦，其實是走捷徑，這與蕭澄之前的表現不符。

蕭沂作為蕭澄的軍師，給他分析過利害，蕭澄還是執意求娶，只因商嫦年滿十六，商家要給她訂親。

花這麼多心思娶回來的人，怎麼可能不喜歡。

「太子幼年時在宮中，曾因下人的疏忽險些落水身亡，是商大姑娘路過救了他，從此他便對商大姑娘時有關注。」

原來還有這糾葛。那蕭澄書房裡畫上的那個背影，不是極有可能就是商婂？

分析來、分析去，結果是這兩人都誤會對方，明明是兩情相悅，非要搞成怨侶。一個不說，一個不問，真的是長著舌頭不知道說話！

月楹心思一轉，一個念頭漸漸成形，嘴角微勾。

蕭沂戳了戳她唇彎。「又打什麼主意呢？」每次她這樣笑，就是想出了什麼鬼點子。

「保密！」月楹覺得自己也真是操心，不僅得給人治病，還得解決感情問題。

蕭沂俯身親她的唇角。「真不告訴我，興許我能幫妳？」他大概能猜到是蕭澄與商婂的事情。

「不……」她的話戛然而止，猛嗅了兩下，蹙眉道：「你身上哪來的脂粉味？」

她確定這不是睿王府任何一個女眷的香粉味道。

蕭沂沒有被質問得心虛。他回來已經洗了澡，還是被發現了，知道她的鼻子靈，不想這麼靈。

「去了趟瓊樓。」他大方承認。

月楹含笑看著他，笑容中潛藏著幾分危險。「去做什麼？」

「喝酒，聽曲，賞……花。」他語調故意拉長。

她撫上他的耳後。「賞什麼花？」

「美人花。」

「膽子大了，敢逛青樓！」月楹眼神瞬間凌厲，手上使勁，捏住了他的耳朵。

蕭沂吃痛，卻笑得更歡，還笑出了聲。他雙臂收緊。「楹楹，我很開心。」

「蕭不言，我很生氣。」

蕭沂捏了捏她的小翹鼻。「楹楹，妳醋了。」

她的情緒會因他的舉動而有所變化，蕭沂真的很高興。從前，不論他做什麼，月楹永遠都是淡漠的，他不怕她生氣，只怕她不理人。

「西戎使臣來京，想去瓊樓，我做個陪客而已。」蕭沂解釋道。

「真的？」

「瓊樓裡妳認識的人比我多，去問問不就知道了？」

也有那麼幾分道理，月楹放過了他的耳朵。蕭沂這話也提醒了她，回京也有些日子了，是該挑個時間去一趟瓊樓。不知晚玉找到弟弟沒有……

「明日，陛下在麟德殿設宴招待使臣，我可能會晚些回來。」

「與我交代什麼，我明日又不會在王府。」她還沒答應嫁他呢。

蕭沂莞爾。「楹楹可以當耳邊風，但說不說是我的事。我的行蹤，妳永遠有權知道。」

綿綿情話聽起來還是挺動人的。

薛府。

「多謝岳姑娘了，還特意跑一趟。」秋煙含笑迎月楹進來。

月楹道：「小侯爺本就是我的病人，說不上麻煩。」

薛觀的傷雖然好了，複診還是必要的。然而薛觀太忙，只能月楹上門。

「小侯爺恢復得不錯，按時服藥就好。」月楹把完脈，收拾著藥箱。

薛觀邊整理衣服邊道：「岳姑娘，什麼時候把妳家小閨女帶出來見見人啊！」

月楹彎了彎眉。那日，蕭沂回去可是和她吐槽了好一會兒薛觀，說他家閨女才三歲，薛觀就惦記上了，真是狼子野心！

「小侯爺不用這麼著急吧？」月楹不會給兒女包辦婚姻，總要他們自己願意才好。

秋煙啐他。「你就這麼擔心你兒子找不到媳婦？」

「我們薛家人難娶妻，妳又不是不知道。」

老天給了薛家娃娃臉的基因，同時帶來一個問題，歷代薛家子弟，男性基本都是超過二十歲之後才成親的，無一例外。

月楹說：「那不挺好？」優生優育，二十歲在現代還是早婚呢。

薛觀是覺得自家這皮小子，若不早些定下來，怕是要等到而立才能娶上媳婦。

秋煙一點也不著急，找媳婦這事，他們急又沒用。

正說著話，阿謙帶著薛恆進來了。

「見過爹爹，娘親。」小少年六歲的年紀，唇紅齒白，一身白衣，腰間一條寬厚黑色腰封，身形挺拔。

只是本該勝雪的衣衫現在卻灰撲撲的，衣襬上更有許多泥點子。

「又去哪個泥坑裡滾了？」秋煙拉過兒子，拍掉他身上的灰，又指了指月楹。「這是你岳姨母，喊人。」

薛恆向他娘吐了吐舌，拱手給月楹行禮。「岳姨母。」

薛恆長相隨了薛觀，一張圓臉、圓眼、圓腦袋，看著就有想揉捏他那張團子臉的衝動，這點倒是與她家知知挺像的。

「初次見面，也沒帶什麼禮。」月楹尋摸著身上。她不愛戴首飾，還真沒東西可以送，渾身上下只有藥。

「岳姨母不用給我禮，今兒見到您這樣的大美人，恆兒就很高興了！」話是這麼說，薛恆小眼神還是不住地往她藥箱上瞟。

「這孩子嘴真甜。」月楹挑眉。就這情商，薛觀確實是有些杞人憂天了。她摸著藥箱。「感興趣？」

薛恆點點頭，沒有掩飾。

「過來挑挑。」月楹大方道。

薛恆瞥了眼爹爹、娘親，見兩人都微微頷首後，才敢上前。

薛觀道：「你岳姨母的東西，可都寶貴著。」

小少年眼神掠過這些瓶瓶罐罐，最後選了個最平平無奇的瓶子。「這個行嗎？」

月楹輕笑一聲。「小傢伙真會挑，行，送你。」

「是什麼東西？」秋煙問。

「我最新研製的百毒丹，可解世間百毒。」

「恆兒，這不能收！」秋煙說著就要拿回來。

薛恆依依不捨，還是很聽娘親的話。月楹蓋住他的手。「欸，送他無妨。」百毒丹做起來不難，如今蒸餾器又回到她手中，更是容易。

薛恆聞言，忙道：「多謝岳姨母！」

秋煙瞪了這小子一眼。他搶先道謝，再拒絕就顯得有點矯情。

薛觀摩挲著下巴，想著岳姨母這稱呼要是去掉一個字，就再好不過了。

薛恆拿著百毒丹，笑得開心。

阿謙道：「岳姑娘的東西能救命，小少爺可得收好了。」

秋煙聽出話外音，忽想起阿謙拿出來的那顆假死藥。她當時並未去計較假死藥的來源，如今細想，他一個小兵，怎麼會有這麼珍貴的藥？

秋煙問出疑惑。

月楹笑道：「當日他幫了我一個忙，我送他的。」

有那顆假死藥，薛觀才能撐到月楹來，追本溯源，假死藥也是她做的。秋煙感激之情更盛，兒子又拿了她的百毒丹，實在是不好意思，拉著她去了薛府庫房，霸氣道：「岳姑娘看上什麼，直接拿走！」

月楹險些被滿庫五顏六色的玻璃閃瞎了眼。

「怎麼會有這麼多琉璃製品？」她抓了一把玻璃彈珠。這個工藝，堪比現世了。最奇怪的是，這邊的人怎麼會做這種帶花紋的彈珠？

秋煙道：「岳姑娘不知嗎？琉璃大家安先生是梓昀的曾祖母。」

「安先生是個女子？」月楹嘴唇微張。

她曾聽商胥之提過這位安先生的大名。大雍開國年間，朝局不穩，民眾缺衣少食，遠無今日富足，是安先生帶著人開挖礦產；大雍現有的幾十座礦產，有一半都是安先生尋到的礦源。

其中包括能製琉璃的石英礦。安先生花了許多年時間，燒出了這種通體透明的琉璃。華美的琉璃引得周邊國家爭相購買，讓當時國庫吃緊的大雍好好鬆了一口氣。

彼時，安先生已經嫁與薛家先祖，高祖皇帝欽賜誥命，安先生卻拒絕了。

安先生開礦不為身後名，只為百姓。高祖皇帝感念她的功績，特許她以女子之身入朝，將勘礦之法傳教於世人。

百年來，越來越多的有識之士學習安先生勘礦之術，繼而發現更多礦產。這些受益於安先生之人，皆尊她為師。

十年前，安先生去世，著素衣之人站滿了十里長街。安先生的事跡流傳了下來，只是大家有些淡忘她是個女子了。

月楹聽罷，忽覺臉上有濕意，一摸，已是滿臉淚痕。

她為什麼要哭呢？明明是在聽別人的事跡，彷彿她真正見到了那位奇女子，經歷了她的一生。

塵封已久的記憶翻湧，這記憶久到她都要以為是上輩子的事情。

可不就是上輩子嗎？她曾有位地質學專業的好友，一次飛機失事，讓她們陰陽兩隔。這位好友，恰好也姓安。

「敢問安先生名諱？」月楹需要確定。初見薛觀時，她見過他拿著魔術方塊，而魔術方塊也是她好友不離手的玩具。

「曾祖母名安思卉。」

不是她……名字對不上。

「可有小字？」

第一百零一章

「這……」秋煙並不清楚，搖了搖頭。「我不知道。」

也是，曾祖母的小字，她一個外嫁進來的小輩怎麼會知道？

月楹緊盯著她。「會有誰知道嗎？」她真的需要一個答案。當年飛機失事，猝不及防，空難的消息一發，所有人都祈願他們只是穿越了，去了另一個世界。

月楹也不知道為什麼有這麼強烈的直覺，覺得這位安先生就是她的好友。

「興許爹爹會知道吧。」

薛如元是被安先生一手帶大的，是安先生最寵愛的孫兒。

月楹迫不及待去找薛帥，薛帥正在為進宮做準備。

她心急火燎地衝進去，而且還紅著眼，薛如元以為出了什麼事。「發生何事了？」

月楹只有一句。「薛帥，敢問您祖母可有小字或是畫像？」說話的語氣都有些顫抖。

「怎麼突然問這個？」

「求您告訴我，這對我很重要！」

秋煙插話道：「爹您要是知道就快說吧，我才給岳姑娘講完曾祖母的事情，她就急成這樣了。」

薛如元安撫道：「岳姑娘別急，我祖母不曾有字，只是我祖父常喚她柳柳。」

柳柳……安柳柳……

月楹杏眸中湧出淚來。柳柳……原來妳真的……沒有死。

分明是想笑的，但眼淚就是不受控地流出來，喜極而泣，當是如此。

當年空難，她還惋惜柳柳怎麼走得比她早，明明身患癌症的是她。不過這樣也好，她們能在另一個世界相遇。不想，她們真的在異世重逢。

薛如元是一頭霧水。不過說了自己祖母的小字，面前這小姑娘就哭成這樣，哭壞身子怎麼辦？

「岳姑娘……岳……」薛如元輕聲喚著，忽然腦中如同被過了電一般愣住。「岳，妳姓岳……莫非……」

秋煙看著薛如元陷入呆愣，更加疑惑。怎麼一個、兩個都不正常了？

薛如元似想求證什麼。「岳姑娘，可願隨我去一個地方？」

月楹眼眶微紅。「好。」

秋煙抬腳跟上，薛如元轉身道：「妳別跟來。」

秋煙止住腳步，悄悄觀察了下他們去哪兒，發現薛如元竟然帶著月楹去了祠堂。

秋煙像是發現了什麼大秘密一般。「夫君，爹帶著月楹去了祠堂！」

「什麼？」薛觀也震驚不已。祠堂除了薛家人外，外人是進不去的，即便再尊貴的人也不例外。

祠堂有間密室，這是歷任家主才知道的事情。薛觀也是成家後，薛如元才告訴他這個秘密，並且讓他等待一個人，一個姓岳的人。

薛觀微瞇起眼。難不成月楹就是他要等待的人？

薛家祠堂。

薛如元並未帶月楹進入密室，而是先給她看了一張「畫」，那張「畫」小心翼翼地被裝在一個琉璃盒子裡。

月楹看見那「畫」，止住的眼淚再次流下。她捂住唇，壓抑著心中的喜悅才能讓自己不叫出來。

她微微顫抖著身子，平復著激動的心情。

「岳姑娘認識這畫中人？」

「認得。」月楹語氣帶著濃重的鼻音。她指著畫中的女子問：「這可是您祖母？」

畫中有三人，一男一女，男子懷中，還有個可愛的孩子。女子的容顏與她最後一次見到時的樣子，只多了幾分沈穩。

這張畫，其實說是一張照片更為貼切。這是一張拍立得相片。

月楹收拾好心情後，仔細端詳起照片裡的安柳柳。她的容貌真的沒什麼變化，就連手背上的那個疤也在。

月楹是明確換了一具身子的，看來柳柳與她不同，連拍立得這麼現代的東西也帶了過來，恐怕是連人帶包整個過來了。

「這個孩子，是您父親吧？」

隔著時間，月楹見到了柳柳的孩子，心中忽有些異樣的喜悅。

她與她錯過了百年，卻並不遺憾沒有相見。柳柳自有後人銘記，她能見到柳柳的後代，足矣。

想到薛如元是柳柳的孫兒，月楹看著他的眼神都慈愛了起來。

薛如元可以確定月楹就是他要等的那個人，她見到這張畫，絲毫不吃驚。要知道他當年見到這張畫的時候，可是震驚得說不出話。

天下間竟有人有這樣的本事，能將人畫得栩栩如生。可月楹見到這畫，不僅不吃驚，反而像舊識一般。祖母當年告訴他祠堂密室，還交代他要等一個姓岳的前輩。

祖母還說，這位岳前輩是她的朋友，卻沒想到岳前輩是這麼個小姑娘。

「岳……前輩……隨我來……」薛如元忽然不知該怎麼稱呼她。

密室裡，這是間四方的暗室，一進去就瞧見了薛家先祖與薛門安氏的靈位。兩邊各是一幅畫像，靈位前，有個寒冰玉盒。

丹青雖描繪不出兩人細緻的容顏，還是有七、八分像的。

月楹看著照片裡的男子，眉目俊朗，比之蕭沂少了幾分溫潤，多了幾分冷冽。這丫頭從前總說要嫁個帥哥，也算是如願了。

薛如元捧起寒冰玉盒。「這是祖母讓我交給前輩的。」

玉盒並未上鎖，月楹輕易就打開了盒子，瞥見盒子裡的東西，唇角勾了勾。

這東西竟然也帶過來了？還能有電嗎？

月楹拿起裡面那個如同磚頭的東西，冷冰冰的機體讓她掌心發冷。

「薛帥知道這東西是什麼嗎？」

薛如元搖頭。「不知。祖父說祖母身懷異寶，這是其中最珍貴的一件，保存在這寒冰玉盒中，才能不腐不滅。」

月楹按下開機鍵。也不知道能不能開機，若沒有電，也不必放在這盒子裡等她來吧？

沈睡許久的手機螢幕發出光亮，月楹笑起來。

薛如元眼睛漸漸張大，不可置信道：「這……」他見到了什麼，一個小黑塊竟然會發光！饒是他有準備，也被驚訝得說不出話。

月楹面色如常，輕笑著搖了搖頭。「別緊張。」

讓古代人接受手機這種東西，確實是困難了點。

這手機如同老式電腦一般，月楹等開機覺得等了半個世紀。好在是開機了，右上角的電量還剩下百分之二十。

也撐不了多久了。

這丫頭的手機密碼永遠是六個零，懶得改，月楹輕鬆解開。

柳柳要是想給她留什麼東西，也只有錄音、錄影。

月楹點開相冊。果不其然，相冊裡都是安柳柳的照片，還有與一個男子的合照。月楹指尖滑過，照片裡的人也越來越多。

「薛帥，這是您小時候吧？」她指著一張周歲照。

薛如元不好意思地笑了笑。「應該是吧。」

月楹點開備忘錄。這丫頭還是一貫的話癆，從她穿越嫁人，到怎麼與薛彧相愛，她都細細記錄了下來。

螢幕上彈出電量不足的警告，月楹點開最後一個影片。

隨後，在薛如元驚掉下巴的目光中，聽見這個小黑塊發出聲音。

影片裡的安柳柳笑著與月楹打招呼。「楹楹姊，不知道妳能不能看到這個影片。那小和尚說百年之後會見到妳，但我怕是活不到那個時候了，所以趁著現在還是青春美少女，給妳錄個影片。小和尚說，會有個與我熟識的人來這裡。我想來想去，也只希望妳來。」

來到這裡，就意味著在現代已經死去。安柳柳出事的時候，月楹正被病魔折磨。

影片裡，安柳柳拉著個男人讓他看著螢幕笑。男人先是冷著一張臉，後來在她的強烈要求下，勉強笑了笑。

是個酷哥呢！

月楹眼眶濕潤。手機電量用盡的時候，影片也恰好到了最後一秒。分毫不差，螢幕在她手中暗下去，這部精巧的絕世珍寶徹底變成了個只能砸核桃的物體。

月楹將手機放回盒中。「多謝薛帥。」

薛如元還沒從剛才離奇的經歷中緩過神來。他一直知道，自己的祖母不是個普通人，而這姑娘與他的祖母，淵源頗深。

「敢問岳姑娘，您與我祖母，是什麼關係？」

月楹也不知該怎麼解釋，沈吟片刻。「我是柳柳的姊姊。」

薛如元的眼珠子差點又脫離眼眶，上下打量著月楹。「您……您……」

一百多歲了？不可能吧？吃什麼了，保養得這麼好？

月楹看他眼神就知道他誤會了，笑道：「您不必驚訝，我與柳柳的關係，很難解釋，反正您只要知道我們認識便可以了。」她猜測，安柳柳說的那個小和尚，可能是當年的了懷大師。

有時間還是得去白馬寺一趟，了懷大師應該能解開她很多疑惑。

薛如元見識過小黑塊會說話，想想月楹有一百多歲，好像也不是那麼驚訝了。

薛如元恭敬行禮。「姨奶奶好。」

月楹道：「您……不必如此，在外也不能透露我的身分。」

薛如元明白，今日密室裡發生的事情太過匪夷所思，若傳揚出去，對薛家與月楹都沒有好處。

她讓薛如元當作無事發生，以後該怎樣還是怎樣。

薛如元卻不肯。「祖母吩咐，要善待於您。」

鑑於年紀這個事情不好解釋，薛如元想了個辦法，說月楹是祖母老友的後輩。

「如此一來，我可盡孝，姨奶奶也不必有後顧之憂。」

「薛帥……您還是換個稱呼吧，叫阿月就行。」

薛如元的實際年齡比她大，喊多了，她怕折壽。

「好，阿月，往後妳就是我薛家人。」

月楹心道，這是柳柳給她留了個強大的娘家啊！

薛如元行動迅速，馬上召集家裡人宣布認月楹為義女。

薛觀猝不及防就多了個妹妹。「爹，什麼情況？」

「你別問那麼多，阿月救了你，我認個義女怎麼了？」

認義女當然沒問題，就是有點突然。好在薛觀接受能力好，他猜想月楹真是那個人，父親此舉也不是不能理解。

麟德殿設宴快要開始，薛家父子算是主角，不能遲到，與月楹這個剛認的義女沒熱絡多久，兩人便進了宮。

而此時，宮中的蕭沂對此全然不知。

是以見到薛如元時，像往常一樣與他打招呼，薛如元卻連眼神也沒給他一個。

在薛如元看來，月楹就是他們薛家的女兒。蕭沂讓月楹未婚生子，到現在還沒給她一個名分，實在太過分。

薛如元用挑女婿的眼光挑剔蕭沂，覺得這個以前各方面都不錯的睿王世子，哪兒都不好，配不上他家阿月。

薛如元扭著脖子走開。「哼！」

第一百零二章

麟德殿內，歌舞演罷，便是皇帝論功行賞。

「我軍大捷，眾將士功不可沒！」皇帝端起酒杯敬群臣。

已經是手下敗將的西戎與北疆也必須陪笑喝下這杯，皇帝特意將慶功酒與他們來朝放在一起，為的就是傷人於無形。

代卡也在被邀請之列。她清楚知道，皇帝此舉是為了敲打，苗城要是不聽話，大雍隨時可以收復苗城。如今的大雍與當年的大雍，早不可同日而語。

代卡佩服起自己的老父親來。三年前就看出了今日的結果，才讓苗城不至於陷入徹底的被動。

對這樣的宴會，蕭沂提不起什麼興致，還不如回家陪楹楹與小閨女。

百無聊賴，他問：「薛帥方才的態度為何有些奇怪？」

薛觀抿嘴笑。「你發覺了？」

那麼明顯的白眼，他看不見才是瞎了吧！

「梓昀知道原因？」

薛觀當然知道，但這時候說出來就有些沒意思了，他還挺想看看蕭沂知道月楹變成他妹妹之後的表情。

「不知。」薛觀轉向場內，專心看起歌舞。

他肯定知道。蕭沂也清楚，薛觀不願意說的事情，一時半刻是問不出來的。

薛觀把玩著指尖的酒杯。「不言，有人在看你呢！」他抬了抬下巴，指了個方向。

蕭沂早注意到了那視線。夏米麗從一開始看見他，眼神就沒離開過他。

蕭沂皺眉。「你非要說風涼話嗎？」

薛觀道：「好，那我說點熱呼的，你馬上有麻煩了。」

蕭沂指尖輕點著面前的案桌。「你閉嘴。」這個烏鴉嘴，說好的不靈、壞的靈。

從夏米麗表示對他有好感，蕭沂就知道是個麻煩。

宴席上，阿史那蒙回盯著夏米麗許久。這對曾經的夫妻還能如此心平氣和地出現在同一個場面，不得不說兩人都是裝模作樣的好手。

阿史那蒙回一杯接著一杯灌著自己酒，捏著酒杯的手青筋暴起，似乎只有不停喝酒才能澆滅心中的憤怒。他死死盯著左前方的紅衣女子。夏米麗……這麼快就變心了嗎？

阿史那蒙回一直都知道這個女人是個狠心的，除了她的臣民，她什麼都能割捨得下。

他們和離才不過短短半年，她這麼快就愛上蕭沂？阿史那蒙回不信，蕭沂可是讓她失去了北疆的罪魁禍首，他似乎忘了，是他先背叛了與夏米麗的感情。

阿史那蒙回陰鷙的目光射向蕭沂。蕭沂發覺他的視線，回以微笑。

阿史那蒙回咬緊了後槽牙。蕭沂才因為索卓羅孟和的事情敲了他一筆，讓他心頭火氣越發大。

宴會快要臨近尾聲，他知道，夏米麗應當是要有所動作，今夜是她最好的機會。

可他，偏偏不讓她如願！

「陛下。」阿史那蒙回忽然站起來。

皇帝道：「蒙回可汗有事？」

阿史那蒙回笑起來。「是有事，是件喜事。本汗有一族妹年方二八，欽慕於大雍睿王世子，還請陛下賜婚。」

當場就有人不淡定了，不是蕭沂，而是夏米麗與薛如元。

薛如元當即就想站起來，被薛觀按住。「爹，少安勿躁。」

薛如元瞥了眼蕭沂，還是一貫的雲淡風輕，頓時氣不打一處來。這傢伙要是敢負了阿月，他就是得罪了睿王府也得打斷他一條腿！

皇帝哈哈笑起來。「這個嘛……」故意拖長語調，不說同意，也不說不同意。

殿上忽然陷入寂靜，連輕微的絲竹聲都停了下來，眾人都在等著皇帝接下來說什麼。

也有人將目光投向當事人，只見蕭沂一身月白衣衫，清冷的眉目不曾有什麼變化，修長的手指捏著酒杯，輕抿酒水，閒適得恍如在山間遊樂。

夏米麗也在看蕭沂。她自然知道蕭沂不喜歡她，當然對那個未曾謀面的西戎公主也不會有好感，但若是西戎的人可以，她為何不可以呢？

她是個果決的人，北疆民風如此，否則也不會在發覺阿史那蒙回背叛她之後，立即揮劍斬情絲。

「陛下，臣有話說。」北疆已隸屬大雍，她不能再自稱王女。

「郡主請說。」皇帝露出了個老謀深算的笑。

夏米麗高聲道：「臣想向睿王世子提親！」

夏米麗淡淡地扔下這個重磅炸彈，語氣輕鬆，說得好像是在講一件尋常的事情。

薛如元險些衝出去破口大罵，薛觀使出九牛二虎之力才將他爹按住，拚命向蕭沂使眼色，然而旁邊的人一點也沒接受到訊息。

「妳一個二嫁之身，還妄圖嫁與大雍世子？」說話的是阿史那蒙回。

夏米麗看向他的眼神中帶著蔑視。「蒙回可汗，這是我與蕭世子的事情，配不配得上，還輪不到你來置喙吧？」

「郡主此言差矣，陛下若應了這門親事，妳的要求，就不能說與本汗無關。」

夏米麗冷笑道：「蒙回可汗對你的族妹，還真是關心啊。」

這對曾經的夫妻忽然陷入劍拔弩張的氣氛，皇帝多少年沒遇上這麼有趣的事情了，一點也不想阻止他們。

「敢問可汗的族妹，容貌比之我如何？」夏米麗展顏一笑。

阿史那蒙回被這笑晃了眼。夏米麗就如同沙漠裡的紅花，嬌豔又明媚，他當初對這張容顏一見鍾情，草原上的人，誰都比不上她。

「族妹容貌，與郡主各有千秋。」阿史那蒙回不能自已露怯。

兩人你一言、我一語，在大雍的殿上爭得有來有回，場面著實有些詭異。

而處於風暴中心的蕭沂，巍然不動。

直到有人加入，打破了這尷尬的局面。

「可汗，郡主，你們兀自吵得歡，是不是忘了蕭世子還沒開口呢？」代卡實在忍不住了，有人要搶她姊妹的丈夫，當她是死的嗎？

夏米麗用一種看情敵的眼神看她。「代卡少城主也對蕭世子有意嗎？」

代卡嗤笑。蕭沂，她可不找心眼這麼多的男子。

「蕭世子，郡主與可汗都為你爭辯許久了，你是不是也該說句話。」代卡想著，他要是說出娶別人的話來，她就立刻帶著月楹與知知離開。

蕭沂像是才反應過來一般，酒杯往案桌上一放，緩緩啟唇道：「本世子已有未婚妻。」

除了幾個知情人，眾人都是丈二金剛摸不著頭腦。蕭沂何時有未婚妻？

夏米麗是打聽清楚才來京城的，蕭沂如果有未婚妻，難道是在她進京期間訂的親？

她面露憂色，阿史那蒙回反而高興起來。

「敢問蕭世子，未婚妻是哪家閨秀，怎麼不曾聽說？」

「本世子訂親，有必要告知郡主嗎？」蕭沂掀起眼皮，淡然的目光無形中有一股威壓。凌厲的眼神讓夏米麗緊繃著身子，不死心地問道：「本郡主好奇而已。」

「本世子沒有義務滿足妳的好奇心。」

這話絲毫不給夏米麗留情面。

代卡滿意地笑起來。「郡主，蕭世子都說了他有未婚妻，妳就別多加糾纏了吧。」

夏米麗一時有些下不來臺，但都這樣了，不問出那未婚妻的身分，她實在是不甘心。

阿史那蒙回說起風涼話。「蕭世子還是告訴郡主吧，也好讓她死心。」阿史那蒙回憋在心裡的那口氣終於順了，看夏米麗吃癟，他就開心。

「與世子訂親的是我家小妹。郡主問到了答案，可安心了？」薛觀覺得再不出來制止，這宴席怕是要拖到明天。

蕭沂驚詫。他怎麼不知道？月楹什麼時候變成薛家小妹了？他用眼神詢問薛觀。

皇帝也察覺到不對。「朕記得，薛愛卿並無女兒。」

薛如元道：「回稟陛下，是微臣認下的義女。」

皇帝點點頭，示意知道了。

夏米麗還是不服，她自問生來優秀，比得過這世間萬千女子。「想必蕭世子的未婚妻必有過人之處，否則也不會令世子傾心。」

這話夾槍帶棒的，似是蕭沂說不出未婚妻的優點來，就是他眼光差。

薛觀方才還有些佩服夏米麗的勇氣，如今也不爽了。「我家小妹棋藝冠絕古今，連世子也不曾勝過她。」薛觀故意不提醫術，畢竟醫術這東西不好檢驗，棋藝則是大部分人都能懂的。

夏米麗微笑。「哦，是嗎？本郡主也精通棋術，不知可否請薛將軍的小妹比試一局？」

「這……不妥吧，陛下……」

「無妨無妨，薛卿說你家小妹比不言的棋藝還要厲害，倒是讓朕有些好奇了。」皇帝是個棋癡，對蕭沂的看重最開始也是因為他高超的棋藝。

皇帝徹底來了興致，草草結束了宴會，命人去請月楹來，他要看對弈！

不過月楹還是沒有請來。

「父皇，現下已月上中天，人家姑娘說不定已經安寢，這樣貿然請人進宮，怕是不妥。」商嫦溫溫柔柔地勸誡。

皇帝想了想，說得也有道理，即使是皇命，大半夜把人從被窩裡喊起來，總是不太人道。

「郡主，妳想找人對弈，不如找我。我祖父是大雍國手，幼時承蒙他老人家的教導，卻是蕭世子未婚妻的手下敗將。妳若能贏得了我，再請她來不遲。」商嫦溫和笑著，說得挑不出一絲毛病。

商嫦雖不知月楹為何成了薛家義女，但蕭沂沒有反駁，說明確實就是月楹。

蕭澄看著身邊的妻子，儀態落落大方，化解危難於無形，他緩緩翹起唇角。

商嫦的水準，皇帝有數，對戰夏米麗也算勢均力敵。

「准奏。」

夏米麗不解。這薛家義女到底何方神聖，怎麼這麼多人出來幫她，連比賽都有人代替。

夏米麗在戰場用兵如神，對自己的棋藝有信心。

皇帝很快令人擺好棋盤，商嫦躍躍欲試。這場棋，不僅關乎月楹，還有大雍的面子，可不能輸啊！

她請命的時候有勇氣，真要上場，說不緊張是不可能的。

商嫦手心微微發汗，一隻大手伸了過來。她訝異抬頭。

蕭澄感受到她掌心的濕意，用袖口幫她擦乾汗水，以只有他們兩人能聽清楚的聲音安慰她。「別緊張。」

他低啞的嗓音傳入耳中，讓商嫦莫名安心。

「輸了也不要緊。」

商嫦抿唇。「我不會輸。」

她倔強的模樣實在可愛。蕭澄笑道：「好，那就贏。」

商嫦粲然一笑。

第一百零三章

瓊樓。

晚玉撲通一聲跪在月楹面前。

「妳這是做什麼？」月楹來瓊樓，不過是想來看看晚玉，結果一來，晚玉就給她跪下了。

月楹扶著她的手臂。「有事起來說話。」

晚玉淚眼婆娑。「月楹，妳幫幫我。」

「不管是什麼事，妳坐著說，妳不起來，我不聽。」

晚玉立馬借力站起來。

「什麼事要求我幫忙？」月楹給她倒了杯水。

晚玉抹了把眼淚，聲音依舊有些哽咽。「我……終於尋到謙弟了。」

月楹嘴角帶笑。「這不是喜事嗎？怎麼尋到的，他在哪裡？」

晚玉緩緩講起那日的意外重逢。「他是一個貴人身後的侍衛。」

當日，阿史那蒙回與蕭沂、薛觀來瓊樓，點了晚玉作陪，她一眼就認出了站在薛觀身後的弟弟。

數年過去，他長大了，沒有了當初的青澀與嬰兒肥，五官堅毅，雙目炯炯有神。

晚玉尋他尋了三年，等人真正到面前時，卻不敢認了。

他成了侯爺的護從，雖是個下人，卻也清白。不像她，是這瓊樓裡的紅姑娘。

晚玉戴著面紗給他們獻藝彈琴，指尖撥動琴弦的時候，她的淚也一塊兒滑落。

「妳沒有與他相認？」月楹聽明白了，也想到了晚玉說的人是誰，那個娃娃兵，阿謙。

阿謙、謙弟，難怪她那時覺得阿謙的眉眼有幾分眼熟。

晚玉帶著鼻音道：「不，謙弟認出了我。」

晚玉的琴音，阿謙從小聽到大，那是最寵愛他的姊姊的琴，他不會聽錯。

姊弟倆在瓊樓相見得猝不及防。

「謙弟沒有嫌棄我，他……他還認我這個姊姊。」晚玉有些激動，咳嗽了兩聲。

月楹拍著她的背，給她順氣。「他要是敢嫌棄妳，就不配當妳弟弟。妳求我，是想讓我幫妳離開瓊樓？」晚玉找到了弟弟，又得知弟弟過得不錯，應該不會甘心於待在瓊樓。

晚玉點點頭。「是，我……我不想……再待在這兒了。」以色侍人的日子，她過夠了。

可她是官妓，按律不得贖身，注定一輩子都要待在這裡。

晚玉不甘心，她爹做的惡，要他們一家付出那麼大的代價，她原本只是個養在深閨的小姑娘，卻被迫承受這些。

阿謙自然也不願意讓姊姊繼續待在這兒，可他無權無勢，也無能為力。

正當晚玉為如何離開發愁時，月楹來了，無疑是她的救星。
「只要我生了病，沒了這張臉，我在媽媽眼裡就沒有利用價值，屆時再想辦法逃脫。」晚玉打算著。「月楹，妳幫幫我，給我點讓臉起疹子的藥。」
月楹摩挲著下巴。「紅疹怕是不夠。」
晚玉偏頭。「什麼意思？」
「妳得死。」

商嫦與夏米麗的對弈已到了尾聲。
夏米麗嫣紅的唇瓣緊抿，蹙起眉，掌心裡攥著的棋子幾乎被她捏碎。
「郡主，請。」商嫦淡笑，儀態雍容。
夏米麗執著棋子，久久不能落子。棋局已成合圍之勢，她無力回天。
她垂下頭。「我輸了。」
商嫦提裙站起來，微微彎腰。「承讓。」
皇帝大笑。「哈哈，太子妃不愧為商相孫女，盡得真傳，賞！」又道：「太子娶了個好媳婦。」他並不清楚月楹的實力，不過商嫦站出來確實是好好打了一次夏米麗的臉。
北疆已俯首稱臣，竟還敢挑釁，真是不自量力！
蕭澄拱手道：「父皇謬讚。」

夏米麗也不是輸不起，丟開棋子，笑道：「太子妃棋藝高深，本郡主自愧弗如，只是不知世子殿下的那位未婚妻，是否如太子妃說的一般，棋藝比您還要好。」

夏米麗自然不信那個薛家義女能比她厲害。以她的水準，當今能贏她的雙手可數，商嫦算是意外。再有一個意外，她是怎麼也不信的。

「郡主以為我在替世子的未婚妻推託？」商嫦嗤笑一聲。「若今日是她來，妳這局棋，堅持不到一炷香。」

夏米麗與她下了兩炷香才分出勝負，商嫦這麼說，讓夏米麗更不信了。如果薛家義女棋藝真的如此卓絕，怎會寂寂無名？

「真的？」她嘴角微勾。

「是真是假，我無須向郡主證明。」商嫦是真的有些生氣，她慍怒道：「郡主，今日陪妳下這一局，是證明我大雍女子亦有高手。北疆如今已是我大雍屬地，郡主的身分，還不足以來質問我。」

商嫦的話，擲地有聲。

按身分來說，商嫦是太子妃，而夏米麗只是個郡主，照理來說是要給商嫦行禮的。

夏米麗的臉倏地白一陣，紅一陣。

商嫦抬了抬下巴。「怎麼，郡主是女王當久了，不知該怎麼做一個臣子嗎？」

蕭澄偏頭看她。商嫦的眼中似有星火燎原。他緩緩笑起來，這才是他喜歡的姑娘，自成風華。

猶記當年梨花樹下，她與商胥之對坐對弈，商婧勝了半子，笑容也同今日一般明媚。

「臣……不敢。」夏米麗低頭行禮。

皇帝見她低頭，通體舒暢。一國之君計較這些會顯得有點小家子氣，這話商婧來說止好，皇帝真是對這個兒媳婦越來越滿意。

這局對弈，愉快散場。

蕭沂與薛觀早不耐煩，想著回家陪媳婦，紛紛告辭。

宮門前，蕭沂拉住薛觀。「楹楹怎麼就成你妹妹了？」

「你問我爹去。」說實話，薛觀到現在還是不理解。

薛帥現在看他跟看仇人似的，哪裡敢問？還是回去問楹楹吧。

蕭沂向商婧道謝。「多謝太子妃。」

商婧笑道：「世子多禮，憑著我與汐兒的關係，也該幫忙。」

蕭沂說了幾句便告辭。

「太子妃，回府吧。」馬車被人牽過來，蕭澄伸出手臂。

商婧洋溢著笑容的臉瞬間淡下來，又變成了那個端莊大方的太子妃。「不必。」她拒絕他伸過來的手，逕自上了馬車。

蕭澄的手臂僵在原地，良久才收回來。

冬日北風呼嘯，寒意順著袖口鑽進身子，又冰又冷。

蕭澄斂眉，不發一言上了馬車，瞥見她腰間的石榴掛墜，便知她終究是怨他的。他無意中聽見商胥之與蕭汐的對話，才知商嫦已經有了心上人，那個石榴掛墜，就是那男人送的。

可是不知為什麼，他怎麼查都查不出那男人的身分。

蕭澄也想過放手，但……

蕭澄瞟向她。經過一場對弈，她似乎睏了，閉著眼睛假寐，淡淡的燭光映照在她的臉頰上，眉目溫柔，淡粉色的唇瓣輕抿。

猶記那年她隨著商夫人進宮，遇上了彼時人微言輕的他。也是這樣一個寒冷的夜，他因宮人懈怠，晚間蓋著薄被子實在是睡不著，便出來活動。

不想更深露重，他一不小心頭磕在了假山上，昏厥過去。若非她貪玩經過，發現了他，蕭澄能不能活到今日還未可知。

醒來時，蕭澄只摸到身上多了件銀白梨花斗篷，斗篷上有淡淡的香味，香味沁人，小姑娘也入了他的心。

後來他知道她是商丞相的孫女，可這樣的身分，與他一個不受寵的皇子，實在是沒有一點關係。

那也是他第一次不甘心。

自此，他的視線總是無意追隨她，偶爾不經意的眼神碰撞，便讓他心跳不止。

皇帝為什麼會選中他當繼承人，蕭澄說實話也不是很清楚，大抵與他早逝的母親有關。皇帝年少時許下太多承諾，也有太多露水紅顏，也許他娘是其中一個稍微特殊的。皇帝秘密找到他時，他既吃驚，卻也覺得可笑。蕭澈與蕭浴爭來爭去，皇帝居然從未考慮過他們。

蕭澄不喜歡當皇帝，但喜歡權勢，他想，手裡有了權勢，是不是就配得上她了？

他在一步步算計中成了太子，也終於有底氣向她提親。

她答應的那一晚，蕭澄徹夜難眠，揮毫了一幅又一幅她的畫像，珍藏在密室之中。

他想，等她嫁過來，要帶她看這一室的情意與思念。

左側傳來綿長的呼吸聲，這一身繁重的宮裝壓在她身上，商嫦疲憊得睡去。

蕭澄躡手躡足地起身，坐在她身旁。姑娘的腦袋正好垂在肩頭上。她睡得似乎有些不舒服，皺著眉蹭了蹭，壓到了他的髮絲。

蕭澄失笑。他怎麼甘心放手？

月楹離開的三年，他曾勸過蕭沂放下，蕭沂只淡淡回了一句。「彼此彼此。」

他啞口無言，不再相勸。

可是她，真的不開心啊……

蕭澄輕撫上她的臉，商嫦又動了一下，手握緊了腰間的石榴掛墜。

蕭澄眼中的嫉妒絲毫不掩。

「究竟是誰，讓妳癡心至此，連看也不看我一眼……」

安遠堂。

月上中天，安遠堂後院還透出來一絲亮光。

月楹手上拿著搗藥杵，正在搗藥，小心翼翼地只發出一點輕微的聲音，時不時看一眼床上的女兒，生怕吵醒了她。

吱呀一聲，房裡忽然多了個人。月楹下意識拿著搗藥杵丟過去。「誰？」

蕭沂接住搗藥杵，眼帶笑意。「楹楹看準了。」

月楹無語。「大半夜翻窗，虧你幹得出來。」

蕭沂把搗藥杵還給她，月楹接過，繼續搗藥。「你來做什麼？」

「王府枕冷衾寒，想妳了。」蕭沂給床上的小知知掖了掖被角。

「離她遠點，你身上寒氣重。」他剛從外面進來。

蕭沂退開一步，擠到月楹身後環抱住她。「楹楹替我取暖。」

月楹的臉倏地就紅了。那個雪夜，他也是說了這樣一句話。她肘擊了他一下。「放開，別耽誤我。」

「在做什麼藥？」

「假死藥。」她在幫晚玉做假死藥，裝病這事不如裝死來得一勞永逸。

月楹自信她的假死藥可以瞞過大多數大夫。

蕭沂眉梢一挑，抓住她的手腕。「假死藥？做什麼的？」

「緊張什麼，又沒說是我吃的。」月楹將搗好的藥放進布巾裡擠出汁水。「我要是真想用這假死藥逃走，也不會等到今日。」

蕭沂淡笑。「為何不用呢？」

月楹繼續道：「服下假死藥之人，身形如假死，然而需要三日後喝下一盅熱茶，不然假死也成了真死。照你的性子，我即便是死了，你也不會將我下葬，我為什麼要找死？」

蕭沂眼含笑意。「說得不錯。知我者，楹楹也。」

月楹突發奇想。「我若真用了藥，你會怎麼處理我的屍體？」

「沒有這樣的假設。」蕭沂不敢想她死在自己面前，自己會做出什麼來，他真的不清楚。

「說說嘛……」月楹真的好奇，語氣不自覺帶了點撒嬌。

蕭沂臉上沒什麼表情，望著她。「傳說崑崙有至寶，名曰寒玉，用寒玉打造的匣子可使任何東西萬年不腐。」

「你不會是想……」月楹想像了下那個畫面，一陣激靈。

蕭沂擁住她。「所以楹楹，要照顧好自己。」

月楹有條不紊地繼續手裡的事情。「會的。」

床上的知知翻了個身，踢掉了身上的小被子，蕭沂想幫她蓋好，一眼瞥見了床裡側稀奇古怪的小東西。

「怎麼什麼都往床上放？」蕭沂收好這些東西，覺得有個童玩很眼熟，拿了起來。「這是薛家獨門的手藝，薛帥送的？」

月楹應了聲。

蕭沂問：「薛帥為何收妳為義女？今日在宴席上，梓昀忽然說妳是他妹妹，我都驚住了。」

月楹手上動作一頓。對著旁人，她可以說些謊話圓過去，但對著蕭沂，她真的要瞞著他嗎？

其實她知道，蕭沂心中也是有懷疑的，可他信任她，所以不問。

「算了，妳不想說，便不說。」蕭沂看出她的為難。

「我……不是不想說。」月楹釋然一笑。「我是怕說了，你不相信。」

「妳說的，我都信。」蕭沂認真看著她的那雙鳳眸中唯有真摯。

月楹嘴角噙笑。「好。」

她緩緩說出了自己「借屍還魂」，說著另外一個世界，在這裡待得越久，她便越懷疑，現代的那一世是否是自己作的夢。

蕭沂聽罷，很平靜，平靜得月楹以為他都沒聽進去。

她伸手在他眼前晃了晃。「怎麼，嚇傻了？」

蕭沂突然抓住她的手腕，將人按在懷裡，薄唇壓上來，熾熱的呼吸席捲了她的唇舌，熱烈又滾燙。

月楹胸膛的空氣被掠奪，身子發軟，手握成拳，不輕不重地捶他的肩。

不知過了多久，蕭沂才放開她。

她唇瓣微腫，眼裡水光盈盈，在他懷裡平穩著呼吸。

「我喜歡的，只是月楹。」蕭沂不認為月楹是在騙自己。她的話，讓很多以前的不合理都有了合理的解釋。

「你，不怕嗎？」

「怕什麼，借屍還魂？妳是厲鬼不成？」蕭沂輕笑。「厲鬼害人，而妳從來都是在救人。即便是厲鬼，楹楹動得了嗎？」

他緊了緊放在她腰間的手臂，月楹掙了下，還真的掙脫不開。「哪有你這樣的？」

「我怎樣？」蕭沂啄了一口她的唇。「這樣嗎？」

月楹嬌笑著去推他。「你這接受能力也太強了。」

蕭沂道：「師父說，世人來到這世上，都有各自的緣法。妳從異世而來，成了我的丫鬟，便是妳的緣法。無論妳從前是何人，現在只是我的楹楹，是我孩子的母親。妳與安先生相繼去世不過三年，在這裡卻隔了百年才見面。」

蕭沂牽起她的手，與她十指緊扣。「妳沒有早一刻也沒有晚一刻，出現在我的身邊，那就代表，愛上妳，注定是我的命運。」

月楹的眼淚滴落在他的手背上，他輕柔地用指腹擦去她的淚水。「楹楹，是我該感謝妳，跨過時空的洪流，來到我的身邊。」

讓我此生，不再孤寂。

月楹心底湧上暖意，蔓延至全身。她欺身吻上他的唇，輕輕吸吮。蕭沂反客為主，扣住她的後腦。

衣袍落地，蕭沂將人壓在床榻上，手撐在榻上，眼裡滿是慾念。

月楹已然情動，眼角、眉梢都是魅色，月楹被他壓著往後退，忽然掌心摸到一絲溫熱的濕意。

月楹反應過來這是什麼，去推身上的男人。「知知……」

「她睡著了，不會知道的。」

「不是……」月楹說得斷斷續續。「知知……尿……尿床了。」

如同當頭一桶冷水，蕭沂不動了，掀開被子一看，還真是，認命地去給女兒換衣服。

月楹沒忍住笑出了聲。

第一百零四章

臘月二十八，瓊樓紅極一時的紅姑娘晚玉歿了。

起因只是一場小小的風寒，媽媽沒當回事，逼著她繼續接客，晚玉咳嗽了兩天，竟一命嗚呼。

瓊樓的姑娘都是沒有家的，往年的新年都是些姑娘圍坐著過。年前發生了這樣的事，鄭媽媽惋惜了幾句，又覺得晦氣，讓人草草拿了張草蓆裹了，扔進了亂葬崗。

昔日的搖錢樹，下場也不過如此。

只是無人知道，在瓊樓的人走後，有個少年，把草蓆裡的人扛回了家。

三日後，少年給失去呼吸的美人灌下一壺熱茶，美人奇蹟般甦醒。

大年初一，是新年伊始，也是她重獲新生的日子。

晚玉清醒過來，看見阿謙，姊弟倆歡喜相擁。「謙弟！」

「阿姊！」阿謙抱著失而復得的姊姊，如獲珍寶。

從此世上再無瓊樓晚玉。晚玉望著初升的朝陽。「謙弟，我想改的名字，叫昭陽如何？」

阿謙笑道：「好。」

月楹收到信時，阿謙已經向薛觀請辭，他要帶著姊姊去個沒有人認識他們的地方。

薛觀雖不捨，卻也給了一大筆銀子成全了他。

大年初一，到處都是一片喜氣。

空青與小石頭帶著知知在門口堆雪人，知知穿得像個胖胖的紅燈籠，走起路來搖搖晃晃，偶爾摔進雪地，抖抖雪，站起來繼續玩。

可愛的模樣逗樂了一群安遠堂的人。

「小心些，別把衣服弄濕了，晚上還要去王府用飯。」月楹提醒道。

空青牽著小知知的手。「師父，有我看著呢，沒事！」

街上的商鋪大多都關了門，唯有安遠堂未緊閉門戶，畢竟生病的人可不挑時辰。

「大夫、大夫，救命啊，我娘子要生了！」一山野漢子推著個板車，板車上有位捂著肚子的大肚婦人，神色痛苦。

「小石頭，空青，幫忙！」兩個半大小子連忙去幫忙。

月楹神情嚴肅。「將人抬到後堂。」這婦人的肚子比尋常大一些，看模樣，不像是單胎。

漢子被攔在產房外，一個勁兒地求大夫救救人。

「今兒大年初一，產婆家沒人，一路找其他醫館也都緊閉著門，幸好幸好……」

婦人的痛呼聲不止，月楹摸了摸她肚皮，果真摸到了兩個頭顱。她替婦人擦汗。「從前生過孩子嗎？」

婦人搖頭。「不曾。」

月楹檢查了一下宮口，眉毛皺得更緊。先天的產道畸形，又是雙胎，順產是生不下來的。

「準備酒、布，把人推進手術室。」月楹在安遠堂打造了一間適宜動手術的手術室，為的就是防止出現這種狀況。

空青也習慣了月楹的現代用語。「是。」

月楹戴好口罩，出門告知那位漢子。「你娘子現在很危險，已經無法正常生產，現在我需要剖開她的肚子，把孩子取出來。」

「剖腹？那我娘子還能活嗎？」漢子一聽就直搖頭。「我要娘子好好的……」漢子一臉著急，滿臉的絡腮鬍，急得像個孩子似的跺腳。

月楹沈著冷靜，拿出一份手術知情同意書。「她不會死。我有九成的把握她不會死，你先把這個簽了。」

漢子大字不識一個，急問道：「我看不懂，妳說的是真的嗎？剖開肚子，我娘子還能活？」

「真的。」月楹聲音擲地有聲，帶著溫暖人心的力量。口罩遮蓋了她大半張臉，只露出一雙眼睛。「若不如此，你娘子必死無疑！剖腹未必會死，只要消毒得當，你娘子不會有事。」

漢子猶豫一瞬。

他不懂什麼消毒，也不認識字，他只想要孩子與娘子平安。黝黑的漢子不會寫字，咬破了手指摁了手印。「這樣可以嗎？快救救我娘子！」

月楹口罩下的嘴角彎起弧度。「可以。」

手術室裡的光照都是她精心調過的，利用銀鏡將光聚在一起，由空青與小石頭充當助手。

面對一個赤身裸體的婦人，他們心裡沒有旖旎，只想著怎麼救活她。

這是月楹第一次在他們面前動手術，也是一場驚險的現場教學。尖銳的手術刀劃開皮膚，兩個孩子先後被抱出來。雙胎的孩子身量大多比單胎小一些，抱在手裡只有兩個巴掌大。

兩個孩子此起彼伏的哭喊聲讓外面的人都鬆了一口氣。

婦人還有意識，月楹讓空青把孩子抱到她面前，自己專心縫合。

婦人眼中流下一滴晶瑩的淚。

「兩個男孩，四肢健全，五官齊整。」

婦人虛弱地笑起來。「謝謝大夫。」

月楹把切開的皮膚一層又一層地縫好。空青道：「師父縫的就是漂亮。我什麼時候才能比得上師父啊！」

小石頭笑他。「你連我都比不上，還妄想超過師父？還是先把豬皮縫好看了吧。」

「得了吧，就你那蜈蚣爬的手藝！」

師兄弟互懟是日常，月楹無奈笑笑。

等她縫合好傷口，推門出來時，已是夜幕四合。

空青與小石頭一人抱著一個孩子出去，黝黑漢子笑得合不攏嘴。

空青道：「我這個是老大。」

黝黑漢子看完了孩子，還不忘問：「娃兒他娘沒事吧？」

月楹摘了口罩出來。「沒事了，你可以進去看她，但記著別動她。」

黝黑漢子點點頭，小跑著進去看媳婦了。

月楹揉了揉太陽穴。也不知錯過了晚飯，睿王府的長輩會不會生氣……

「累了？」

熟悉的檀香味出現，她睜眼。「你怎麼來了？」

蕭沂笑道：「等了妳許久不見人來，只好自己尋來。知知送去陪爹娘與祖父、祖母了。」

蕭沂想抱抱她，月楹退開一步。「我身上髒，等我換件衣服。」她身上都是病菌，洗手時洗了十幾遍才算完。

月楹揉了下痠澀的眼。其實疲累倒是沒有，這點強度的手術算不上累，最難搞的還是燈光問題，眼睛受不了。

蕭沂走過來。「別揉了，眼睛紅得和兔子似的。」

月楹輕笑。「沒事，我抹點眼霜就好。」她找出自己新做的眼霜，有緩解眼睛疲勞的功效。

蕭沂拿過來。「躺下。」

「好。」知道他想做什麼，月楹乖乖躺在床榻上。

「躺過來。」他拍了拍自己的大腿。

月楹忍俊不禁，枕上他的腿，抬頭見到的是他的下巴。蕭沂低頭，便是一張放大的俊顏。

月楹感慨，有顏任性，不管哪個角度都好看。

蕭沂戳戳她的額頭。「閉眼。」

「哦。」她閉上眼，眼皮上，冰涼的藥膏敷上來，他指腹溫熱，動作輕緩。「今日失約，王爺、王妃沒生氣吧？」

「他們知曉妳在救人，自不會生氣。況且……」蕭沂頓了頓。「妳還不是我睿王府的人，他們有什麼資格對妳生氣呢？」

這話怎麼泛著酸？

這些日子，蕭沂是親也親了，抱也抱了，連被窩都幫著暖了好幾回，但月楹依舊沒有鬆口要嫁給他的意思。

月楹道：「你也看見了今天的狀況，往後這樣的事不會少，回王府陪長輩吃飯是世子妃的職責，而救人性命是我身為大夫的職責，若兩者相衝突，我定會選擇後者。」

一次、兩次，睿王府的人可能不會有意見，萬一次數多了呢？失望是一次一次累加的，所以為了避免這種情況出現，就從根源上解決這個問題。

「現在這樣有什麼不好呢？不管是你還是王爺、王妃，想看知知隨時都能看。」沒有身分束縛，更有利於她行醫。

「我想娶妳，與知知無關。」

月楹坐起來，捧著他的臉道：「我知道，我不想嫁你，也與她無關。不言，不就是一個儀式嗎？你知道我心裡有你。」

蕭沂抿唇，一言不發，低眉垂眼間，莫名有些委屈兮兮。

月楹忽然覺得自己像個不負責任的渣男，還是吃乾抹淨、不給名分的那一種。

「反正遇上妳，我總是沒辦法的。」

月楹眉眼彎彎地看著他。

蕭沂又將人按在床上親了一通才罷休。

因為這場手術，安遠堂在京城聲名遠播，農家漢子花了大錢打了一塊匾額，吹吹打打地送到了醫館，抱著兩個兒子感謝月楹的救命之恩。

「聽說啊，這裡的大夫把人肚子剖開了還能救回來！」

「這麼厲害呢？」

「那當然，我親眼看見的！」

一時間，傳言有些離譜，月楹及時澄清，救人憑的是醫術，不是仙術，她是大夫，不是能活死人、肉白骨的仙人。

即便這樣，來安遠堂看病的人依舊絡繹不絕，更少不了達官貴人，坐堂的大夫一時間有些忙不過來。

夏米麗看著這人來人往，果真如傳言。

那日輸了棋後，她依舊忿忿，覺得那位薛家義女定比不上商嫦，商嫦所言，不過是替她推託。

天下沒有不透風的牆，在她多方打探下，終於知道了月楹的身分，尋到了安遠堂。

她很詫異，月楹聞名竟不是因為棋術，而是醫術。

夏米麗置身於熙熙攘攘的醫館中，每個人都很忙碌，卻井井有條。

「這位姑娘，是來看病還是抓藥？」有小童上來問。
「看病。」
「哪位大夫，可拿了號碼牌？」
號碼牌？夏米麗一臉懵，瞥見旁邊排隊的人手中都拿著一個木牌，趕緊讓人去打聽到底是什麼緣故。
隨從道，是因為每日來找月楹看症的人太多，所以限號，一日只有五十個號碼。
夏米麗了然，有錢能使鬼推磨，她很快拿到了一個號碼牌。
月楹端坐在堂前，清麗婉約，嫻靜恬淡，輕柔的語調耐心勸誡著病人。
還有那時刻掛在嘴角的溫和的笑，夏米麗一時有些看癡。明明眼前的姑娘五官樣貌不如她，卻讓人挪不開眼。
很快就輪到了夏米麗。
「麻煩將手伸出來。」月楹沒有抬頭。
一隻纖細的手腕放上來，手腕間掛了一只銀鐲，銀鐲紋樣古樸，不似中原之物。
月楹抬眸，果見眼前人是異族打扮。不是苗城的，那大概就是北疆。
她心中立馬對這個打扮不俗的姑娘身分有了數，手指按上夏米麗脈門。
「姑娘曾在極其寒冷的天氣下受過凍？」夏米麗的身體狀況不怎麼樂觀，現在是年輕，看著沒什麼毛病，等到年紀一上來，什麼毛病都會顯出來了。

「妳能看得出來？」夏米麗微微驚訝，不想她是有些真材實料的。夏米麗曾在嚴寒天氣帶兵，埋伏在山谷中一天一夜，那場戰役勝得艱難，到了最後，下半身基本沒了知覺，是北疆的巫醫費了九牛二虎之力才保住她的這雙腿。

月楹躊躇道：「那次凍傷，傷到了姑娘的根本，妳往後若是想要孩子，怕是有些困難。」

「妳的意思是，我不能做母親？」夏米麗對於做母親倒是沒有什麼執念，但她是北疆郡主，沒有子嗣，權力遲早會被瓜分。

「不是不能，只是有些艱難。」她的毛病是輸卵管出了問題，如果接受手術，應該可以治好。但她就是說了，這位北疆郡主，怕是也不會讓她動手術。

夏米麗蹙眉。「妳既然看出來了，是不是能治？」

「是。」

夏米麗沈默良久。

月楹道：「姑娘好好考慮，考慮好了再來尋我也不遲。」

夏米麗的確需要時間思考。月楹的話，可信度有幾分，她還要仔細想想。

「姑娘往這邊走。」小石頭引著她離去。

夏米麗思考著，險些被門檻絆倒，有人扶了她一把才沒事。

「姑娘小心。」空青剛從後院出來。

夏米麗抬眸想道謝，目光觸及空青的臉時，怔在了原地。「你是……」

空青看清夏米麗的打扮，瞳孔一縮，忙垂頭。「什麼？」

小石頭聞言。「你們認識嗎？」

空青立刻否認。「不認識，你快進去幫忙，杵在這兒做什麼。」

小石頭被打發走，空青也想溜，被夏米麗一把拽住。

夏米麗輕聲道：「怎麼，好歹我也做過你幾天的嬸嬸，才三年就不認識了嗎？阿契。」

即使已經過去了三年，但少年的樣貌與當初沒什麼區別，只是長開了一些而已。

夏米麗不會認錯這雙陰鷙的眼，與他的父親一模一樣。

空青眼神凌厲。「姑娘認錯人了，我叫空青。」

她笑了，明白了他的意思，這是要與過去全部斬斷。「好，空青小公子。」

裡頭傳來小石頭的呼喊聲，空青抬腳跑進去，連多餘的眼神也沒有給夏米麗。

夏米麗凝望他的背影。狼生下的狼崽子，真的能磨去爪子變得溫順嗎？

夏米麗回想起他身為大汗的父親，輕笑了下。

阿史那蒙回恐怕怎麼也想不到，還會有這麼一個落網之魚吧！等著這小狼崽子長成，夏米麗相信，會有好戲看的。

寒風料峭，被濃重的年味蓋過去不少。

代卡趴在案桌上。「阿月，妳真的不陪我回去了嗎？」

月楹轉頭看她。「妳知道的，即便我回了苗城也待不久。」她的腳步不會因為任何人而停留。

「唉，又要無聊了……」阿月與知知不在的苗城，好似都沒有了吸引力。「東方也回家了，又只剩我一個人……阿月，我捨不得妳和知知。」代卡知道，這次月楹離開苗城，與從前不同，蕭沂會陪著她，也許，她永遠也不會再回去。

代卡抱住月楹，像個孩子似的撒嬌。

月楹微笑。「小心點，別弄灑了。」她手裡拿了一罈酒，正放進一個包裝精美的禮盒裡。

「這是什麼酒，這麼寶貝？」代卡也是個愛喝酒的。

月楹神秘一笑。「送給太子妃的年禮。」

代卡見她笑得狡黠，知道其中必有蹊蹺。月楹便把太子與太子妃相互誤會之事告訴了她。

代卡道：「那妳這酒……」

「是助他們和好的東西。」其實兩個人需要的是一個坐下來好好說開的機會，月楹做的就是創造這個機會。

她不是沒想過主動告訴商嫦是她誤會了，但她不知造成他們誤會的原因是什麼，所以最好的法子還是他們自己解釋清楚。

俗話說酒後吐真言，蕭汐說商嫦酒量不好，那就更好辦了。

當然，這個計劃要成功，還要有個人幫忙——

一個時辰後，太子府。

蕭汐見商嫦意興闌珊。「別悶悶不樂嘛，高興點。」

商嫦嘆了口氣，勉強扯出一個笑。

蕭澄從早上出門就不曾回來，即便是回來也不曾進過她的屋子，應該是又去找那個梨花樹下的姑娘了吧？

那日聽下人說，他將自己抱回房，商嫦還以為自己終於有希望了，誰知……

她下意識捏緊石榴掛墜。「沒有不高興。」

蕭汐注意到她的小動作。「妳瞞得了別人，瞞不了我。」蕭汐舉起她的手，舉起時她手心裡還抓著石榴掛墜。「妳十二歲生辰那日，胥之哥哥送妳的石榴掛墜一直沒有離身，同時也養成這個習慣，一撒謊或者緊張時就捏這個掛墜。」

商嫦心虛地鬆開手。「哪有。」因為年紀相近，商胥之是最疼她的長輩，不論她闖了什麼禍，小叔都會護著她。

此時下人提著年禮進來。「安遠堂岳姑娘送來的。」

「放下吧。」

蕭汐嘴角勾起，裝作好奇。「月楹姊姊送什麼好東西了，讓我看看。」

蕭汐不客氣地打開了禮盒，裡頭是一罈酒。她道：「月楹姊姊還真是懂妳，知道妳愁，就送來一罈酒。」

蕭汐拿來兩個酒杯。「來來來，一醉解千愁。」

商嫦是標準的大家閨秀，不常飲酒，因為覺得這事情出格。蕭澄的事情已煩憂她許久，有時她想著，是不是該主動與蕭澄說，讓他把人抬進府。

可終究是沒有說出口。

商嫦心裡苦，需要一個發洩的管道。

蕭汐裝滿一杯，她沒有猶豫就喝了下去。「好酒。酒味淡，入口甘醇。」

蕭汐只把酒杯碰了碰嘴唇。酒裡加了料，月楹千叮嚀、萬囑咐她不能喝。

商嫦愁緒滿天，壓根兒沒有注意蕭汐有沒有喝。「滿上。」

她一杯接一杯，這酒味淡，後勁卻大，商嫦這樣不勝酒力的，也能喝下不少。

許是真的一醉解千愁，商嫦喝完了後，竟覺得心裡憋悶的氣下去不少，一把奪過酒壺，自斟自飲了起來。

外頭望風的圓兒跑進來。「郡主，太子爺回府了！」

很好，時機正好！蕭汐迅速開溜。

蕭澄接到消息匆匆趕回來。「太子妃傷到哪裡了？」

商嫦兩靨嬌紅，眼神迷濛地轉過頭。「什麼？」

蕭澄也疑惑。不是說受傷了嗎？怎麼看著沒什麼事，反而成了個……醉貓？

她看上去呆呆的，眼神不復往日清明。

「太子妃？」蕭澄試著叫了聲。

「什麼太子妃，我不要做太子妃。」商嫦癟癟嘴，一臉不開心。

蕭澄的臉也垮下來。

商嫦又給自己倒酒，可倒了兩下都沒有出酒。「怎麼沒了？」

蕭澄皺眉。她竟然已經煩悶到借酒澆愁了嗎？

他奪過她手裡的酒杯。「別喝了。」

商嫦不給，使了大力氣。「你怎麼這樣，你欺負我，不給我酒喝……」

喝醉的商嫦像個不講理的熊孩子，得不到想要的東西，便嗚嗚咽咽地哭了起來，淚珠不要錢似的往外掉。「你欺負我……我告訴祖父去！」

蕭澄哪裡見過她這模樣，慌得手腳都不知往哪裡放。「別……別哭啊，我哪裡欺負妳了？」

他拿袖子給她擦眼淚，面前的姑娘的淚卻越擦越多。

圓兒聽見聲音進來，被蕭澄一眼瞪出去。

蕭澄把人抱在懷裡哄。「別哭了。」

「我要喝酒。」

「好好好，喝，給妳搬一罈來。」

「真的？」商嫦眼淚瞬間止住，雙眼矇矓地看著他，一臉嬌憨。

蕭澄心軟成一汪清泉。「真的。」

商嫦笑起來，靠在他的肩頭。「你真好，比太子還要好。」

「太子哪裡不好？」這是醉糊塗了，連眼前人也認不清。

蕭澄還真想知道，她心裡是怎麼看他的。在她心裡，他應該是個壞人吧，畢竟是他強求她入府的。

「太子……太子……哪裡都好，就是對我不好。」商嫦垂頭低語道：「他心裡沒有我。」

「誰說他心裡沒妳？」蕭澄倒想知道，是哪個造的謠。

他心裡怎麼可能沒有她？他眼裡、心裡都只有她一人好嗎？

「沒有，沒有誰告訴我，是我自己看見的。」商嫦吸了吸鼻子。「太子書房裡有畫像，那個梨花樹下的姑娘，太子喜歡的是她。」

蕭澄打死也想不到，商嫦誤會的原因竟然是那幅她的畫像。

「妳有沒有想過，那幅畫是妳呢？」

商嫦呆呆的。「啊？是我？」酒意上頭，她腦子轉得有些慢。「怎麼會是我？」

「商胥之的院子裡有片梨花林，那日妳與他對弈，穿了一身廣繡梨花裙，潔白的花瓣飄落在妳身上，很美。」蕭澄回憶起那日的情景。商嫦贏了那一局，明媚的笑容比那一樹梨花更美。

「是我？怎會是我？」商嫦腦子轉不過彎來，一緊張，手又抓起了那個石榴掛墜。

蕭澄看見她的動作，火氣上湧，一把將她的石榴掛墜扯下來。

「給我，我的東西。」沒了那墜子，她沒有安全感。

蕭澄見她這麼看重這東西，更加惱火，單手掐住她的下巴。「我心裡都是妳，而妳心裡，卻裝著別人。」他語氣發狠。「那男子送妳的東西，妳便這般珍視嗎？」

商嫦聽不懂他在說什麼，只知道下巴很疼，她不安分地掙扎起來。「疼……」

看她淚意盈睫，蕭澄又心軟了，手裡的石榴掛墜冰涼，他煩躁地丟在牆角。

玉質的東西落地，立馬碎成一塊塊。

商嫦惱了，用力推了他一把，罵道：「你個壞人！丟了我的東西！那是我小叔送我的，你賠！」粉拳不住地落在他胸前。

「妳說……什麼？那掛墜是商胥之送妳的，不是情郎嗎？」蕭澄徹底迷糊。

怎麼會是商胥之？

蕭澄簡直要氣死，他竟然一直都在吃商胥之的醋？

商嫦眼淚又落下來。她認不出眼前人，只知道他在欺負她。「什麼情郎，你才有情郎呢！」

蕭澄制住她的手。「妳沒有心上人？」

「心上人？」喝醉的商嫦腦海中出現了蕭澄的模樣，漸漸與眼前人重疊。「我喜歡你呀……」她將這當成了一場夢，在夢中說出自己的心意，也是好的。

蕭澄大喜過望。他聽見了什麼？嫦兒說喜歡他？

「嫦兒，妳看清楚，我是誰？」他知道她醉糊塗了，不認得人，生怕等她醒來自己空歡喜一場。

商嫦瞪著眼睛仔細辨認，手撫過他的眉眼鼻梁。蕭澄的嘴唇上有一顆很淡的痣，商嫦看清楚後，親了一口。「喜歡蕭澄。」

她懶洋洋地倒在他懷裡，俏臉微紅。

蕭澄舔舔唇，有一絲酒味。不是作夢，嫦兒親了他，還說喜歡他。

原來，是他誤會了她嗎？

不等蕭澄細想，懷裡的商嫦不安分地動起來。「熱……」

她臉上泛起不正常的潮紅，渾身發燙，雙手摸索到了一抹涼意，便不住地往那涼意上貼。

蕭澄繃著身子，一動不敢動，任由商嫦在自己身上點火。

當她溫熱的嘴唇吻上他的脖頸時，他再也忍不了了，打橫抱起懷裡的姑娘。這是他的妻子，做什麼事，都是名正言順。

窗外烈風陣陣，屋內一室旖旎。

宿醉的商竫頭疼欲裂，不僅頭疼，身子也疼，尤其是……

她起身發現未著寸縷，一身的痕跡，不用說都知道發生了什麼。除了新婚夜，蕭澄不曾再碰過她。

昨夜發生了什麼？

商竫敲了敲腦袋，昨夜的一幕幕在腦海中閃現。她吃驚地捂住了自己的嘴，最後的畫面是她將人推倒在了床上……

這……喝酒誤事。

「醒了？」蕭澄端著解酒湯進來。「先喝了，不然頭疼。」

商竫不知做什麼反應，沒吭聲。

「算了，我餵妳吧，張嘴。」

「啊？」她嘴唇微張。

蕭澄趁勢將解酒湯餵到她嘴裡。「記住，往後不許一個人喝那麼多酒了。」除非有他陪著。

「昨夜是我無狀，還請太子恕罪。」她也不知道喝醉的自己酒品那麼差。

「那可不行，妳咬的牙印，現在還疼呢。」蕭澄故意調侃她。

商婍滿面羞紅，聲如蚊蚋。「我、我不是故意的。」

蕭澄輕笑出聲，他的婍兒也太可愛了。

他拿出一個玉雕桃子掛墜。「賠妳的，那個石榴的被我摔壞了，可不許再哭了。」蕭澄刮了下她的鼻子。

「嗯。」商婍幾乎要把頭埋在被子裡。

蕭澄等她把衣服穿好，帶著人去了書房。

商婍整個人還是有點迷糊。因為醉酒，她的記憶並不連貫，在書房裡，看見那幅畫，她心裡又不舒服起來，低著頭不願意看。

蕭澄抬起她的下巴。「妳還要吃自己的醋多久？」

「什麼？」

蕭澄當著她的面打開了密室的門。「進來。」

商婍慢慢走進去，被滿室的畫驚在原地。張張幅幅，都是她的一顰一笑。

「現在妳還覺得那幅畫是別人嗎？」蕭澄唇角微勾。

商婍一頭栽進他的懷裡，腦袋搖得和撥浪鼓似的。

蕭澄笑著低下頭，在她唇上印上一吻。

不久後，蕭澄給安遠堂送了一塊金字招牌：藥到病除。

月楹看著這塊純金打造的牌匾，不得不感慨了一下皇室的豪氣。想來用不了多久，東宮就會有好消息了。

「這麼高興？我也送妳一塊純金的怎麼樣？」蕭沂道。

月楹起來。「好啊。」

「岳大夫不是視金錢如糞土嗎？」安遠堂對窮苦人家贈飲施藥已經幾天了。

她搖頭。「不不不，我這叫劫富濟貧。」

「哪兒來的這麼多歪理？」蕭沂輕笑，接著轉移話題道：「待會兒有個老朋友要來見妳。」

「誰？」

安遠堂前，慢悠悠駛來一輛馬車，蕭沂抬了抬下巴。「來了。」

月楹眺望過去，只見一個大腹便便的人著急忙慌就下了馬車，一路奔進來，身後還跟了個男子，喊著。「夫人，妳慢些。」

「明露！」

「月楹，妳真的沒事！」明露看見那熟悉的容顏，鼻頭微酸，眼淚大顆地掉下來。

天曉得她知道月楹沒死有多激動。從前她以為是蕭沂瘋魔，卻不想月楹真的還活得好好的。

每年，明露都要去王府拜年，但今年她身子不方便，季同想讓她留在家裡，本來明露也是答應的，但一聽說月楹回來了，還帶著世子的娃，當即就坐不住了。

「小小姐呢？」明露東張西望著。

「在裡屋。妳消停點吧，都快當娘的人，怎麼還不如以前穩重了？」

明露笑笑。「放心，這孩子瓷實得很。」

月楹摸了摸她的肚子。「有妳這麼說孩子的嗎？」

她身後的季同上來見禮。「見過世子，世子妃。」

明露瞪了他一眼。季同後知後覺，但再改口又顯得太刻意，好在蕭沂沒有在意這些，知又多了個新姨姨，很是興奮。

兩個女人交流起了育兒經，明露這是第二胎了，真正的三年抱兩。第一胎是個小子，才一歲多的年紀就能讓她氣得跳腳了。

「這胎再是兒子，我怕是要瘋！」

神情誇張得讓月楹笑出聲。「沒那麼可怕，泊哥兒不是挺乖嗎？」

「得了，家裡沒遺傳文靜的種。」

月楹與明露相談甚歡，期間，代卡也來了。

代卡摸著明露的肚子，驚訝道：「他踢我了！」她不是第一次感受胎動，不過從前月楹懷知知的時候只覺得好玩，沒有感觸。

這一次……代卡看向外頭的廖雲。這個木頭！

月楹察覺她的視線。「實在不行，來點硬的？」

代卡眯起眼。「阿月的意思是？」

代卡想起太子送的那個藥到病除的匾額，那日的酒裡是加了料的，如果……

「給我藥。」

月楹瞬間懂了她的意思。「下藥不妥吧？」

「誰說給他下藥了，我給自己下藥不行嗎？」

月楹豎起大拇指。「好計策！」

日落黃昏，月楹正在拆東方及寄來的信。

「呵……」信中內容實在好笑，她沒忍住笑出聲。

蕭沂把女兒送到王府才回來。「什麼信這麼好笑？」

月楹勾唇道：「阿及啊，快要成親了。」

對於這個他媳婦的「前夫」的八卦，蕭沂還是想聽的。「是嫁是娶？」

「是娶也是嫁。」

月楹實在不知該如何解釋這段奇緣，這並非她收到東方及的第一封信，不過寫的都是同一件事，說的是東方及從匪徒手中救下的小姑娘。

可小姑娘不是小姑娘，而是個真漢子。

對此，東方及是這樣說：「終日打雁沒想到被雁啄了眼！人家下面可是貨真價實的呀！」

「小姑娘」以此為要挾讓東方及答應娶他。

月楹評價。「虛鳳假凰，假鳳虛凰，天生一對，正好正好。」

收到月楹的回信時，東方及正身著大紅喜袍，胸前一朵大紅花，跨上大馬準備迎娶新娘進門。

來安遠堂求醫之人漸漸變多，月楹琢磨著再招個大夫，可挑來挑去也沒有找到合適的人選。

蕭沂道：「不如我給妳舉薦個人？」

「你還認識大夫？」

「認識。」

他準備好馬車，帶著月楹去到京郊的小山村。

夏風道：「世子，姑娘，到了。」

兩人下車，置身於山水田野之間，不遠處的小山坡上有著兩處人家。

古樸的青磚瓦房帶著小院子，雞鴨的叫聲不絕於耳，偶爾混著兩聲狗吠。

「阿黃，別叫了，是客人到了。」

這聲音……月楹心神一震，她不可置信地看向蕭沂。

蕭沂淡笑。「進去吧。」

屋內緩緩走出一個老人，看見來人，笑了起來。「故人遠道而來，先進屋喝口茶水吧。」

月楹還未從驚訝中回神，良久才找到自己的聲音。「劉太醫？」

老人搖搖頭。「姑娘認錯了，老朽姓柳，木卯柳，非文刀劉。」

月楹低頭一笑，看了眼蕭沂又看向他。「是，是我認錯了人，柳老先生。老先生這幾年過得如何？」

柳老先生捋了把山羊鬍。「很好。」

「老先生在山野間，似乎更愜意。」

「是呀，每日擺弄擺弄草藥，不理俗事，身子骨兒都硬朗了。」

月楹心頭微暖。「康健就好。」

院門又被敲響，進來一個小腹微凸的年輕婦人，有個書生模樣的人扶著她過來。

「柳大夫，我娘子有些不舒服，您給看看吧。」

月楹示意他請便。

柳老先生就給女子把起脈。「不是什麼大問題，吃幾服安胎藥就好了。」說著進屋去給他們抓藥。

月楹小聲道：「是你救了他。」

「是。」

「當時為何不說？」她因為這事還怨過他。

「要瞞過陛下不容易，當時並沒有把握。」

「後來呢？」

「後來……」蕭沂拖長語調。「不想妳是因為感激而留下來。」

月楹失笑。「堂堂飛羽衛指揮使也會犯傻？」

一聽這稱呼，蕭沂暗叫不好，被發現了。「妳怎麼……」

月楹指向夏風。「你若真卸了任，燕風跟著你還情有可原，但夏風還聽從你的指派就不對了。」

「我請了辭的，只是陛下沒有答應而已。」蕭沂老實道。

「還是陛下的不是了？」

蕭沂道：「不敢。」

月楹擰住了他的耳朵。「以後不許再騙我。」

「好。」

柳老先生抓完藥出來，蕭沂與月楹也該告辭了。

回程的馬車上，蕭沂瞥見那對小夫妻。丈夫小心翼翼地攙扶著妻子，兩人眼裡，滿是幸福。

他感慨道：「妳懷孕的時候，我不曾在身邊，楹楹可怨我？」

「為何要怨？」

「妳該怨我的。」蕭沂淡笑，拉起她的手放至唇邊。「娘有孕時，我便見她孕中辛苦，彼時身為人子的我並不理解爹的擔憂，只覺得他杞人憂天。娘生產那日的凶險歷歷在目，見到知知後，我曾不止一次想像，若妳遇上了那樣的情況，我又不在妳身邊，妳會何等心碎……

「那時，爹推掉所有的事情只在家裡陪娘，即使是這樣，娘還是有情緒不穩定的時候。楹楹，對不起，是我虧欠了妳們母女。」

月楹道：「你不欠我們什麼。」

「虧欠的。」蕭沂抬手撫上她的小腹。「我想過妳再次懷孕，陪妳走過孕中缺失的那一段時光，體會妳的艱辛。但一想到生產的凶險，我又不想了。有知知就夠了，人生在世，總要有些遺憾。往後，我們還有許多時間。」

月楹從沒想過他一個男子能考慮這麼多，不免顯得有些傻乎乎。

蕭沂看著她道：「楹楹，妳想遊遍山川河海，想著書立傳，我都會陪著妳。」

月楹與他十指相扣。「好。」

從此山高水長，相攜相伴。

——全書完

2022年7月出版

廢柴夫君是個寶

文創風 1081～1082

原本夫君就是個紈袴，成天耍廢沒啥出息，
她是不期不待沒有傷害，誰知世事難料，
這人當不成世子後，下鄉「不務正業」還挺在行的，
跟莊稼一打交道，本領大到連皇帝都關注……

機智夫妻生活，趣味開心農場／寒山乍暖

什麼——新郎官揭了蓋頭人就跑啦？簡直離譜！
想她顧筠論相貌、才華都是拔尖的，唯獨庶女出身低了點，
沒想到，在外經營多年的好名聲，於新婚之夜毀於一旦。
只能怪自己期望太高，眾所皆知她的夫君就是個紈袴子弟，
空有一副好皮囊、好家世，成天吃喝玩樂、遊手好閒，
做學問連個八歲小孩都不如，還是廢到出名的那種。
這人隔日歸來，也不知哪根筋不對勁，一改浪蕩子的形象，
向她誠心表示會改過向善，且不再踏入酒樓、賭坊半步。
即使浪子回頭金不換，可過往積欠的賭債還是得還啊，
一看不得了，竟欠下七千多兩，這敗家程度也是沒得比了！
雖然她拿出嫁妝先替他償還了，但做夫妻還是得明算帳，
白紙黑字寫下欠條後，從此她既是他的妻子，也是他的債主，
他可沒有耍廢的本錢，自然得努力上進，好好掙錢啊！

世間萬物，唯情不死／灩灩清泉

2022年6月出版

莞美人生

在現代，離了婚的女人是單身貴族，可在此卻成了棄婦，
拜託，明明是她主動提出和離的，被拋棄的又不是她！
而且身為一個名聲極差的棄婦，夜裡沒睡好都不能直說，
為何？就怕別人以為她在想啥亂七八糟的才睡不好！
唉，她發現古代女人不好當，古代棄婦更不好當啊……

文創風 1075 1

剛結束一段失敗的婚姻，韓莞收拾家當欲前去他方開間藥店展開新生活，
不料路上下車察看拋錨的車子時，卻被一輛疾馳而來的大卡車撞飛墜崖，
再睜開眼，她正慶幸大難不死，卻發現她的肉身早躺在不遠處沒氣了，
而她這會兒則穿著一身古代女子的衣裳，腦袋被寶特瓶砸破一個洞！
所以說，她這是摔死自己又把另一女子的靈魂擠兑出去，占了人家的身體 ?!

文創風 1076 2

透過跟雙胞胎兒子及家裡忠僕的套話，韓莞總算知道了一些原主的事，
要她說，這原主實在倒楣，因為生得花容月貌，年紀輕輕就被人算計，
那年，原主傻傻地被人下藥，與齊國公次子謝明承發生了關係，
偏偏這事不僅鬧得京城人盡皆知，原主還成了那個犯花癡下藥的加害者，
於是又羞又怒的受害者在大婚前夕跑去打仗，原主是抱著大公雞拜堂的！

文創風 1077 3

家中惡奴當道，正經主子吃的竟還比不上奴才？這日子實在沒法過啦！
幸好她韓莞不是傻白甜的原主，不會繼續任人魚肉，當個苦情小媳婦，
她先使計收拾惡奴夫妻，把人送進官府發落，奪回掌家大權，
接著再開始做些吃食生意，攢足本錢創辦她的玻璃大業，
但畢竟是封建的古代，隨便來個貪婪的達官貴人，她就護不住這份家業，
因此還是得找根粗壯大腿抱才行，正好住隔壁的皇子就是現成的合夥人，
光是想到日後躺著就有數不完的錢，她的嘴角就忍不住要失守啦！

文創風 1078 4

老天爺待她還是不薄的，竟然讓她的汽車也跟著穿越過來了，
這汽車空間別人看不到，只有她能掌控進出，且裡頭一直是發動的狀態，
最棒的是不僅她的手機、電腦能充電，空間還能保鮮、優化及再生物品，
靠著這強大的金手指，她的各項事業做得是風生水起，
並且她還把「神物」望遠鏡贈給短暫回京的謝明承，與他談起和離條件，
想到他戰勝回來後她便能帶著孩子展開新生活，就覺得人生真美好啊！

文創風 1079 5

不枉費她日也盼、夜也盼，還開著汽車空間前去戰地，悄悄救助將士們，
如今謝明承不僅全須全尾回歸，並靠著她贈的望遠鏡立下彪炳戰功，
但，說好的和離呢？怎麼她每每提起，他就推三阻四玩起「拖」字訣了？
她知道兒子們長得漂亮又聰明，他們謝家人一見到就眼饞得不行，
可當初原主母子三人在鄉下過著生不如死的悲慘日子時，謝家人在哪裡？
現在見著孩子好就想討要回去？沒門！離，必須得離，沒得商量！

文創風 1080 6 完

她覺得自己看男人的眼光實在太差，因此發誓這輩子不再讓男人挨邊，
哪怕她穿越女的光環強大、魅力無法擋、男人愛得發狂，也不踏入婚姻，
何況那謝明承的顏值、能力與家世都達高標，又生在這一夫多妻的時代，
即便現在兩人互生情意，他也不可能一生一世只守著她這個女人吧 ?!
可是周遭親友都對他讚不絕口，兩個兒子又崇拜他、時不時倒戈幫他，
要不，就再給彼此一次機會，說不定這一世能迎來屬於她的完美人生？

2022年6月出版

九流女太醫

文創風1073～1074

他背負著痛苦和失敗重生，潛身翰林院圖謀大事；
她是半調子醫女，進宮不求出人頭地，只求有個鐵飯碗混口飯吃。
相逢並非偶然，命定的聯繫讓他們亦敵亦友，剪不斷理還亂……

冤家路窄，手到情來／閑冬

莫名穿到古代小說中成為反派死士，這人設背景讓蘭亭亭頭疼得很！
她生平無大志只求平凡度日，壓根兒不想碰任何高風險職業，
何況結局已知，她將為了救腹黑主子而死，草草結束炮灰配角的短命人生……
思來想去活命要緊，既已回到故事起點，誰規定得重演相同的劇情？
雖說來到太醫院是和反派主子成雲開相遇的契機，但反派難為，她得另作打算，
索性認真備考當女醫，走上安穩的「公職」之路才是王道～～
豈料難得發憤圖強，從藏書閣「借書」惡補之舉，反讓自己更快被盯上？!
他不愧聰明絕頂，不僅貴為攝政王門生，還是掌管太醫院招考的翰林院學士，
利眼注意到她行徑詭異、對醫術一竅不通，更涉及偷走珍貴醫書，
姑娘她即使裝不認識也難逃其手掌心，只能臨機應變見招拆招！
這男人心思詭譎太危險，她務必得在他徹底黑化、攪亂政局前撇清關係才好，
哪知人算不如天算，自己開外掛卻陰差陽錯得到太醫院長肯定，被欽點成首席女醫，
入宮履職後恐將更擺脫不了成雲開的質疑糾纏，這孽緣看來沒完沒了啊……

2022年6月出版

淘寶小藥娘

文創風 1070～1072

身為風水大師的她，卻算不透自己的命，
如今一朝魂穿到古代，竟成了淘寶濟世的小藥娘?!

藥緣天成，一卦知心／依然月

堂堂風水大師竟被設局害死，魂穿到梁山村，成了同名同姓卻病殃殃的小姑娘？
宋影說多嘔有多嘔，原主自幼喪母已夠苦命，和她爹賣力幹活養家卻人善被人欺，
宋家人不僅好吃懶做，心腸更不是一般的壞，居然害原主跌落山崖一命嗚呼了！
穿來的她要活命唯有分家一途，至於以後生計，就用風水師的本事想辦法吧～～
神機妙算引來急欲尋人的貴公子秦傑登門求助，她還算出他的歸途有性命之憂，
相逢即是有緣，她大發善心幫他一把，從此打響名氣，賺足置產的好幾桶金，
買下傳聞鬧鬼無人敢住的青磚大瓦房，親手改過風水就變成聚福的小豪宅啦～～
她帶老爹歡喜喬遷，心想以後拜村裡的神醫為師，養生種藥兼顧家計也不壞。
孰料卻被藏在房中的人嚇破膽——本應平安回京的秦傑，為何會出現在她家 ?!
這且不算，分明指引他一條活路走了，如今卻重傷倒在她眼前，到底怎麼回事啊？

文創風
1099

娘子別落跑 3 完

國家圖書館出版品預行編目資料

娘子別落跑 / 折蘭著. --
初版. -- 臺北市 : 狗屋出版社有限公司, 2022.09
冊 ; 公分. --（文創風 ; 1097-1099）
ISBN 978-986-509-358-7（第3冊 : 平裝）. --

857.7　　111012471

著作者　折蘭
編輯　張蕙芸
校對　沈毓萍
發行所　狗屋出版社有限公司
地址　台北市104中山區龍江路71巷15號1樓
電話　02-2776-5889～0
發行字號　局版台業字845號
法律顧問　蕭雄淋律師
總經銷　知遠文化事業有限公司
電話　02-2664-8800
初版　2022年9月
國際書碼　ISBN-13　978-986-509-358-7

本著作物由北京晉江原創網絡科技有限公司授權出版

定價280元
狗屋劃撥帳號：19001626
網址：love.doghouse.com.tw　E-mail：love@doghouse.com.tw